U0919055

后浪

沉雪

李晶 李盈——著

浙江人民出版社

在北大荒那样艰难的生活环境与时代中，《沉雪》用非常低调的口吻叙述了所有的苦难，很有黑色幽默的效果。

——吴潜诚（台湾学者，第十九届联合报文学奖评委）

主人翁有一个很一贯的主题是她一直离群体很远，甚至也脱离了异性恋霸权文化这个东西，但这个部分她也在摇摆，因为她并不就是一个同性恋者，而有点像我们说的那种囚禁之后的同性恋者。因此，在性别这个部分也许不是主轴，但它是支持“非集体性”的元素之一。

——张大春（台湾作家，第十九届联合报文学奖评委）

《沉雪》描写北大荒那种台湾写不出来的波澜壮阔、粗砺、旷漠、原始的场面，读之神魄为之震动，在我的看法，那种背景简直就是另一个活的角色。

——陈映真（台湾作家，第十九届联合报文学奖评委）

最难得的是整篇作品没有歌颂，没有诅咒，没有抗议，没有伤痕，写得朴素安静。

——朱西宁（台湾作家，第十九届联合报文学奖评委）

*以上选自 1997 年联合报文学奖长篇小说决审会议纪实。

这部小说之所以引发大陆批评家的注目，并不在它所含带的历史坐标的意义，而是它的叙述方式和叙述意识。几乎所有评论者都着重指出，这是一部站在民间立场的、“个人化叙述”的小说，性质有别于一般知青作品之以集体意识或国家话语为表现的“宏大叙述”。

——施淑（台湾淡江大学教授）《忧郁的寓言者——论〈沉雪〉的认同困境》

《沉雪》是有激情的，这份激情是一种疼痛感，用一个真实的、很具体的画面让我们感受那个年代的痛苦。

作者将疼痛感交给我们了，但这不是外在的、渲染的、煽情的，而是无声无息的。那沉重的雪花落下来的感觉，是寒冷的。落下，用一种非常平静的叙述，叙述着不平静的年代里的外在和内心的不平常的经历。从两位作者身上看到，她们没有失去记忆，这就是让我感动之处。

——谢冕（北京大学教授）

看了《沉雪》想到《日瓦戈医生》，这两部作品都写到了一种宏大的人类生活中的弱者。什么算弱者？就像日瓦戈医生那样的，在巨大的人类活动、巨大的历史进程中，一些飘蓬断梗、风中芦苇。《沉雪》写的也是这一类弱者，它是一部弱者的诗篇。

写知青也好，写现在也好，重要的是一个作家能够从他的个人经验和体验中，达到对于人类根本境遇的洞察。《沉雪》提供了一个非常富于诗意的，又非常深刻的一种洞察和关照。

——李敬泽（中国作家协会副主席）

我认为，用自己个人的记忆、个人的叙述对应国家的话语，这点是非常重要的。除了文学的意义，这部小说还有着价值不菲的历史学意义，许多不被“历史”记述的被记述下来，“历史”无法表现的被表现出来，完全可以当做“信史”来读。从这个角度，我很感谢两位作者，做了我想做而没有做的事情。

——雷颐（中国社会科学院研究员）

我看到她们相互拉手温暖、怜香惜玉，分别时痛苦得死去活来，非常真实，并且有社会学意义。

——李银河（社会学家）

★以上选自1998年《沉雪》研讨会发言纪要。

我们冷静地在生活中进行这种对照，恰恰就是因为，我们目前的现状就是冷漠和遗忘。

——马塞尔·普鲁斯特

0

她独自站在麦田上，阳光无所不在地照耀着。

她非常惧怕太阳。那是一个火球，一个非人间的液态火球，它高悬在头顶，仿佛一枚巨大的徽章，被上苍牢牢钉住，无限的光芒向她身上投射。她无处躲藏，身前是纷乱的麦穗、尖刺的麦芒，一派金焰的天地里，一切都像是在燃烧。热灼的风暴从四面八方围袭过来，愈逼愈近，许多东西正在被点燃——麦秸、青草、人的汗毛和肌肤。空气中流窜着咸腥的煳味儿。

小时候蹲在太阳底下，看邻居男孩握一个放大镜烧蚂蚱。蚂蚱由绿变黑，千疮百孔地蜷成一只酥脆的虫干儿，在放大镜底下冒出蓝色的烟。现在是她被罩在放大镜下面了，放大镜是整个天空，她在变成又小又脆的虫干儿，蓝烟一缕一缕地在眼前缭绕。阳光已不再是阳光，而是喷雾般的辣椒面。她感到憋气，喉咙里面在呛血，血的鲜腥涌入鼻腔，想到心脏周围许多脆弱的组织在膨胀——膨胀的结果，是忽一声爆裂吗？

那轮火球发青发黑了，像一只怪兽狞猛可怖的头。天地却越发灿烂，以一派恢宏的气势环绕这颗怪兽的头浑浑地运转。

眼睛炙疼，用力闭上，感觉一道细细的汁液黏重地落下来。不是汗，汗早就干涸了，早将焦脆的头发硬邦邦地贴在耳边。是泪，泪像一道细细的汁液。这来自生命的最软弱又最顽强、最无用又最慰藉的东西，一滴跟着一滴，洒向麦子，洒向土地，没有声响，没有色泽。

她想：人并非是最宝贵的，人原是和草芥一样渺小的，却不像草芥那样自然安恬——人是充满痛觉的可怜虫。但是，人却有一个大大的目标——活着，要创造奇迹，无论何样的奇迹，都可以造出来。所以，重要的不是收获，而是怎样收获。镰刀虽小，可以打败机器，可以汇成汪洋大海，打一场人民战争；人在战争中经受洗礼，变得意志如钢——她不知道，一再地体会渺小，对她的损害有多大，只是一味地感到，那些昂扬的精神太庞大、太具重量，自己这么薄弱，要将其承受过来，哪怕只是很少一点，也会被压死，因此她只能视之为与自己绝对无缘的东西。这样一来就抵触了，抵触到强烈，竟从那集体性的豪迈之中感觉到入骨的疼痛。

彻头彻尾地暴晒，多像生命被点燃的过程——生命，将于燃烧中完结，这是怎样的一种辉煌？身体熔成一个通体灿烂却不知其名的东西，在飞舞的光焰中，犹如金刚一般耀眼，干柴一般颤缩，最后化为一缕烟气，挥发于空……

这么想真够绝望，可又怎能不绝望？此刻，她被单独钉在一块孤岛般的麦田里，除了忍受现眼示众的莫大耻辱，不会再有任何前途。指导员临离开时回头扫她两眼，习惯地向空中挥舞镰刀，厉声道：孙小婴，你原地留下——抓紧，你抓紧！

抓紧。我一直在抓紧，你看不见？！我一直抓紧，一直磕磕绊绊疯割疯赶，末了还是落后、落后。这落后的结果，是拼尽全力换来的……你看不见。

落后，落后是什么？是消极怠惰、笨拙脆弱，还是那个再怎样卖力也别想改变的生就的姿态？

人声鼎沸的场面忽然消逝掉，一切皆被炎热与遗忘吞没。耳畔总是自己一个人的声音，仿佛偌大的世界只由自己一人独占着。然而，哪里会有真的遗忘、真的独占？时刻感觉到那个集体，方阵般的集体，像一支沸腾的吞了火药的大军，正在东面百米远的地方酣战着，看得见那边的天空泛着一派赫赫红光。卑缩的心感到那个世界遥不可及，不安地想：那个时刻就要到了——他们就要班师回朝了，她和她的孤岛麦地，将成为他们胜利的视野中一枚突然扎入的钉子，现场批判会很现成地开起来，她像白骨精显形似的好看……

她对着金光缭绕的世界发愣，茫然望前方，前方总是麦海，无边无沿的麦海，即使到了下辈子也割不完。

她切齿地想：阳光是一种残害，收割是一种残害，而我永远永远，都是最后一个！

但是……什么东西忽然一跃一跃……长了脚似的向这边靠拢？

——初看像一只纸船，纸船金黄色，贴着麦稍儿最上一层，无声地漂浮过来。近了，看清是一顶草帽。草帽破着檐儿，歪斜地扣着，草帽底下一张脸——他，挑着一副水桶。

会有人挑水过来，这令她吃惊。她不让这吃惊显露出来，默默地蹲在桶边，一口口地喝个没够。一边留意他是个伤员，左手大约受了重伤，绷带吊到夹板上，平搭胸前。等候她喝水，他脚步悠闲地在一旁溜达，眼睛不住地四外望。

她十分羡慕，心想：做个伤员多好啊，做个伤员就可以像贵族似的了。

她一向怕喝烫水，越怕就越喝得慢。发觉自己在被观看——有什么好看的？

觉得我惨吗，这张被汗水蜇肿的脸惨？像一个被开水烫过的西红柿？

知道吗，这是一张见不得太阳的脸，往常它苍白如纸，一经日晒，面皮就要淌出血来。

——没办法，天生的，我拿自己没办法。

被她严肃地迎视，他把眼睛挪开了。她却突然有了一个重要发现，更加灼灼地盯住他。他的脸方形，棕色，在草帽底下默然静着。强烈阳光被帽檐儿接住，筛下来一圈细密有致的光斑，使那张脸罩在一圈阴凉中，显出一种优越的朦胧。

她望着他——不是他，是草帽。那一圈阴凉将她有力地勾住，心中掀起一阵神经质的猛跳——把草帽给我……给我吧给我吧！

——这渴求他不会想到。草帽被那只好手摘下来，一翻一翻在脸侧扇汗，脸的线条由生分转为柔和，眼睛里边有内容地闪光。

我可以帮你——他说。声音不真。

她没理会他，转过身去扎麦捆。躺着的麦稞整个用膝盖压住，揪起两头的要子扭拧一处，拧紧，死劲拧紧。手指又被麦秆儿划破，麦捆上沥出血——捆扎像一个表演，她努力而又吃力。脑袋里面控制着，别去想那个东西。但是，心中为何如此难过？

人，需要阴影，如同需要水——此刻，深深悟到这一点，不能得到那顶草帽，竟然觉得比喝水之前更为干渴。

……那一片小小的阴凉，那一顶破了檐儿的草帽……她喃喃念叨着，几乎落下泪来。

撂下麦捆，起身拾镰刀，却发现，镰刀直插在地里，那顶草帽，正悠悠地挑在刀柄上！

她不相信自己的眼睛。可它确实就在那儿。像一只乖巧的生物，安闲地摇挂着，静静嗅着麦地的气息。她忘掉一切地奔过去，将草帽抓手里，想也没想就扣到头上。

太阳一下子缩小了，一下子往后退了。那么轻微的凉爽，那么巨大的舒坦。周围的一切全都变得柔和起来。帽檐儿上细碎的光斑温静地亮着，再也不扎眼睛，无数麦芒摩擦着头围，再也戳不到脸皮——呵，多美。她闭紧眼睛，贪婪地大喘一口气。

遮护仅是片刻的事。她忽然感到不安——像是一个捉弄，或者一次遗忘，她想。

决断地将草帽摘下，高扬在手里，朝那个快要隐没的身影猝然喊道：喂，你的草帽！

她被自己的举动镇住，而自己的叫喊掀起来的回声尤其令人惊异。她不知道自己为何要这样超越本意——急步追上去，站下，将草帽扔到他脚前的麦茬地上。

他返回来了，又走掉。

独臂挑担的身影在一颠一晃地远去。她盯着那片扇形的后背。

他的工作服撕破了口子，肩头一片亮肉裸在阳光里。看不见的风吹拂着他，他经过的地带麦子分开又合拢，草帽遮护着他的头漂浮在麦海中……那圆圆的金黄色的边轮，在视野中轻轻转着，化为一只移走的船，一粒消逝的金点……

阳光依旧，依旧鞭打如火，依旧发黑发白。疯狂的毒焰卷着嗜血的威风。东面的地界响起一串尖利的哨音，灿灿的光芒里剪出芸芸人影，麦浪裹挟中，人群像被风吹鼓了的线团，蠕蠕地滚动过来。

她怔着脸，一再地回味那片小小的阴凉——一个算不得什么的小经历，一瞬间微如滴露的感受，却同现实截然分离开。那刻不想承认的，此时已经推拒不走。还原着那份感动，暗暗发觉，心灵间，最空缺、最遥远又最敏锐的部分，骤然明朗了。

眼里一阵酸痛，看身前的麦穗麦秆全数昏花起来。缓缓将头抬起，紫色的脸孔仰向天空——哦，我是要什么？

是要乌云、乌云，我要乌云——灰蒙蒙、阴沉沉的乌云。我要它们，要它们遮庇我的天空、我的身体，我整个的身体！

好多年过去，她就这样又见到年少的自己。

1

那年春天，一个阴沉欲雨的傍晚，解放牌大卡车跑了很长的路，将我送到黑龙江生产建设兵团某部，一个团直属砖瓦厂。

砖瓦厂的进口与公路相衔，一条碎砖和煤灰铺就的走车道，将左右两旁残雪覆盖的荒草滩切割开来。一根约摸两丈长的粗铁杠子，将车道的出入口横拦住，做成这里简便而重要的门栏。

卡车在粗铁杠子前刹住。司机伸出来一只大手横过我脸前，砰的一声，为我撞开身边的车门——还晕吗？闺女，看看你的家到啦！

司机的大粗嗓门很震耳朵。我勉强应一声，抬起脸，感到凌厉的寒风从车外直扑过来。将身上的棉大衣裹紧，拔腿出去，一脚踏到北国坚硬的冻土地上。天地是幽暗的，以一种原始的荒旷迎候我。荒旷造出来的惊骇迅速扫除视觉上的昏聩，我好像那个得到七色花的女孩，撕掉一片蓝色花瓣，一念咒语，立刻孤零零地来到冰冷的北极。

这里当然并非真正的北极，我看见的，是像模型一般四面铺陈着的图景：窝头形的寂寥的山冈，深褐色的矮而凋零的丛林，黑浑浑的一直通向地平线的荒野。荒野一角，挤着一个朦胧的村屯，仿佛几只青灰色的大鸟巢堆卧在一起。泥草覆盖的屋顶上，白色的烟儿不断地被风刮散。不怕冷的猪和狗在高大的柴垛前边走来走去。村屯西头，列着两排砖房，轮廓稍显齐整，房前搭着几件色泽相同的衣裳，大约是集体宿舍。宿舍过去百米处，影影绰绰地立着连环形的棚架和方窑，想必是干活儿的场所了。这场所，阴灰之中挺举出来一管极为粗壮的烟囱，直指苍黯的天空，不禁使我想起古代的巨型战炮。

战炮高而长的筒管上，竖着刷下来一行大红字标语——一不怕苦，二不怕死！

心底厉害地抖一下，觉得茫茫天地间，这行大红字气势格外庄严。

司机帮我从挎斗上卸下衣箱，随后咣啷一声上好了挡板，一双大手对着搓一搓，他朝我呵呵大笑：行啦，闺女，我得赶回团部，你就站这道口上，先甭动弹，一会儿准有人接你进去。说完，他钻进驾驶楼，车头嘎地后撤一下，再向前，轰轰地消失了。

我独自站在砖瓦厂的道口，连同我的两个衣箱，因为一路上持续的晕车，浑身上下虚乏之极。愣怔地望着眼前的一切，是如此生疏，又如此沉静，像是一幅罩在千年长夜中的神秘的巨画。

家和城市，仿佛是上一辈子的生活。

从地理课本上，我已经提前了解，我将来到中国鸡形版图的冠首之地，将站到地球北纬 49 度、东经 130 度的位置上，所处方圆数千里的界域，皆为多年来江河冲积而成的原态荒原区。我觉得荒原的风一无阻挡地横吹过来，耳际间窜着喂儿喂儿的鸣响。一股森冷的气氛拥裹我，令我感到四面八方隐藏着无可预知的内容。

有人推着一辆双轮车从砖房那里走出来，向我这里拐了。是个女生，短短的头发，脚步捷快，双轮车空着车斗，轱辘轧着路面咯咯沙沙一通响。

她把车子停在横拦的铁杠子前，人迈出一个跳高的剪式步跨越过来。这个活泼的动作并未使她现出笑容，有些浮肿的脸上布满操劳的神色。

她认真看着我，问：你叫孙小婴？

我点头，朝她微笑。她把眼睛射向箱子，同时将手伸过来扣住我的手，紧紧一握，说：我叫林沂蒙，连长分配你上我们班。

在完全的不习惯中，我感到她的手又干又硬力气大得出奇。

箱子越过粗铁杠子搭到双轮车车斗里，林沂蒙在前头推着车子引领我。我们一言不发朝那排砖房走去。我注意到，她身上褪了色的绿工作服和脚下的绿球鞋上，全都沾着厚厚的泥迹，还发觉她的步态举止中始终有一种奇怪的匆忙。箱子撞着车斗的铁皮铿铿直响，默默听着，一颗心禁不住剧烈地悸跳。

我知道，一种生活，一种从未经历、从未想象过的生活，就这样开始了。

同外边相比，砖房里头是暖和的。走廊一米多宽，地上遗着些猪狗的粪便，两个未上玻璃的窗洞透着光亮和风，几间宿舍的门口砌着方大的砖炉子，炉口上坐着冒热气的脸盆及茶缸。穿过两扇门，到了我该住进的宿舍门口。林沂蒙猫腰将车把撂下，让我打开衣箱取出被褥，搬入屋子里去。她则将衣箱再向前推，说是要集中到另外的“箱子间”去。

宿舍里，扑面一股潮腻腻的肥皂味儿，地面十分泥泞。几个女生正一字排开，站在一块长木板搭就的脸盆架前，哗哗啦啦地洗着。见到我抱着一大卷铺盖走进来，她们都有些生奇。这个错开毛巾点点头，那个抓着肥皂愣一愣，相互间议论几声，并未停止稀里哗啦的洗。距她们身后两尺多远，是一面共同的大炕。炕上一块紧挨着一块，铺列开几床干净被褥。我拿眼睛数了数，七床。

林沂蒙很快转回来。她脱下鞋子上了炕，高高站在那儿，头抵着矮屋顶，跟大家说：这是新来咱班的战友——孙小婴，从天津来的。大家挤挤，先给她腾块儿地方，回头再叫排长调宿舍。说完，她哈下腰，从头一床被褥开始，一寸一寸地为我挪空儿。我看到屋里每人的铺位因此全都窄了些，心里不由有些不安。怀揣着这不安，把自己的被褥解开，铺好。一边挨着林沂蒙，一边挨着小窗户，挤在墙角里，是最合适的。

墙面不可乱挂，一些零用品全都压到枕头底下。枕头套里，拿换洗的衣裳当枕芯儿。这时注意到墙上贴着两条绿纸墨字："做一颗革命火种，点燃这片沉睡的土地"，"埋骨何须故土，永做扎根大树"。

诗一样的誓言，令人不由得激动，心想：这就是歌里边唱的革命大熔炉，我加入进来了，成为普通一兵。今后的生活，将会怎样的高昂、激越，充满了一种诗的味道……

我下了炕，想到该去箱子间，取过来自己的洗漱用具，再打上一盆水，和大家站到一块儿去，洗。

正要出门，一个女生从外头闯进来。她小巧玲珑的个子，面孔上奇怪地布着一层怒气，两只眼睛直截地盯着我看，好像早就和我认识似的。可她忽然高扬起鸟儿一般清亮的尖声，很不客气地斥责我：侬似啥么人？侬有啥么了不起？侬刚刚来就想欺负人呀？侬快去抬开，快去抬开！

我没听懂。她又把手指着我，再嚷一遍。我才明白了：她是不满意我把箱子压到了她的箱子上面。我很紧张，却不敢说话，快步随她过去。来到箱子间才发现，已经没有第二个地方可以放置我的箱子。假如一定要抬开，只能将我的箱子抬出门外，撂到过道去。我努力使自己友好地笑着，说：你来帮帮我，先抬外边去，好吗?

很遗憾，她误会了我，以为我是要为难她，要使她难堪，因此不仅不打算帮我，还变本加厉又叫喊起来：侬有啥么了不起?侬从啥么地方来?睽一睽，似啥么箱子呦……嘁，古董，老古董!

我面红耳赤，无言以对。古董，这个字眼太叫我讨厌，叫我一下子想起自己不光荣的出身，想起伤痕累累的家。

两个箱子是父亲当年回国时带来的。一个是宽大厚实的褐色牛皮箱;一个是沉重坚固的黑色铁皮箱。这种箱子如今只能招人侧目。决意只身到兵团来时，家里可供打点行装的东西一件没有了。妈妈拿不出买新箱子的钱，只好到父亲的学校去，跟军宣队头头说：把红卫兵抄去的箱子腾两个，女儿要去上山下乡了，是去反修前哨。这才有的箱子。现在看看箱子间里,大都是模样相仿的棕色木板箱。好多上面印着红太阳，或者红语录。我的箱子夹在其中，确实显得老旧硌眼。古董——人家这样说它们，其实是在贬损我，我很清楚地感到这贬损，顷刻之间，心中满是辛酸与自卑。

我自知不具备对付的力量，只有红着面孔逃出箱子间。正看见林沂蒙走过来。我低着声音憋屈地说:我的箱子没地方放,压了她的。

林沂蒙站住脚，简洁说：让她克服一下，先就这样。这时我发觉，在林沂蒙身后，一扇扇宿舍门相继推开，一张张陌生面孔闪了出来，走廊几乎挤满。

我觉得，全世界的目光都让我一个人领受了。

解决的办法，还是我的箱子挪进过道。同时又有另外两人顺势将自己的箱子也挪出来,与我的列为一排。听见她们议论:早该这样，为个内务评比，让这么多箱子摞一块挤疙瘩，取点东西麻烦死啦!

林沂蒙不知从哪儿找到两块草帘子，板着面孔给几只箱子苫出来一律的面貌。我不禁暗喘一口气。然而情绪上，仍难以平静。

宿舍里已经没人在洗了。脸盆架湿漉漉地空下来。几人都坐到自己铺位上，看书的写信的或者一针一线缝衣裳。林沂蒙蹲在靠门的炕洞口前，埋头往里边添木头。一种充满内容的静，令我困窘难受。背对她们，独自站盆架前洗脸，洗得又慢又小心，没个完了，因为我在悄悄落泪。伤心地落下来一串眼泪，不敢发声，使劲按着毛巾洗眼睛。

箱子风波也许是微不足道的小事情，可是它发生在我最易受伤的时刻，那突然的跋扈计较的尖声，狠狠扫荡了我的心情。

我不知道，那个不相识的上海人，她是一时的恼火失态，还是一贯的作风。我不会记恨她。可我因此却强烈意识到，一种无可救药的孤单，甚至从洗脸的声响里都能够听出零落可怜无所依傍的滋味。

我是有过一些训练的。曾因日记被别人盗去并遭展览，继而是斗争。一些红卫兵同学把课桌搬走，椅子摆作一圈，让我坐中间朝着大家，将日记里最隐秘的奇思异想逐句地念出来。那种听凭他人耻笑、质问、讥讽的怪笑，可怕地折磨我。从小我是一个既胆怯又爱哭的孩子，那次的厄运，其极大的伤痛性，过后是伴着滂沱的眼泪浸入于心。

这一回，事情虽小，效果却相同。在来砖瓦厂的第一夜里，待到周围一片沉沉睡声时，我不再限制自己，让自己哭个够。虽是蒙在被子里闷声来哭，依然觉得舒展。

我了解自己不是一个十分合群的人，这是从小就明显的了。从小我便少有一种共同性的欢乐，似乎集体的生活对于我是从天性里边就遭排斥的——我惧怕集体，惧怕他人，也不知道是为什么。

出生三个月时，我被送进全托制的保育院，在那里，一直长到六岁上学。其间每逢周日乘儿童车回家半天，傍晚返回保育院。所以，直到上小学以前，始终觉得家陌生得很，不认识爸爸妈妈，老是管他们叫老师阿姨。因为一向在我眼中常见的，除了老师阿姨就是小朋友。这情形直至脱离保育院之后才得以改变。

但是，小朋友们相处多年，并不记得有谁会喜欢跟我玩儿，在他们眼里，我自来就是个别和孤僻的怪物。怎么会是自来就个别和孤僻呢？也许，个别和孤僻是老师培养我的——以前我是这么以为。那个保育院在当时，规模以及名气在全市都是第一流的，因此规矩也极多，每一条都严格不苟。解释不清的是，我常常出问题。我们总在周日回家前的一大清早，将衣裳脱净了，在盥洗室排好队，等待阿姨一个一个地给洗澡，洗罢，换上一律的干净院服，去乘儿童车。这天轮到我洗时，阿姨忽然张着两只满是皂沫的大手从澡盆边惊跳开。她高声叫：啊呀，你们看，你们看，澡盆里头是什么？！几个阿姨都跑过来，伸头看我身下的澡盆，我也低头看。一条细细的白色的软体动物——是活的！它在我的脚趾边盘来绕去，像条蚯蚓似的伸展开——这是我身体里的吗？它是怎样爬出来的？

我在阿姨们的惊呼之中，尖嚎着大哭，用大哭来抵抗心中的惧怕。我那赤条条的小身体站在水中无所依靠地打着战抖。谁也不肯过来抱走我，我只有水淋淋地自己扒住澡盆边往外爬。

另一次事情出在午后喝奶时。为了晒下午的太阳，我们的小桌椅被安排在外面的葡萄架底下。奶很烫，喝时都听阿姨话，不出一点声音。谁知正闷头慢慢喝着，突然一条大豆虫从葡萄架上掉下来，恰巧掉到我的小碗里，烫奶溅到我脸上，我哇地哭起来。阿姨仍然一点儿不哄我，恼着面孔将我拽起，大步拎向卧室去，门一关，她走了，任凭我在里面独自干哭个够。

类似的倒霉事情不止这两件，统统是打击我，令我对阿姨极度反感，对各样的规矩也深深抵触。而最不妙的，是我开始了独处。可能，这就是个别的开始。

我不被别人喜欢，自己同自己玩。这样发展情况当然不好，也许是因为寂寞的缘故，我时常控制不住想做违反规矩的事情。比如吃饭时自言自语出声音，做手工时把老师发到小板上的胶泥坨糊到椅子背儿上，或将刚刚叠好的纸船拆成片儿。老师斥责我，饿过我的饭，闭过我的课。又好几次罚我单独在卧室中静坐。然后，一次天大的“罪行”终于发生，它从根儿上惩治了我。

——那天夜里十二点钟的打铃撒尿我竟敢不起来。这是很多制度中很重要的一项。铃声炸雷般响起，都从睡梦里惊醒，实在难受。但所有的孩子都听话，纷纷从床上爬起来，在走廊中撞来撞去地奔厕所。这一次，我记得自己忽然生出一个想法，我可以躺得像片树叶似的，蒙头盖好被子，阿姨过来不会发现我还在床上，我不必像那么多的孩子一样，揉着眼睛挤在楼梯上的厕所前排队——我就这么做了，阿姨真的没发现我，我一点儿没动弹，睡了一个美美的长觉。转天早上，正要起床时，忽然被阿姨拽了起来。阿姨一脸凶相，大声斥责我：你尿床了！

是的，我尿床了，尿了老大一圈儿，以至于周围充满臊气。

我的小褥子晾到院子里，我站到褥子跟前，陪着它晾，一直陪到尿迹被太阳晒干。足足一个上午的时间，我供大家参观认识。我先是站着的，后来蹲着，再后来坐到了地上，眼泪不知落了多少——此后的我，精神上，好像再没振作起来。开始怕了。怕像一种毒药，使我的神经日益畏缩。我胆怯、怕人，极不爱讲话，心里层次却开始繁多，而且秘密、敏感，敏感得让我自己苦恼。

……脑袋伸出被窝，看见身边的灰墙岩石一般冷硬，上面缀着点点冰花，冰花砒霜似的闪着雪光。耳边有种种睡声、磨牙声，这些声音告诉我，今后绝不可以随心所欲。庞大的集体向我摆出的面孔，是无比冷峻的。

想想我煞费苦心，迁徙远行，脱离斗争过自己的同学，只身投到一个崭新的环境里。可是，一不小心，先把人家招惹了，立刻遭到兜头一击。做孩子时那种倒霉的孤立感，莫名其妙又卷土重来。这以后，将是什么样的命运在等着我呢？凄惶的心中完全没了底，隐隐感到，一个讨厌的影子，魔鬼似的总是紧追我。

2

我听见哨声，在窗前房后穿越着响，一阵紧似一阵，仿佛有无数根细长的针在空中横飞。随即是鸡叫，一只，又一只，比赛似的使劲儿往高处啼，好像在追赶那尖利的哨音，狗被招惹起来了，相当粗野地狂吠，远远近近乱纷纷响作一片。

睁开眼睛，感觉晨光十分扎眼，片刻内恢复知觉，才看清那并非晨光，而是低矮的屋顶上一个无罩的灯泡白蒙蒙照着。身边的林沂蒙已经穿好棉衣半跪在炕上，呼呼呼地叠被子，她顺手推我一把，说：出操哨，赶快出去集合！我应一声，立刻坐起，抖抖索索地把毛衣套到头上。同屋的人都在穿着蹬着。她们的面孔带着迟滞，大都眯着眼睛，动作却飞快。没人说话，只有紧张的嚓嚓声。

几分钟后，宿舍前面站好两列面影不清的队伍。我贴到队尾，随着一个连着一个快速转脸的人头报数：“35！”我是第35个。刚刚意识到这一点，脚下便腾腾地跟着跑起来。

是春寒料峭的时节，是在北国的冻土地上跑。昨天发给我的新棉靰鞡，鞋底比穿过的鞋子要厚实些，还是觉得地面梆硬震脚。冰冷的夜气冻结在身上，脸颊感到风如刀割，呼吸很是艰苦。然而不停地跑，不停地跑，还要高呼口号。

沉闷的脚步踏着寂寥的大地，最后的昏朦渐次散开，绝远的空中，有一道银灰的光亮正向四外扩展。宿舍、草棚、方块窖、高大的烟囱，所有静物的轮廓，逐一地清晰出来。烟囱直刺的天幕里，低悬着两颗银钉似的白星，正一点点变虚幻，像是什么人的灵魂，很萧索地隐匿掉。

“一、二、三——四！”前面传来粗豪的口号声，紧接着一片重喊——另一支男生的队伍从斜岔里跑过来。男生的队伍比我们的显得雄壮，他们从我们身边跑过，脚步故意踏得很响，像坦克车似的横冲过去。看不清他们的面孔，只觉得他们个个头发蓬乱，脸面乌涂。几人土黄色棉衣的后背布面撕开了，裸露出机器轧着的一条条棉花，显得那么褴褛，许多人拦腰扎了一道粗麻绳。

我感到跑不动了，心脏突突突地乱蹦，像要从喉咙里飞跳出来，眼前一阵阵发黑。坚持着，大口喘气，脸憋得像红布娃娃了。只想掉队，只想跌倒。

——真不明白为何要这样没完没了地跑，好像要跑到世界尽头去。我想到今后的每一个凌晨，想到无休止的日日月月……

出操结束，我蹲在地上，双手掩着脸，像一条刚刚脱水的鱼那样大口喘气，半天站不起来。林沂蒙站在旁边等我，问：你怎么啦？她拽我衣领，俯身看着我，惊讶地叫：呵，你的脸紫青紫青的，真吓人，这说明你平时太缺少锻炼啦！

我只想窝着喘个够，不在乎她说什么。

回宿舍时林沂蒙一直数叨我：你这样可不行啊，白天还要干活儿呢，你不知道干活儿是什么样子，你必须增强体力！

林沂蒙说得对，我们主要的任务是干活儿，干各种各样与制砖制瓦有关的活儿。头一天是挖排水沟。那些草棚要晾晒湿的砖坯，两侧必须疏通积水。林沂蒙推来一车铁锹，每人先选走一把，都是带了记号的，剩一把新的留给我。握住锹把比一比，看它和我个头差不多高。林沂蒙招呼一个面孔黑红的本地姑娘，说：小金子，你跟孙小婴去挖一号棚。

我和小金子从一号坯棚南侧的中心位置开始，一个朝东，一个朝西，一锹一锹地挖沟。很快就觉得吃力了。锹把是新砍下来的秃树杆儿，握着刺手，锹头上没有开口，使起来厚墩墩的蹬不上劲儿，一会儿的工夫，锹头就拖着一个沉甸甸的大泥坨子。拣根儿荆条不断地刮，进度便慢极了。看看身后的小金子，人家挖过去好大一截儿了。

眼望前方，面对着的荒原空阔无比，它从根儿上吞噬着我的精神。荒原袒露无遗，以侵占一切的趋势向外延展。未曾见过的景物全部真实如铁，我好像站在了北极圈的永冻土上。我想：大概人类首次从洞穴里出来，就是在这样又荒又冻的土地上开始耕种的。因为刚刚烧过荒火，黑漆漆的荒原上，没有一株树，甚至连一丛高些的茅草也没有，烟熏火燎的焦枯色给荒原罩上一派混沌之气。

荒原如此地逼近我，令我感到面对着的是一派汹涌的黑色大海，一种可怕的压迫力和震撼力全面地灌注下来，心里没有一点儿承受的准备。也许我宁愿见到密密匝匝荆棘丛生的草野，也不愿见到这般苍茫的焦土。面对它们，外界的荒凉与内心的荒凉纠合一起，形成打击，令我想到满目疮痍的战场、天灾人祸的劫难……

我正在荒原阔大的胸膛上开掘一条细纹般的小沟，这于整个荒原无关痛痒，可我已经筋疲力尽。并非我不知努力，事实上我已经相当拼命了。越是拼命越是显出笨拙。胃里一阵一阵发酸，想那早饭真是难吃，玉米面的发糕碱放少了，就着土豆汤往下咽，怎能不胃酸呢?

一阵哨声响，是叫人休息一会儿，小金子走过来，看了看我可怜的“战绩”，晃晃脑袋说：歇会儿吧。说着她猫腰钻进坯棚，铺开一卷苫坯子的苇帘，招呼我和她坐上去。

困顿地坐在坯棚里，想打瞌睡，又不敢。寒风呜呜地劲吹过来，携带着荒原上焚烧的气味，天是钢灰色的，大团大团边轮破碎的云朵在眼前飞驰，坯棚四外透着天，因此什么都遮挡不住。

小金子突然就唱起歌来。原来她是朝鲜族人，她的歌全是用朝鲜语来唱。我听不懂，但我能体味出内容的苍凉，能感到悱恻动人。她已经忘记我，只一味地面向旷野，双手抱住膝头一路嚎唱下去，黑红的脸膛布满简单的快乐。听着她唱，眼望莽莽荒野，我忧虑地想：这大荒野总该在什么地方有个完结，完结之后的地界该是何种样子的?

……是否，“广阔天地”，就是这样的，荒旷苍茫，无边无涯，什么也没有，哪怕走上七天七夜也不会走到尽头?

……“广阔天地”，应该叫我想到翅膀，想到飞翔，可是，飞翔的目标，在哪儿呢?人，是这样的小，包括我们的连队，我们的营地。“大有作为”，我们的作为能是怎样的?

显然我得纠正自己，我的忧虑很成问题，可是，我不知道，怎样想才算合适。我总相信，感觉比之觉悟是要快得多，就像光比声音要快得多一样。我发觉，荒原给我的压抑感，在头一天就深入于心，烙成了一道沉黯的永远难以抹掉的底色。

就这样，我加入到了身边的队伍里，以虚弱的体力、忧虑的情绪、困惑的心。听着双轮车里躺着的数把铁锹和十字镐不断地敲打车帮，我在想：也许此后一生都要这么脚跟脚，排着队，一步一步往前走。

我看清，负苦像空气一样铺天盖地，存在于每一个白天黑夜里。我不知道别样的生活该是什么样的，却深感现在的生活令人郁闷，心犹如一叶逆行的小舟，同整个队伍难以相合。但尽管如此，仍不断催促自己，跟上，跟上！

在头一天上工的路上，我紧随推着车子的林沂蒙在前边走，听到身后有人在窃窃地议论我，说我走路样子特别——她怎么走路的，怎么那么文呐？我听清了最后那个字眼是平声的“文”，而不是仄声的“稳”，辨得出来那种议论的口气绝非是赞赏，心里十分别扭。

——什么叫“文”？我怎么“文”啦？

仔细琢磨自己走路的样子，在左右没人时，藏到坯棚紧里边，自己走给自己看。发觉确是有点儿不大方，甚至于还带着微微侧头的痴呆状。我想，以前自己一直是有走路看小人书的毛病——是这毛病影响的我吗？一定是因为长期的走路看小人书，使我走路的姿势“文”了起来。我不想显得个别，偷偷在坯棚里自己给自己做纠正，又时时细心观察别人都怎样走路。

这天，我在小金子面前拿出一种新姿势，走给她看，问她：我这么走，行吗？

她莫名其妙，大笑不止。我没得着答案，心中憋闷。以后越发地没了信心，凡集体性上下工，只要不严格排队，我绝不主动往前走。

原来，像挖沟这样的活儿，在这里算最轻的一种，很难摊得上。一般情况下，都是集体作业。现在是乍暖还寒的春季，瓦厂是室内活儿，轧瓦机开着，砖厂露天作业，气温低，机器停着，活儿都是预备性的。二排是女生排，主要干些砖厂开工前的预备活儿。运沙子，挖水沟，修棚倒架……每项劳动都极其漫长，感觉不到时间的界限。

而所有的活儿干起来，大家总是显出一种比赛的气氛，似乎为着一种集体荣誉感，人人早都养成“力争上游”的习惯，表现出一种可怕的力量，一种不可理解的急骤的狂热。似乎干活儿本身足可以使人着迷，使人产生近乎疯癫的拼劲儿。而这拼劲儿背后是否真的具有意义，事实上已被忽略了。

我脆弱、沉闷，还不会思想，更缺少意志，心里老是拧着疙瘩，从根本上不愿接受这样的生活，这就必然会妨碍忍受力，难免常为一种明显的差距而苦恼——无论干什么活儿，我准是一个残兵败将，总抵除不了心中的畏怯与羞愧，总感觉在这个集体中抬不起头来。而所有的活儿对于我，全都变作一种惩罚，一种伤害，以致使我从生理上都产生厌恶。

又是尖利的哨声响过，我们领受了一项紧急任务：林沂蒙带着我们七人，要在半天里把二号窑内刚刚烧好的两万块红砖抢抱出来。连长强调说：这是我连烧出的质量最好的一窑砖，必须高度重视，好钢用在刀刃上！大家一上来就干得极猛。一趟趟上跳板，钻方窑。跳板是单行，女生推不了大独轮车，只能用双手抱砖，一长溜儿的热砖直码到下巴颏那儿。从跳板上一步一步踏下来抱到窑地，码成堡垒似的垛子。

人人都变得严峻了，人人都如铁人一般强硬，燥热的砖灰扑灌全身，满面棕红色。我手薄力小，像别人那样把砖码到下巴颏我做不到，每趟都要比别人少抱几块。尽管如此，上跳板时仍然笨拙害怕，老是担心会掉下去，再怎么鼓足勇气还是下意识地前后看着，跳板上，时刻有别人，我踩上去不敢快走，几乎是半步半步挪蹭。

心里万分紧张，一再叮嘱自己不要踩空不要踩空，踩空了你就全完啦……在每一趟回走的间隙得以空手，大口地喘气，尽量延长点儿时间以缓一缓劲儿，但稍微怠慢，背后就嘭嘭地震响，别人的大脚步急追过来，像要踩到头顶上。

我的节奏与众人不相符，明摆着我老耽搁大家，使大家的冲天干劲受到不应有的妨碍。看得出别人对我的忍耐，心里又急又慌。但越是这样，脚下越是乱颤不止。

榜样的力量是惊人的。我看见林沂蒙像个男生那样大步流星地上来下去。她和另一个女生两人比着干，砖比所有人都抱得多，不是码成单行，而是码成了方块田字，她们大步走在跳板上，一跃一跳地带着冲劲。她们工作服后面溻出深黑色的汗圈儿，脸上挂满汗溜子。她们使我从心里震惊佩服，却知道学不来，再怎么拼命也学不来。

然而明白，跟不上大家，必须得想办法。情急之中我干脆钻在窑里不出来，只为别人摞码砖行。竟没有人说我，都默默认可着，嗵嗵地奔进砖窑，接走我码好的砖行，好像这多少减少了一道工序。

可我错了。砖窑里太不好受，砖灰弥漫得十分厉害，没有办法躲藏，鼻孔里，眼睛耳朵里，哪儿哪儿都灌满砖灰，喉咙里呛得辣腥腥的，呼吸艰难，却一丝一毫不得间歇，总是转体九十度，一百八十度，猫腰，再猫腰，没有人换我。手指头磨得要破，脑袋天旋地转，忽然指甲又被厉害地挤撞一下，整个心脏都疼起来。我想到手套，想到口罩，想到外面的露天作业再苦再累也比这砖窑里面好。

——哦，这砖窑，真像地狱啊，这世上再没有什么地方比这红尘滚滚的砖窑更叫人难受了！

不知怎的鼻孔里蹿出血来，忽地一下，竟血流如注。触目惊心的血令我的身体一下子软了。我倒在窑里，捂着鼻子呜呜哭起来。林沂蒙扒开我的手，看我花红的脸，口气不满地说：你哭什么哭什么！

她又叫叶丹娆，就是那个和她比着干的女生。她叫叶丹娆送我回去。

宿舍是宁静的，空气也干净。叶丹娆为我拧了一把湿毛巾给我擦脸，又找块小纸帮我把鼻孔塞上。躺着，别动，她说。我仰脸躺着，血渐渐不流了。叶丹娆又将毛巾投了投水，叠成方块，递给我，说：拿它压住鼻梁，要是再止不住，就找卫生员郭小刚。

叶丹娆的嗓音柔似丝缎，很好听。不由得多看她几眼。她的长相也是很好看的。两条齐肩的小辫软软地拢着脸颊，脸上虽然糊满汗渍，仍掩不住五官少有的精致端庄，一双眼睛就像黑樱桃一样。

不知为何，我觉得这双眼睛更像幽深的水潭，隐藏着好多东西。而刚刚在窑地上奋力争先的那个人，并不像她。

很希望她陪我多待会儿，说上一会儿话，她的声音是好久不曾听到的，让我想起姐姐来。在她转身时，注意她脸颊的侧影显出流丽的线条，实在很像姐姐。可她仅是给我倒了杯水，自己不喝，温和说一句：好像不再流血了，那你就躺着吧，我还回工地去。说完，那张好看的汗脸朝我微微一笑，匆匆拉开门走了。

转天林沂蒙分配我单独干活儿，抱一把大竹笤帚清扫腾空的坯棚。这是一份轻活儿，用不着再被别人盯着。坯棚距砖窑不远，能望见林沂蒙她们一律的绿色工作服、蒙着红砖灰的头和脸。她们干活儿声响很大，沓沓沓的脚步声，哒哒哒的码砖声，都能听得清楚。但渐渐地，她们被码起来的高大的砖垛遮住。

我感到孤独，笤帚挥得缓慢拖沓。我想，我已经处于集体之外，被集体所照顾也就被集体所排斥——是由于我的低能。低能是一种不幸，也是一种宿命。可是毫无办法，我已经固定了在集体中的低等的姿态——落后。

落后，这是我的面目和我的厄运，在我充分认识它之前，它已跟定了我。

我想，我之所以为落后而悲哀，是因为，落后也是需要胆量的，这胆量我还不具备。

我产生了把手中的笤帚丢掉，跑过去跟大家一起干的念头……不要在乎窑里的粉尘，不要害怕颤动的跳板。去，像别人那样，动作铿锵有力，热乎乎的砖在手底下哒哒响……一再地命令自己，身体却不动弹。

忽地胃里泛上来一股酸水，压抑不住，赶紧蹲下，在新挖的水沟里大口地呕吐起来。

呕吐之后，竟想清楚，我不能走过去，不能加入那个拼命的队列，情愿付出孤独的代价，也要逃避那砖窑。精神上的痛苦和皮肉的痛苦相比较，现在我宁愿要前者。也许，这就是低能的弱者的逻辑吧。

休息哨响了，风送来窑地那边一阵清亮的说笑声，还有歌声。独自坐在笤帚把上，耳朵支起来，专心去听她们，感觉到她们如此放松，竟然和在学校课间时候差不多少。

我纳闷，我们年龄相仿，但为什么，她们就能泰然处之呢？我的那种战栗，那种畏怯，她们都没有，更不用说我的郁闷与厌恶。这是因为什么呢？仅仅就是因为她们比我来得早一些吗？那么，时间，会给我一个消解融化、习惯适应的过程吗？——我很难相信。

3

可是相信与否无关紧要，我总是集体当中的一员，连做梦都会跟随着。跟随着才有安慰，跟随就是生活，为这跟随，唯有竭尽全力。

我很孤独，我又需要真正的孤独，这其实很难，因为环境里属于我个人的地盘不过是一块三尺宽的铺位。除去上厕所的片刻，再不可能有一个看不到人脸的角落。独处，实在是一个莫大的奢想。

我的铺位因为紧靠着墙和窗户，算是拥有了一个相对自守的死角。很草率地吃过洗过，赶紧丢盔弃甲，将身体快速瘫到被窝里。躲在被子里，感觉衰竭的身体稀薄如纸，散乱如沙。这时只希望自己统统地失去，失去，一切都不要有——痛觉啊，思想啊。我知道，重新地知觉重新地受苦，是在下一天，是下一个黎明的事情。

这样急不可耐抢先睡下，又是很个别的，没有可能找出一片帘子将自己遮住。这时候人人都在大洗特洗。这时的宿舍，是一个澡堂子。

洗，像一种本能，或一种娱乐。无论一天里有多劳累，她们也要洗个够。水是不用节约的，来自于一口井。水房分给每个人的热水极其有限，靠火墙烧又等不及，早都习惯了凉水。身子洗完了，还要洗衣裳，洗得地面从未干过。倘若半夜里干了突击性的活儿，她们还会一直洗到天亮。没有条件全身脱净，都是半身半身地在盆子里撩着洗。几人排开站在盆架前，两手来回拉扯湿毛巾，把香皂沫子甩到旁人身上脸上。一边洗一边大声地逗笑，爱比较谁的皮肤黑，谁的胳膊粗，还爱比较胸部的大小，腰肢、肩膀的宽与窄。那逗笑声，显示着人同劳动同泥水作斗争的力量。

——我何尝不想也像她们那样痛快地洗呢。我也喜欢皂香，喜欢身体经过搓洗后发出来的夺目的光洁，这感觉何等舒适。可我总是洗得飞快，正与干活儿的效率相反。知道自己远未洗净，尤其头发里边还埋着好多的粉尘沙粒。然而，实在不愿再动弹一下了。被窝多好，被窝多像一个掩体、将身体完全护佑起来，哪怕只有五分钟、十分钟，我都深深贪恋它。

灯光蒙蒙地亮了，宿舍里渐渐安静下来，潮湿的空气中弥漫着凡士林或蛤蜊油的香味儿。林沂蒙坐在我身边，靠着她的被垛，像个老乡那样盘腿坐着，她叫我：孙小婴，你起来，咱们读报纸！

明白自己不对，我们还不能睡觉，还有学习任务没有完成。坐在炕上的人不约而同都把洁亮的面孔冲着我。赶紧坐起，穿衣，跪在坑上将刚刚摊开的棉被又叠起来，也像她们那样靠住被垛儿坐好。

林沂蒙打开报纸读起来——两报一刊元旦社论《用毛泽东思想统帅一切》——毛主席最新指示：清理阶级队伍，一是要抓紧，二是要注意政策……革命委员会要实行一元化领导……

林沂蒙是北京十三中六八届初中生，和我是一届的，她读报口齿清楚，字儿咬得准确，够得上广播员水平。我们都听得很认真，虽然对社论的内容并不都能懂。并且也都不是太新的报纸，没有可能看到新报纸，大部分报纸残缺不全。看起来，晚上的读报时间，抓到什么报就是什么报，哪怕是去年的，也可权当新闻读一读。钢琴伴唱《红灯记》诞生了，中国日食研究进入世界先进行列，毛主席把外国朋友送的芒果转送给首都工人毛泽东思想宣传队……

报纸分到大家手上，都在灯下哗啦啦翻看。我那张报纸上有芒果的照片，芒果放在玻璃罩子里，周围是革命群众聚拢的脸，还有一只只手，手里都挥动着小语录本。

谁问了句：你吃过芒果吗？谁又接一句：酸酸的，像梅子。林沂蒙说：怎么会像梅子？你没吃过，好吃极了，向毛主席保证。就都听林沂蒙说：芒果，是杏黄色的，中间有一个扁核，比所有的水果都甜！大家知道林沂蒙爸爸是大军区的政委，她说吃过那肯定就是吃过。林沂蒙把一张报纸递给叶丹娆，叫她接着读。这张报纸可能是最新的：《做好可以教育好的青少年子女的工作》。

我支着耳朵认真听，一句一句往脑里走。这时发现，叶丹娆晶莹的面孔上挂着奇特的笑。笑什么？什么事情好笑？注意看她，觉得那笑并非出于某种缘故，而是她脸上一种习惯性的与众不同的特征，就像她的美丽一样，也是独一无二的。

文章读完，林沂蒙说：报纸今天就读到这儿，谁要是想看晚上抓紧看，明天连部要收回去。另外，还有两件事跟大家说一下。咱们排通知，准备让我们上“优秀班集体”，不知道连里能不能评上，大家都要努把力，先进的要注意帮助后进的。再就是要选“五好战士”，排里给咱班两个名额，大家看看，谁合适？

静一刻，有人提林沂蒙，又有人提叶丹娆。

林沂蒙叫举手表决。我举起手，看见林沂蒙很大方地四面转转眼睛。又看见叶丹娆神情有些窘迫，一道笑容很勉强又很分明，伤疤一样在她的脸上凝固着。

都睡下时，林沂蒙躺平身体，将面孔转向我，带着笑意对我说：

孙小婴，别总愁眉不展的，告你一个好消息，你的“兵团战士”团里批下来了！“边防证”明天就办，文书小卢叫我通知你。

我听了兴奋，一下就不困了。问她：那我的出身最后怎么定的？

她说：定为“伪职员”，因为你父母解放前就工作了。林沂蒙把脸向我凑近了，问我：知道“兵团战士”意味着什么吗？这就是说，你也能发一支枪，是 7.62 型苏式的，沉着呢。

我亮起眼睛：真的？什么时候发？你们都有吗？

林沂蒙兴致勃勃告诉我：都有都有，什么时候练什么时候发。叶丹娆开始没有，两个月后也有了。因为她出身特复杂，兵团战士批得有点费劲儿。

——我是兵团战士了，这事着实令我高兴。很记得那份报纸，上边“可以教育好的青少年子女”一说，我挺往心里去。我为被批了兵团战士而感到高兴，可庆幸中又焦虑，生怕那件事被别人发觉。在前些天填新表时，我做下了一个很大的隐瞒，在“家庭成员有无历史问题”一栏内，我填了端正的“无”字。这是一个可耻的行为。

父亲“文化大革命”前去世，生前在大学任教。我在“出身”栏内填了两个简单的字：职员。我知道父亲那段复杂的历史，绝非几个字几句话可以说明白的。

三十年代，父亲自辅仁大学教育系毕业，随后去日本留学多年，研修东方教育学，边研究边从教。至战乱期间，头脑一时昏聩，接受国内伪政权的任命，做了驻日某领事馆的副领事。不久幡然悔悟，自觉退弃回国。他曾想方设法奔至解放区，然而畏惧于各种政治考察，又不得不离去。隐匿两年之后，倾尽全副心力创办私立学校。待到全国解放，父亲将两所私立学校连同祖父财产全数捐献国家，自己退入书斋专心治学，直至去世。父亲一生博学清高，不爱钱财，不迷仕途，努力忠于个人志向，但因政治头脑浅薄轻易上到贼船，于是个人历史难以澄清，导致满腹才学无从施展。虽然解放后被派任大学教授，实际精力多用于无尽无休地检查反省，最终因为精神上无法摆脱频繁的政治审查而郁郁离世……

做子女的再继续承受父亲甩不脱的阴影，却又不一律。“文化大革命”未起，支援新疆建设的哥哥出身定为“历史反革命”；“文化大革命”之时，电台工作的姐姐出身改成“反动学者”。

我决心接受他们的教训，逃避可怕的罗网，敢冒天下之大不韪，斗胆做出越轨之举。在跨校前往兵团招兵站报名时，一个机会被我抓在手里：我被允许自挟档案上报名站听候政审，那真是天赐良机。我从学校先取了档案迅速回家。家里没人，那只烧过不知多少本书的洋炉子正燃着，我把厚厚的牛皮口袋打开。这事比想得要容易些。从没有贴过封条的信封原口，先用湿抹布蘸湿老旧的干糨糊，然后一点点揭开——

果然，有一大沓子父亲反省历史的抄录件，黄底红道的条格纸，细密的钢笔字。后面签有组织的结论。很难懂的文字，很吓人的红章，一系列令人可怖的东西。我的心脏跳得快极了。哪里有半点兴趣研究它们，不敢耽搁半分钟，抖着手指，将父亲的历史材料全数择尽……妈妈的简历很简单，“一二 · 九”之后，她自北平燕京大学转入上海震旦女院，遂后入父亲学校从教，直至今日，再清白不过……

我将择净的档案封了口，藏到一边，握住炉钩子，挑炉门，“嗵”

的一声，火被掀亮，熊熊的红焰欢跃地跳起来。

就这样，我对父亲的历史，永远拒绝了，是用我自己的手。

这件事是藏在心底的秘密，我知道我的行为是比盗窃还可怕得多的。竟然奏效，果真祛除掉了灾祸之源。“伪职员”——这个词儿也叫人讨厌，但终究算不得很反动。知足的同时又不免心有余悸。我想，但愿组织上不会去做调查。父亲虽已作古，档案虽被择清，但父亲大学里厚厚的卷宗还在，而妈妈和哥哥姐姐那里，早也都有父亲的材料夹在档案里，倘若再经调查过来，我是要下地狱的——反复地掂量自己的行为，终觉别无选择，哪怕会在将来的某一天担负不可规避的责任。我为自己开脱的理由是，父亲已不在世，我小小年纪，不该为父亲的历史承受任何的歧视与罪罚。而我脱离学校到兵团招兵站去报名，就是想叫自己清清爽爽，走一条生存的新路，像毛主席说的，放下包袱，轻装前进——但那些铁样的事实，我不可能拒绝得了，是因为，他是我的父亲。作为一种“阶级烙印”，我深知，自己从根子上是生不如人的。

……别无选择，我不后悔自己的行为。尽管我知道，永远都会对自己的行为感到恐惧，以此为代价，也许将要终生不宁。

那个晚上选“五好”，选了林沂蒙，还选了叶丹娆，这让我觉得我们班上有善心，有公平。我承认，林和叶确实都是先进榜样，值得学习，可又觉得她们二人虽然都是先进，却是有着本质区别。很显然，吃苦与吃苦，在心理上是不同的。林沂蒙怎么干都充分显出一种光荣的责任感，是满怀了巨大的纯粹的革命热情，因此，她可以将样样活儿都干得生龙活虎。

可叶丹娆却叫人怎么看都像是在受难。

真的，不论干哪一种活儿，只要看一看叶丹娆，我总是从心里发疼，不忍目睹。她老是在拼命，老是极用力地挥动着手臂，将手里的工具抡出一阵风。头不抬，手不停，手指上常常带着伤，脸上永远大汗淋漓。她的工作服是大号的，里边穿一件古铜色的旧皮坎肩，还有小棉袄，依然被汗水浸透，在后背上深深洇出一个发黑的大汗圈儿。天气寒冷，她因为汗洒得猛，身上和头发梢上都在冒白气儿，好像冰棍刚刚出了棉被箱似的。

她是那么好看，却好似完全不把这好看当回事儿，反而有一种因此而对不住人的歉意。永远是强笑，抱歉的强笑。似乎来到这世界上，她早早就对不起了所有的人。在宿舍里，她从不照镜子，不抹香脂，两条小辫闪电一般编得飞快，省下时间，默不吱声地为大家打水洗衣裳。一双伤手一抖一抖的，抖得拿不住一个鞋刷，端不稳一盆水。

听说刚来的人，为了批兵团战士，办“边防证”，填写出身时极严格，经过上级一通审查之后，要在全连大会上一个个地公布：××× 地主，××× 工人，××× 革干……念到她时可怕了，出身竟算“反动官僚资本家”。听说,她的父母已经被“遣送原籍”了，这倒霉的出身太令她难堪，她曾给家里去信询问，让父亲详细说明自己的历史，结果已在乡下的父亲一下子又受刺激，突患脑溢血，抢救过来，人快完了。家里拍电报让她速归，电报到了连里，她当着文书的面把它撕个粉碎……这些事情是如此公开，她一心想给自己制造盾牌，以抵挡种种的议论。可实际上，最有害的，还是她自己对自己的不公平。

我看得出她是多么鄙视自己。那么执着地“忘我改造”，简直使劳动成为一种惩罚，一种暴力，劳动被可怕地推向极致，变得残忍——一种绝对的精神上的虐待，是通过肉体的受苦。我看到，她所有的表现都在昭示着身心的破损。我觉得她挺惨。

想想中世纪的基督徒，他们把苦行当作一种荣誉，当作上帝施与的大爱，作为灵魂能够新生的必由之路——可我们是基督徒吗？不，我们是生在红旗下、长在红旗下的青少年，即使父辈有过错，与我们做子女的，有何相干？

两年前，一个深深的夜里，满面油污的哥哥从新疆扒了货车回来，进门后马马虎虎洗个澡，就朝壁橱里边藏。哥哥藏在壁橱里，一边狼吞虎咽吃着东西，一边圆瞪着眼睛嘱咐妈妈，要是有人敲门，千万别叫他们进来！他们兵团武斗了，出身不好的“狗崽子”好多都挨了打，有的还被关押。与哥哥同去新疆的宋大民，是天津一个大资本家的儿子，他很不明智地参加了一派组织，在武斗时中了枪弹被打死。开始并没死，中弹的大腿被打穿动脉，血流不止，几人抬着担架急忙往医院赶，他有气无力绝望说：别送我了，我是“狗崽子”，没有红革会证明，到了那儿人家也不给治……后来人搭到医院，果然耽搁好半天，终于大夫过来了，人已经僵硬。

他就那么流血流死了——哥哥缩在壁橱里默叨着，蜷成一团掉眼泪。这是我头一次见到哥哥掉泪。没过多会儿，街道赤卫队和联防队来人砸大门。他们胳膊上戴着红箍，满面威严，质问我们：刚才来了什么人？看看证件！哥哥藏不住，狼狈地钻出来，耷拉脑袋说：没有证件，刚从新疆回来，那边太乱了。联防队人大声教育哥哥：乱？乱什么乱？乱了敌人，乱不了群众！你明天老实回去，跟定组织，就地闹革命……

我想，现在，苟活着的宋大民们，照着报纸上的新提法，叫作“可以教育好的子女”，意思是说，出身不好的子女还有被教育好的可能。怎样才可以教育好？就是那么拼死拼活苦干，在苦干之中，“脱胎换骨”，成为新人，成为符合革命时代需要的新人？可这还不是说明，这些人生就跟别人不一样吗？这些人，生就是一个大错误，活着，只是为改正而来的。

我感到沉重的压力。一种来自于权威的命运的重担，令我憋闷。

4

边境线告急已经两个月了，团里电影放映队巡回各连放映最新纪录片《新沙皇的反华暴行》。放映之前，全连先开大会，重新学习前一段的报纸。二百来号人集合在大食堂里听指导员在前头念报纸。念完报纸，指导员又大声宣读上级的战备命令，然后严肃地说：我们天天喊屯垦戍边，今天，苏修社会帝国主义者已经把黑手伸到了珍宝岛，战火熊熊燃烧，我们身在祖国边防前哨，每个人都是光荣的兵团战士，是钢铁长城的组成部分，我们要一手拿枪，一手拿镐。我们有七亿人民做后盾，什么也不怕，一定得叫“老毛子”死了那颗贼心！

全连指战员手臂林立，高呼口号：打倒新沙皇，反帝必反修，侵略者是纸老虎，誓死保卫边疆，将革命进行到底……

电影在露天放，大幕四角扎在白天脱粒的空场子上。这个夜晚，天上没有星月，四外一派没有中心也没有极限的墨黑。放映机打出一道白光柱，照见那块方大的白布在风中索索地鼓胀着。人们肃然端首朝向它，密密实实的黑帽顶子排得一层层。胶带在冷风中冻得咔咔脆响，解说词振聋发聩。画面极其严峻，苏联边防军、装甲车越过冰冻的江面入侵国境。钢铁履带蛮横地碾着洁白的雪原前进，冰雪炸开了花，洪亮的火光冲天而起。人影凌乱，人的躯体扑倒在雪地上……幕布被强猛的夜风拍打着，一鼓一鼓，在我面前大幅度地掀扑。幕布变作一只庞大的怪鸟，滑翔的白翅在头顶倾斜，仿佛要裹挟地面上的所有。

人群中响起愤然的怒吼，振臂如林。我也夹在其中。

回到宿舍半天不能入睡，久久地回想纪录片——夜风中飘荡的白幕，炽亮的火光，黑而圆实的枪口。我心里一再想：这就是战争，战争是什么？是寒冷、泥泞、饥饿、围困，是天空战云密布，旷野森林皆成浴血之地，血肉之躯与钢铁较量，生命被横飞的弹片击碎……

一种生的恐怖直逼心灵。睁大眼睛，看身旁的黑窗帘褴褛的毛边儿，耳际放大了窗外寒风的啸声。身边的人都已沉睡，被子上方搭晾着刚刚洗过的湿衣裳，水一滴一滴滴到盆子里，湿衣裳给盆架后面的墙上投出一个连一个深黯的影子，影子宁静不动，散发着日常的气息。

——忽然意识到，我多么需要身边这个集体！

大食堂门前的黑板报上，新抄出来毛主席最新指示——“团结起来，准备打仗”。

战备训练开始了，先练摸爬滚打，匍匐前进，然后学现代战争常识：武器的基本构造；坦克与枪的型号；什么叫弧线、弹道高；坦克开起来，哪个位置是死角可以保护自己。还学俄语的战争口号，总是练不好老毛子的卷舌音。每人都验了血型，又在棉衣里怀贴胸的位置那儿，打上一个三角小红章，印明自己的血型符号。

然后，人人得到一杆枪，7.62型苏式步骑枪。

大家一起练瞄准。分成三种姿势，卧姿200米，跪姿150米，立姿100米，后两种都必须端着练，手上一劲乱哆嗦，所以就先以前一种为主。人像一条胖鱼似的卧在地上，地上刚刚化过雪，阴寒的湿气咝咝地贴着地皮往身体里钻。都穿一色土黄棉衣，看着没有性别，又笨又臃肿。

但武器对人竟有一种吸引力，好像明日就要亲临前线似的，每人脸上都焕发出一种生猛的气质，似乎真正拥有力量了。

靶场设在窑地前的旷野上，人工堆起一长溜儿冻土坡。一个排一个排地干练瞄准，这又是极累人、极枯燥的。身体趴在寒地上，一趴一上午。长长的大枪在身前平着，冰凉的枪管贴着脸颊，闭一只眼睁一只眼，注意标尺准星和靶心，三点成一线。眼皮因为太紧张，老是抽搐不止。几个钟头之后眼睛肿成小包子，中午大家吃饭时，看人人眼睛只剩一条缝。

有人讲起古代一个“惯虱”的故事，说要将虱子瞄成磨盘大，功夫才会练到家。林沂蒙说：忍着点儿，再有两天，就能实弹练习了！

果真发下子弹来，子弹发给五枚，每人要计分数。亮煌煌的子弹粒掂在手心里又凉又沉，打出去，看见漆黑的枪筒子里好像在蹿火，巨大的后座力和前冲力震得脑袋发懵，耳膜里啾啾尖叫。林沂蒙蹲在坑里给全班报靶，子弹好像一粒一粒全都照着她的脑勺飞去。

我连着打了三发，都是零蛋，到了第四发忽然听见是六环，第五发就迟迟舍不得射出去了。别人越是催叫，我越是磨蹭。使劲儿虚着眼睛咬住靶心，屏住气，砰一声扣动扳机。一会儿，听见林沂蒙在远处哑着嗓门大叫：孙小婴，十环！

大家都夸我，头一回参练，就有十环的成绩，我们排还没第二个。听了心里振奋，连眼睛都红起来。生平头一回受赞扬，竟是在钢铁的武器面前，这不是奇迹吗？

我见识了枪的可怕的能量，一种疯狂的强大，令我浑身惧栗。然而又认识到，无论什么人，一旦武装起来，都可能不同凡响。

深夜，外边突然吹起长哨。“紧急集合！”连长在窗上笃笃笃敲玻璃，“不许点灯，动作要快！”宿舍里一通乱，穿衣服，捆被子，绳子抽甩得噼噼啪啪响。

队伍在夜幕中站成黑压压的一片。连长压着嗓门在队伍前面发出口令：立正，稍息，报数。一个人报数卡壳了，连长打一下手电照住那个人，严厉说：重报！整好队伍，指导员做简短动员：兵团战士们，刚刚接到团部紧急命令，苏修社会帝国主义者已经对我国发动了战争，飞机越过黑龙江上空，闯入我国境内，轰炸了三叶沟。现在，飞机正往我团部方向飞来，我团三个武装连正在架炮堵截，我连的任务是，迅速进入战壕，严肃待命！

指导员话音刚落，团部方向传来巨大的爆炸声，天上红光闪闪，荒野被不祥地照彻。队伍在火光中嗵嗵奔跑，跑到连队边上一条长战壕快速隐入。

战壕深到人肩膀高，像是把大地扯裂开一道黑粗的伤口。里边还积着半尺厚的冰雪，没人在意它，都把面孔抬起，看团部那边发红的天空。听着爆炸声在空中猛烈震响，我想：将要过战时生活了吗？没有邮路，没有水电，没有食物，没有生活……

忽然记起自己褥子底下的影集，我忘记把里面摘下的一小包照片带到身上了！我真后悔，真遗憾。我一直视它们珍贵无比，告诉自己，一旦有了突然行动，千万别忘这件事。现在，后悔已经来不及了，心里一阵难过。

渐渐，身边的人有了松动，开始有人小声说话，也有人猫腰在战壕里走动。身边的张霞低声问我：你知道炸子儿吗？能在身体里头爆炸呢，一粒就能死人，都说叫达姆弹。她又说：现代战争是核战争与游击战相结合，也许几分钟就能定大局啦！看我没反应，张霞扭头去跟另一边的伙伴说话。

我这边是叶丹娆。她一手摸着壕壁凑近我，低着声说：瞧你背包都快散了，赶紧卸下来，我们快点儿再捆一捆吧。

我觉得这事重要，转身把肩上歪歪扭扭的背包卸了。叶丹娆把背包接住，支在腿上飞快捆扎，还用上牙齿咬，眼看着背包便方方正正见棱见角了。她帮我重新上肩背好，习惯地拍一拍，说：你知道男生他们怎么叫这背包吗？他们叫它"棺材被"，多难听啊！

大约过了好久，不知谁突然叫一声："信号弹！"我们仰脸看，果然，天上有一道弧形微紫的亮光嗖地划过去，只一瞬，又隐没了。过一会儿，再划出一颗。

忍一会儿，一声长哨响起来。队伍跃出战壕，集中到大食堂里——方知是场演习。

指导员清点人数时，我们看见有人把棉衣穿反了，有人背包散成了烂包袱，还听说刚才谁谁谁哭了，谁谁谁尿湿了裤子。

我们班被评为标杆儿班，连长叫林沂蒙做现场示范。林沂蒙口号喊得极响亮。我们这支小队伍在众人面前气昂昂地走几步，向后转，再立定。大食堂灯光较亮，我们十分显眼。我夹在队伍中间，认真听口令，迈步有力，脸孔发热，心里竟也有几分骄傲。

逐渐地，训练项目又有增加。时常在谷场上，脱掉棉衣练匍匐前进，工作服磨出来窟窿，一个对一个地练拼刺刀，突刺——刺！刀锋相撞，头皮发麻，牙齿酸痛。还练夜老虎，天黑时点着小灯泡打靶，人影憧憧中，子弹呼啸。烧窑班吓得干脆不干活儿了，嚷着说：悬啦，太悬啦，窑地上子弹嗖嗖儿飞，连窑地的柴垛子都打着啦！

紧急集合又接连演习几次，哨音把人全数拽离热被窝，整好队伍在小路上急行军，脚底下步履生风，踩着又干又脆的草茎，人们习以为常一句句小声说话。听说北京家家烧砖挖防空洞，还堆土造假山，在假山里头隐藏着高射炮……忍着困倦，大家在路上走得双腿发直，往回赶的时候，队伍散乱零落。有时候，还是进战壕里老实待命，人人干脆垫着行李坐着，待得浑身酸麻，每根骨节都硬挺挺的。夜风从头顶吹过，看月亮高高升起，感觉远处地平线那里传来剧烈震颤，猜不透是轰炮还是炸雷。但总之，告诉说又是一场演习。

转过天来工地上往往士气不振，很多人都迷迷糊糊的。接连不断的演习开始使人厌倦，好像山里的孩子一次次喊狼来了，可狼就是不真来——眼见着紧急集合失掉了紧急性，眼见着严肃的军训变成一项项游戏，大家的斗志消减了。

5

北大荒转暖了，青草死而复生，丝绒般的绿色或深或浅无边地铺展，几乎与天相衔。暖风嘸嘸吹来嗡嗡的机车声，一辆一辆的拖拉机驶出地平线，整个旷野在颤动。

我站在半人高的沙坑里，向外扬沙子。很湿润的沙子，泛着一股冰雪融化的鲜味儿，扬起来嚓嚓嚓的，一点儿不沾锹板儿。干着活儿，时时停住，看鸡鸭一踮一踮地在春风里跑，身上毛被吹乱，脚爪歪歪斜斜，叫声好欢实。一只淡金色的小甲虫缓缓爬出沙层，爬到脚面上，这是第一批苏醒的昆虫吧。将脚挪开，伏身去捉，捉到手心里轻轻托起来，送到沙坑外的草枝上，看它在万物醒觉的天地里毫无顾忌地爬行。人真是季节性动物，严寒一经挨过去，心情也开始变得松快些，一种少有的宽畅松解着我，觉得身体里积存的寒冷尽被暖风吹化。

紧接着就没有星期天了，砖厂进入开工的大忙季节。全连在大食堂里开动员会。会上，指导员说：北大荒一年四季金不换的无霜期又到了，可丁可卯就那么一百天，不抢不行。去年我们战绩不错，今年再要翻一番！看看团里很多连队，还住着“披麻戴孝拄拐棍儿”的泥草房，我们是干砖瓦的，有责任让大家都住上砖瓦房。我们要争分夺秒，苦干加巧干，出它一千万！

大食堂为了配合动员杀了一口猪，这会儿传来尖锐的猪嚎，还有咔嚓咔嚓的剁菜板声。指导员又说：好钢要用在刀刃上，告诉大家一个好消息，今天咱们要改善伙食啦！飘绕在头顶上的烟气，已经泛出一股子香味儿，似乎是小米饭。闻着，喉咙里边立刻滑润起来。

忽然听见指导员在大声宣读砖厂重新调整的班排名单。我的名字还在二排五班，但班长换成了叶丹娆，林沂蒙做了排长。转脸看见叶丹娆在后排的条凳上正襟危坐，两只眼睛目不斜视，神情特别激动。

砖厂作业一条龙，龙头是机器房，机器房三面无墙，靠几根粗柱子支撑，里头一架带搅拌带滑轮以及轧板的老旧制砖机，算是砖厂唯一的半自动机械。机器轰鸣起来，几里远的地方都能听到嘎啦啦的大声响，从机器房的三个大门洞里，川流不息地走动着人与车。

男生排那边负责喂土，开机器，抬出来一板板的湿坯子放车上，女生排紧跟着一车车推走，一块一块整齐码到坯棚里，盖上苇帘子，以备晾干入窑。我所在的五班是码坯班，分成两人一伙儿在坯棚里一辆辆接车。一天下来，一个二十来米长的棚子从头码到尾，能够盛坯一万四千块。一上来，我就看出码坯这活儿酷似练体操，脚底下的动作幅度虽小，腰板儿却要不停地来来回回一百八十度大转体，还要不断地弯到地面，手握一把铁叉一回挑两块，脑袋随着一起一落，一起一落。这种活儿干上五分钟便觉得腰酸腿疼手发抖，一味坚持简直不可想象。

可一车一车不停歇，机器开起来，泥条猛龙一般从机器口上蹿出，快时一分钟出坯十几板，能装两辆车。推车班选的都是高个子女生，由林沂蒙带领着，里头外头跑着赶。一旦机器泥口那接不上，湿坯子便一板一板地摞成山，弄不好只有关掉机器。一关机，喂土工地上便一片乱糟糟的，尽是打口哨声，男生笑话女生终于跟不上趟了。

连长排长都迈着快步子赶到坯棚这边察看：是哪对码坯子的手底下太磨蹭，坯棚里头存了车子啦？

开始我和小金子一道码坯，存住车子的事儿出过几回。叶丹娆就把小金子换开，自己来和我搭伙儿。这一来她是很吃亏的，那一板坯子十六块，两人一左一右码，速度均等的话，一人各码八块。可因为我手慢，她总抢十块或十二块过去，然后又抢先来码下一板……

近近地感觉她风风火火的速度和干劲儿，觉得可怕。她抢走了我半个人的活儿，又令我深感内疚。心里一味地急急催促着，可就是追不上她那闪电般的速度。

偶尔获得一点喘息的空当，一分钟里先没有湿坯车子推来，我就跟她小声说：你别太快了，我们反正没存车子，还不就行了？我这么说，几乎是恳求，她却不太在意，汗津津的脸上泛着一丝笑，不作回答。

我知道作为班长，她是怎么想的。看得出她那一股拼命向上的意志比以往更加强烈。她坚信人是有改造的可能，这使她的勇气充沛而持久，但她不仅想叫自己出色，还要叫全班出色。这让我吃不消。

好不容易吹休息哨，我疲乏无力地躺到苇帘上，脸贴近棚边的土地和花草，十分软弱地看着。坯棚周围有鸟儿在叫，声音那么近，看那鸟儿如此轻盈自在，真恨不能自己即刻也变成一只鸟儿，叫生命自自在在的。

叶丹娆上趟厕所回来，猫腰拍拍我身下的苇帘子，小声问：你很累了是吗?

这便是她的责备了：苇帘子是不该上去躺的，只能用来苫坯子。

我说：我们坐在这又潮又凉的泥巴地上，会生病的，会长痔疮。

她不在乎地摇头，向我靠过来，替我捶腰，拳头点得很碎小很舒服。

我说：你好像汗腺特别发达，以前练过什么似的。

她点头说：以前练过几年篮球，球打得不好，倒学会出大汗。那时候教练总说，出汗好啊，出汗能带走你体内的毒素，能使身体里边清洁，还能大开胃口。

我反对说：这也不能太出圈儿了，体力消耗太厉害，只能损害肌肉，还有关节、筋腱什么的，出了问题就不好办了。我说：咱们早晚会干得身体畸形。你没听推车班大个儿赵荣说吗，推车再累，还是能全身舒展胳膊腿，可是码坯子，老是一蹲一起的，往后两边的胯骨会拉宽，越来越朝横处长，个子却要往矮里抽抽，那体形保证不好看了。

她不接话，猛地打出一个大哈欠，眼睛立刻水涟涟的。一会儿再看她，人已经靠着柱子睡着了。那张标准的鹅蛋脸上，布满泥迹汗渍，此刻微微地仰着，已经见出消瘦的轮廓，却依然很美。美得不合时代，美得有些凄茫。她两只手臂歪斜地垂耷着，一只胳膊肘的外侧，勒着一条寸长的疤痕，手指已经完全走形，虎口处裂纹四出。

制砖生产为了突飞猛进，时间上拉得漫长，几乎是连轴转了。出操暂被减掉，起床哨响在凌晨三点钟。人人脑袋昏沉沉，穿过朦胧的过道，面孔沉默顺和着，像是去做集体早祷。

黑黑的上工路，两条队伍——男生排女生排，无声汇合了。手电光里拉开距离，谁也不去理睬谁，都耷拉着未及梳洗的头脸缓缓地歪斜地随着走，脚步迟钝气氛沉闷。倘若晨光亮起，人们定会为自己稀松不整而羞惭。

迷糊着，我会本能地找到事物间的联系，挨着次序，一点一滴地回想，想邮包里尚留存着几块糖，想昨日里谁对我说过一句夸奖的话，或者，一把刚修好的坯叉子，一双补好的鞋。总之，一切聊以自慰的小细节，皆为我珍视，似乎没有它们，这一天将难以撑持下来。

工地上较亮堂，坯棚里串挂着一个个小灯泡，好像电影《燎原》里面黑深的坑洞。棚边未及刈除的旺草已长成半人高，里面密藏着蚊虫。现在它们也急急忙忙上起早班。我们手里干着活儿，它们口上忙着咬。没多一会儿，发根里边，眉毛里边，鼻孔周围，嘴唇边上，尽是粉红色的疙瘩疱。本地有一种奇怪的飞虫叫小咬，比蚊子毒性大，专爱叮人最无奈的地方，如果头上戴了帽子，小咬会围着帽檐儿死咬上一圈儿痒得人蹦跳。

于是才一会儿工夫，每张面孔都没法看了。

刚来那天为箱子地盘和我争吵的上海人陈梅英，似乎是最最怕咬的一个。她在六班干倒坯架，挨着我们码坯的棚子不远，总在那里一句句乱叫，“咬煞嘞，咬煞嘞”！忽就发出嘤嘤的哭声来。林沂蒙推车过来，冲她那边喊：陈梅英，不是就你咬！

她更加撒泼似的嚷：要死啰，要死啰，阿拉就是最咬的！侬过来睽一睽，阿拉身上，哪里还有一片好肉哇？一天天咬一天天抓，所有时间都用在抓痒上，也都还不够，连包子馅里都是死蚊子、死小咬的尸体呀……还是要干活，干活！嗷，侬是大排长，侬总要想想办法，想想办法哟！

林沂蒙顾不上理会她，脸绷着，车子推得悠悠生风。

小金子在另一头叫：排长，你来替我码一会儿，我去揪把蒿子秆儿来熏熏吧。

林沂蒙又冲小金子喊：没用，别理她，别过去，又不是没熏过！

几小时熬过来，天真正发亮了，蚊虫大军才像一窝子小妖怪似的隐没掉。食堂那边遥遥吹来开早饭的哨声，机器房嘎地一下没声了。

天地又变得静静的，灯泡一齐关上。大家揉揉眼睛搓搓手，离开坯棚和推车，又列成队，一起匆匆往回走。这时看到发蓝的天空仿如倒悬的海洋，阔远的原野碧绿如洗，村屯的灰屋顶上，袅袅升出白色的炊烟，嘹亮的鸡鸣狗吠混合一气在半空里响。这时，方觉得体内的血液一点点流得正常了。

然而已经模糊了时间的界限，仿佛自己也刚和这个世界一起苏醒过来，新的一日是从这会儿起，才按部就班地开始。

团里气象站来通知，这几天将有雷阵雨。连长叫各排抽人力提早做防雨准备。机器还是照开。林沂蒙从五班抽下我，跟她一起粘补坯棚顶的裂缝。要熬柏油粘上小块儿油毡来堵，活儿挺难干的。大热的天里燃柴禾熬柏油，再拎上小黑桶爬梯子够棚顶，我的所有笨拙又都暴露无遗。林沂蒙觉得我碍手碍脚的，但也还算耐心，叫我在梯子下边及时递给她这个那个。渐渐干得顺手了，竟也配合得不错。

她昂扬地唱起来：

天下者，我们的天下，
国家者，我们的国家，
社会者，我们的社会，
我们不说，谁说？
我们不干，谁干？！

她以一种特别的气势来唱，其声豪迈，整个工地都会听得到。看她容光焕发的面孔那么兴奋，眼睛纵览天地，满怀一份崇高向上的劲头，仿佛，她身体内除了充沛的活力就没有别的了。

“你要学会吃苦，学会乐于吃苦！”这是她平素和人谈心的口头禅。

——她没有忧愁的时候，片刻也没有，她对忧愁毫无概念。

我承认自己是羡慕她，她所以这样全是缘于优越的出身。她的父辈从马背上打下江山，她生来就体会到优越，连身体都长得矫健。我发现，任何一个人，只要当他对自己的出身和全部作为抱定了充分的自信和满意时，就能在心里充满水晶般的热情，并且具有一份豪迈。

她又唱起李劫夫谱的毛主席诗词歌曲，挺好听的。唱到“独有英雄驱虎豹，更无豪杰怕熊罴”，她从梯子顶上转给我一张开朗的圆脸，问我:你说，“熊罴”是什么？这个我有研究，曾经查过字典。我告诉她：罴是熊的一种，也叫马熊，能爬树游泳。东北的熊瞎子本事大概比它差远了。林沂蒙在上边说：呵，你墨水喝得还挺多。

再粘下一个坯棚，林沂蒙不搬梯子了。叫我踩在她的腿上换粘补的活儿，说这样干又方便又带劲儿。她把腿拉开弓箭步，很舞蹈式的，把手用力朝大腿上啪一拍，说：来，你脚就踩在这儿！我摇头。她硬抓着我的手腕叫我上去。我的脚板软笃笃地身体乱晃，退缩着站不住，她却像铁钳一般把牢我，说：没事儿，你轻极了，你就粘吧。

我们就这么着一气干了好一会儿，她托着我，人在底下姿势越来越舒展。她一脸惬意的神气，说：这太不算什么了，我腿力强，弹跳特好，小时候，跳皮筋儿，专跳大举，又在学校文艺宣传队练了半年功，我还演过《东方红》里托小红军的那个角色哩。

我信她不是吹。心想跟她一起干活儿确实别具趣味，生气勃勃的。

哪知刚这么一想情况就变了。我觉得下边的她膝头上一阵乱颠腾，刚想说你别颠，手上就抓了个空，身体的重心拧歪了，整个人扑地跌下来，她虽然及时扶我一把，但我还是头朝地面摔个嘴啃泥。

爬起来时，满脸是土，腮帮子上烫得很，又发觉一只胳膊肘疼得厉害，连小钩子也拿不了了。

卫生员郭小刚断定我胳膊肘内的骨头摔折了，我听完当即哭起来。

林沂蒙从屯子里借来一辆脚蹬闸自行车，叫我坐好了“二等”，她带我到离着连队十五里远的团部医院去接骨。一路上，我的哭声止不住，她很反感，在前边说我：你真是娇气！听她这么说，我倒收了泪，气咻咻地沉默着，不管她再说什么，也不理她。愤愤地在心里说：我就娇气了，我生来就是再娇气不过的，我可以很轻易地受伤出事，谁叫你干活儿干出花样来的？谁叫你唱得手舞足蹈？

接骨回来已是傍晚，我的模样好看了，左胳膊肘打了厚厚的石膏吊在胸前的挂板上，一侧腮帮子上黏着一剂方块膏药。这副样子叫大家看得新鲜，我自己则十分气闷，干干地坐在角落里，跟谁也不说话。

6

然而我却可以休息了。在大家都去上工的时候，我有权独自留在宿舍。偶然的受伤换得了宝贵的假日，原来这也挺值的，这非常的值。我像小孩子忽然得着一块奶油蛋糕，一点一点舔它，心中涌起快意。

一个人了，竟有一种完全瘫软的感觉，整个人松松垮垮的，有些淡淡的空茫。一个人在静静的宿舍里悠悠溜达，仰头看洗脸架上方，一面茶杯口大的小镜子。这是上海人周细珠的。大家梳头时总是轮流来照，我很少照过。我可不习惯在身后左右尽是眼睛的时候照镜子。但是现在，我可以尽情地照一个够了。

揽镜细照，发现自己的脸干红干红的，皮肤明显粗糙了，鼻翼周围出现了一点一点浅棕色的晒斑，抹也抹不掉，像洗不掉的泥迹。我有些吃惊，伤心。虽然一直想往黑里晒，却也不想变成一个麻土豆。

这么小的镜子，我无法将自己看得全些，然而新的发现落在眼睛里，叫我看清楚现在的自己，是那么一副备受损伤的可怜相。

离开镜子，劝自己别想太多，快抓紧时间睡个觉。真的，在这难得的时刻，最好的选择只有睡觉——我有一生的觉要补啊。

将那黑布帘儿遮上窗户，落下蚊帐正要大睡，忽听得一只手在敲打窗户。坐起来看，是连长。

连长从外边伸手，掀开黑帘子，隔着蚊帐，他看见我胸前的挂板，并未显出要照顾我的意思，在窗外大声说：你去马号吧，帮着铡铡草凿凿豆饼，现在啥时候，还闷头睡大觉！

懒散地踩着一片野地怅怅往前走。连长指给我马号的方向在连队的紧东头，我还从未去过。一路上，看见好多的婆婆丁和野雏菊醒目地开着，忍不住弯下身去掐几支。闻出空气里边有一种混杂的动物的臊气，抬起头，看见不远处有一个四方的大原木棚子，想必就是马号了。

马号显得古老、破败，几根粗大的原木柱子歪歪扭扭地支撑着厚重的草棚顶，有一种随时要塌下来的感觉。两排长方的牲口槽周遭空着，牲口们还没有归圈，因此马号里现在很清静。

一名农工双脚穿着泥靴子，站在浸着粪尿的湿地上，一锹一锹，铲起粪肥往提筐里装。这活儿看着便觉龌龊得很，更不用说干了。

不自觉地往棚子外边走，惊奇地发现，在马号后面，正有一匹刚刚成年的小黑马要被钉掌。它被铁链缚在木柱前，身体仰坐着，四蹄无可奈何地向外伸出来。随着铁链拉力时紧时松，它发出短促而刺耳的叫声，蹄脚在空中可怜地胡乱踢蹬。小黑马的自由掌握在一个驼背的老职工手里，一张饱经风霜的脸斜侧着挡住阳光，看上去冰冷无情。

在小黑马越来越连贯的痛叫中，我别转了身体。这时注意到那个起粪的农工正在那边盯着我，并且，似乎他也一直在等待我回头来看他。

我和他目光相接，他远远地向我笑，那笑容因为露出雪白的牙齿而显得爽朗。

走过去，我想是否也得跟他打个招呼。忽然诧异地发现，这人竟是一个女生！

也许因为她浑身尽是污泥，因为她干活儿时那种潇洒的架势，一开始，我真以为她是个本地男农工了。

她看上去像运动员，是那种一个年级里顶多能挑出来一个的少见的大个子。而她的身材、体态，特别是一双大号的手脚，都与她的性别极不相称。她拄着铁锹站直身体，头几乎挨上棚顶的一个灯泡，短短的头发掖在一顶工作帽里，遗露出来几绺子，被汗淹着凌乱地贴着脸庞。那张脸是叫人一看就要留下印象的：大眼睛，眼光机敏，鼻直口方，下巴颏微微往前兜，兜出一种奇怪的劲头来，很吸引人。

看我迟疑地打量她，她眼睛温和地转动着，大大咧咧说：我叫舒迪，你手怎么啦？

她嗓音粗拉拉的，像是被砂轮打磨过，并不难听。

我说：我叫孙小婴，这是昨天摔断的，又上团部看了。

她的脸上一道笑容牵动起来，好像很有经验地说：没事儿，你只要别碰它，吃得多点儿，多晒太阳，有两礼拜，也就全长好了。

我听了点头，问她：你是舒服的舒吗？她摇头，纠正我：舒服不了，不如说舒尔贝克的舒，听说过吧，舒尔贝克，他是南斯拉夫乒乓球运动员，我在北京工人体育馆看过他打球，赢了之后他兴奋过辙，在场上翻了一圈儿大跟头，哏儿极了……

我说：舒是舒尔贝克的舒……迪呐？肯尼迪的迪吗？

——嗷，不敢当，是爱迪生的迪。她说着将扁担拿过来，钩住两个盛满了粪肥的提筐，钻过头去，端平肩膀肩好了，挑起来向外面走。

看她确实是一个身大力不亏的人，肩膀像基石一样坚实，虽然她不断地用臂肘擦抹着汗津津的额头，不让汗水流到眼睛里，可整个姿态都显得稔熟麻利，显出来一份罕见的老练，有点儿男里男气的，却不鲁莽。道儿是十分泥泞的，她的步子蹬踏有力，脚下一双泥靴子噗噗噗的，踩出一种好听的节奏。

我问她：我能干点儿什么？她一双亮眼仔细看着我，说：嗨，小老乡（原来我们都来自天津），这里哪有你的活儿哇？你就好好歇着吧。我摇头说：连长叫我来这儿，叫我铡草，或者凿豆饼。她说：那你给我递草试试，你可小心点儿。

她带我到一架大铡刀跟前，好多的干草在一旁堆着。她叫我蹲下，半寸半寸地往铡刀底下伸草绺，说一次一小撮即可。我照着做，眼睛很紧张地盯住长长的大刀口，心里想起伟大的刘胡兰。

我们一个蹲着单手续草，一个站着双手轧刀，配合越来越默契。

我发现她心很细，也很耐心，总是有板有眼一刀一等我，丝毫也不烦气我的笨拙，心里不禁立刻有了一种难得的放松。

我问：为什么要这么半寸半寸地铡，那么一大堆干草，得铡到什么时候啊？

她说：你没听过“寸草铡三刀，无料也上膘”吗？

我新鲜地笑了起来。她也笑，说：看你满面愁容的，还以为你不会笑呢。

我白她一眼，你才不会笑。她说：真的，你刚才打远处走过来，一副神气儿蔫蔫巴巴的，就像一棵小泡菜。我真不喜欢她这么来打比方，却不好意思作生气状。过一会儿，我很抱歉地说：你看我也换不了你，叫你干累着，豆饼在哪儿？我凿豆饼吧，你歇一会儿。

她喘口大气点点头，将铡刀住到口里，两只大手响亮地拍一拍，引我走开。

我们一起进到马号紧里面一间黑蒙蒙的小屋，拉亮灯，看见一面炕上烤着一摞子锅口大的硬豆饼，一股扑鼻的豆香味儿好生诱人。

她摘了帽子，拍拍身上的草屑，说：来，脱鞋，上炕。说着拿过来一把菜刀一把锤子，问我使哪个，我接了锤子。我们就一起盘着腿，在光面席的大炕上凿豆饼。

开凿时，她先掰一块，让我尝尝。我尝了一小点儿，虽说也能吃，却觉得特别扎嗓子。

她说：这是榨过了油的豆拌子轧成的，还是有很高的营养，切剁以后，泡软泡碎了，和上草和水，是马们最好的料了。她一边飞快地切着，又一边时不时往口中塞一块豆饼，咕噜咕噜大嚼。我被她引诱，叫自己再吃一点儿。大概我那样每咬下一块都要嚼上好半天的吃法令她诧异，我发觉，她老是全神贯注地看着我，一种眼光难以解释。

她的眼睛有点儿与众不同，乌亮的瞳孔又大又清亮，正像一场炎夏的骤雨之后，必然会雨过天晴一样。但是，当她仔细看着我时，她这双眼睛又似乎充满变幻，在微微的笑意后面，静静地隐藏着锋利的直觉力。

——那样来看我，似乎是想洞察什么，似乎含着好多审视的意味。在此以前，从未有谁这样来看我。我感到一种特殊的气氛。

她问我：你是不是牙齿有问题？怎么吃东西比老太太还老太

太？

我说：怎么啦，没问题，我就是这样吃东西的，就是老慢。

我说：我是保育院长大的，我们那里教过一大堆习惯，比如，吃饭细嚼别着急，比如，饭前便后要洗手，饭后百步走睡觉不蒙头……

她像听了一段单口相声似的哈哈笑起来，是那种真正的纵声大笑。

我不禁受了感染，忍俊不禁。她停了刀，说我：你真好玩儿，怪不得，你会最后离开大食堂。我问：此话怎讲？她说：那天中午我上食堂挑泔水，看见你独自留在饭桌前——干什么呐？正慢条斯理儿喝大楂子粥呢，喝得那叫细致磨蹭。司务长在伙房里直跟我嘬牙花子，我心想这谁呀，她好像还是在自己家里哩，她还是个毛孩子！

我的脸腾地红了，说：谁细致啦，怎么细致啦，我老是怕沙子硌着牙，还怕自己吃得少。吃得少，干起活来，一会儿就饿得没劲儿了，所以才总落后……

是吗。你看着可真小啊，老初一的吧？

是，我老初一。保育院上学早，我们小学还是五年一贯制。

她一撇嘴：难怪，我老高三，快大你一辈儿了！不过你体力也是明显够差的。嗨，落后怕什么？落后就落后呗，落后也是一种哲学！

她这么说着，又抡一下胳膊来强调：真事儿，你看我膀大腰圆的，想落后也不行，没条件呀。不过我觉得你可以先从牙齿上练练。你看，一窝的小猪崽，怎么就有的胖，有的瘦呢？想必也就是牙齿的问题。明白吗？所谓优胜劣汰——谁牙口儿厉害谁就有能耐长肉！你不妨就拿这豆饼练牙齿，也就是练咬嚼肌，懂吗？咬嚼肌。你大块大块嚼，使劲儿嚼！

她给我做样子，一劲儿撺掇，我就又塞了一大块豆饼进嘴里，狠狠嚼。

嚼着，她笑着看我。我也看着她。

她的眼神善意，热忱，带着一种老高三人特有的涵养和理解力，叫我心里舒服。

可是，大团的豆渣一下堵在喉管那里，噎得我上不来气，猛呛起来，整个嗓子里顿时满是小针，扎得难受，立刻就迸出眼泪来。

她赶紧凑过来拍我的背，拍得很小心，一面说：你看你，就是不行，赖我赖我——人啊，天生是怎样的就得是怎样的，哪能轻易改得了嘁！

这时外头忽然一阵乱糟糟的声音，数匹马在昂奋地叫，车轮车辕巨大的擦撞声……

舒迪腾地下炕蹬鞋子，紧紧张张说：活儿来了活儿来了，我得喂马去啦！

她下炕下得太急，赤裸的胳膊撞着我。我觉得她的胳膊好硬实，好凉，简直像一块生铁疙瘩。

7

我没有想到，马号竟是一个挺好的去处。马匹、水井、牲口槽，一垛垛的干草……一切显得那么宁和、古老，看不到一点严酷生活的印记，好像所有的角落里都发散着让人松心的气息。

一连几天，我都上马号去待着，觉得自己已经从所属的班排里分了出来，连天天读也借机不去参加，让人以为我是去马号义务劳动了。只在吃饭和睡觉时，我才很难舍地回到宿舍。

舒迪很照顾我，老是让我做点儿小活儿，大部分的时间里我纯粹是闲着，像一个观赏者。养伤倒像是也养了心，可供我观赏的东西马号里边比比皆是。

我发现马是一种很受看的动物。尤其当它们在吃料时，一副样子格外有趣。它们的嘴巴非常的大，咀嚼起来却是不慌不忙、慢条斯理地，松懈的下唇挂着碎沫，将鼻翼张大了，吹开槽边的草屑。

它们安稳静默地吃着，只有磨齿声沙沙细响着。料吃够了，它们通过喷鼻吸鼻蹭鼻来互相交流，睁着和善的大眼睛，沉静地望着歪斜的大食槽，望着这有些寒碜的它们自己的家。

我看见自己的头影贴印在一匹古铜色大马的脸面上，它似乎有所知觉似的停了咀嚼。我想大着胆子挨过去摸摸它，那发亮的鬃毛、温软的唇鼻、硕大的骨架，尤其想抚摩它们的脊背，那脊背由于长年的驾驭，深烙着挽具狠狠压出来的死茧儿。看过一个美国童话叫《小红马》，说马最喜欢让人摸它的腿，摸得高兴，它的耳朵就会说话。可眼前这匹，说不定会踢人，还是摸摸它的背吧……实在是有点怕，但也奇怪，当我越是怕，越是好像发生了感情似的特别想触摸它。手指感到它温厚的皮肉先哆嗦了一下，随后就柔顺地静待着，一双大眼睛分外明确地注视我，令我感到，它那无言的神情里含有许多善意。

脚下踩着的地面潮湿发暄，到处淋着除不尽的粪尿，到处散发着酸腐的草料味儿和尿臊味儿。一面土墙上投着牲口庞大的黑影，几乎凝然不动。只有当蚊蝇聚得多了，它们才会慢吞吞地跺跺蹄脚，甩甩尾巴——一个很龌龊的地方，我不知为何会大受吸引。用童心未泯来解释，可能太不充分了。也许这里凝然不动的空气，安详到优雅地步的马匹，使我恍然进入一个别样的世界，使我忘却了真正的生活。

不知不觉中，心里许多愁绪都给冲淡了，一系列的困扰似乎也算不得是困扰。甚至于我觉得自己并不是居于它们之上的（人），我和这些生动的异类其实是伙伴关系，不仅它们的呼吸、举止，我都可以接受，连它们眼界的长度、亮度，也都和我相同。我还相信，在它们的眼睛后面，有智慧，也有判断。

舒迪和那个老职工总在一旁忙着。他俩之间很少说话。

老职工一身黑衣像是囚服，长着驼峰般的脊背，加上白发苍苍和满脸的枯槁灰暗，看上去大约足有九十岁了，可干起活来，人却像一头顽强的动物。身体尽管不太便利，套起车子来立刻就使驯良的马匹变得振作。它们应和着他的吆喝喷出响鼻，跟着吼出来充满激情的大声，昂扬地随着他的牵引踏到外面去挂辕子。当马匹全都离号后，他又像一个懒惰成性的人，头朝下扎在草堆里，淋着日光呼呼睡大觉。

舒迪告诉我：他叫老蒙，是“漏网地主”，刚来时，都看他样子可笑,脖子上整天挂个大大的圆形“忠”字牌,就像电影里的清兵。

我有点警惕，小声说：注意啊，那他可是有问题的坏人!

舒迪摇头：嗨，也不一定是坏人，也不见得是好人，只不过是个活人。

我便觉得舒迪每天是过于的清静了。问她在马号多久了？她告诉我：半年了，刚来是分到农业连，后来砖瓦厂充实人调了过来，先让做食堂的火头军，没几天就显得耽误材料了，连长问，愿不愿意到马号干，能说不愿意吗？我说：那么说你是经过了冬天了，我想象，冬天这小屋子里一定是炉火熊熊的，茶缸子在灶上冒热气，可以烤点儿什么东西吃吃，还可以搂着大马焐焐手……

你想象力够发达的啊，你想得这里这么好，那咱俩换换吧。

换什么，咱俩一起在这儿干，多好!

她听我这么说，不由眨了眨眼睛：那你何不去问连长试试？可又说：算了吧，我是泥捏的，你不是。你干吗傻呵呵往牲口窝里跳？

我问：你不会嫌我碍事吧？她笑我：你真小心眼儿，虽说你干起活儿来不怎么样，可我还是希望你待在这儿，哪怕你就袖手旁观万事不管，把这里当个动物园呢。

我说：要真是动物园，那你该卖门票了。

我觉得舒迪是我从未见识过的一种人，似乎从一开始，她就格外地吸引我。似乎，她的每一举手投足都带出一种我完全不具备的东西。它们令我羡慕、惊异，从而就看出，在她浑厚的身体里面，包藏着比我强大多少倍的力量。但是，又好像，这些并不是最主要的。好像，她所以格外地吸引我，是因为我感到了她对我的关切。这关切，不仅包含着关心、同情，还有重视——一种含着探询的重视。

我说的探询也许是难以言传的感觉。也许从根本上是属于很感性的东西，大概是包含着某些兴趣、某些猜测。我那样呆看着马，使她很稀奇，常常发现她同时也在悄没声息地从后边注视我。我奇怪那样的注视又固执，又频繁。感觉到她的眼光，不仅是眼光，而是我们之间的一个联系。莫名其妙地，我很在意它。当我碰上她的眼睛时，她会遥遥地朝我点头，给出一个友善的笑，好像说：没事儿，你看你的。

我解释自己对这些马的喜爱，说：我记得一个童话，里头说，劣马喝水时只用嘴唇沾水，骏马喝水时，则是连鼻子带嘴巴全都浸到水里，我看，咱们马号差不多都该算骏马了。

舒迪很新鲜地咧嘴笑：你知道的还真不少哇。

她点着头说：我也记得，好像希腊神话里把马说成是上帝送给人类的礼物。

——确实是礼物，你看那匹白色的，那么高大，膘肥体壮的，像不像《静静的顿河》里，格利高利骑的那一匹？瞧它眼睛总是水汪汪的，像黑宝石似的——好像它们永远也不懂得惊慌，不懂得诉苦。

你呢，你诉苦吗？

哪有权利诉苦？诉一点儿苦，简直像犯罪似的。

我说这话，令舒迪愣一下。她说：我看得出来，你老在伤心，你老伤心，你就更看着弱，看你整个是一根脆弱植物，小花小草的，一点劲儿也没有……

……什么小花小草，要能变匹马才好呐。

她使劲儿扇手，说：可别，马太累啦。

老蒙扎在草堆上打盹时，我们就在马号的小屋里坐着说些话。不吃豆饼了，干盘着腿，互相脸对脸，瞎聊。聊起来各自的家。

她也来自天津，出身不好，算小业主，公私合营以后，她家吃社会主义利息，到“文化大革命”时，父亲受批斗，第二天人就顶不住，喝了车间里现成的电镀液，自杀了。人抬到医院时，因为没有革命群众证明，医生迟迟不过来管。后来她父亲头一歪，死在她怀里。

舒迪用平静的口气说着家里的惨事，渐渐绷了脸，把眼睛盯住自己的鞋子。

她说：我是老大，我妈那时已经吓得痴呆，我还有个弟弟小我十岁，现在在街道小工厂里干活儿，我妈由他管了。

舒迪说起她的弟弟时，脸上布满感情。她换一口气，说：我弟弟生得一副女孩儿相，细皮嫩肉的，很水灵，沾点事儿就爱大红脸，爱哭，我上火车时他来送我，那份生死离别的哭劲儿就别提了，后来火车咔嗒动了，他想起来给我钱，是一堆平时积攒的钢镚儿，装在一只小布袜子里……他追着火车，一只白白的小嫩手，举着哗棱棱响的布袜子，使劲儿够我那扇小车窗……使劲够，使劲跑，嗨，多傻啊。

说到这里她声音颤了，小了，忽然亮起眼睛盯牢我，认真说：这些，我就跟你讲了，你可给我保密。我点点头，转移她的情绪，来说自己家，说得轻描淡写，她却听得用心。

她问我：你对你父亲印象最深的是什么？

我说：印象最深的是他夜里老也不睡觉，他的书房彻夜亮着台灯，台灯座上有只铜狗，早上摸那铜狗，往往热得烫手。他常常在黑暗的过厅里踱着步子吸烟，每当我夜里睁开眼睛，一定先看到一个红闪闪的烟头在过厅里慢慢转着，像只忙碌的红萤火虫明明灭灭地飞动。

——不知为何，我喜欢闻父亲的烟味儿，喜欢在深夜里盯着看那个熠熠闪亮的红烟头。父亲不去学校时，往往总是坐在那里写字，厚厚的字稿由姐姐誊写。姐姐跟我说过，那都是检查，但是姐姐从不告诉我检查的是什么。父亲在白天，心情好些的时候，会搬只藤椅上院子里去坐着，那时我去缠他，问我的作文怎么写。父亲耐心给我作些指导，然后就不管我了。他老是静静坐着吸烟，把疲倦的脸向着天空，朝着耀眼的天空吐出一朵又一朵的灰烟圈儿。父亲吐烟圈儿的功夫很是讲究，可以让烟圈儿一个套上一个，漫漫散去。我搅他，问：爸爸你在想什么呐？他不回答，手指着天上说：婴儿你看烟圈儿，你看烟圈儿。我看着烟圈儿免不了注意他的眼睛，他的眼睛里网满了吓人的红丝——现在想来，那徐徐袅袅的烟圈儿，是父亲留给我的最深的记忆了。

舒迪并不打听我父亲老写什么“检查”，可她提出了一个奇怪问题：你注意过他的手没有？他的手长得什么样？

我记得父亲的手。面粉色，很长，手掌单薄，骨骼不太明显，手指头是尖的。他坐在写字台前，爱用手不时地抚摩台灯座上的那只铜狗，手指动得像面条鱼。偶尔我们一道上街散步时，我总要落在他身后，低头数着便道上的格子砖，他一边往前走，一边伸给我一只手，并不回头来看我，我要表示自己没丢，须时时拉一拉那只手。

那只手给我又凉又软的感觉，像一片和好的面皮，没有一点儿劲儿。

舒迪说：你很像你的父亲，有其父必有其女。她说着，便来握我的手。

我看到自己的一撮手指在她的虎口中竖立起来，那虎口是见棱见角的。

她问我：你看，像不像一把小洋蜡？她这么问时眼睛仔细看着我，目光是近切的，奇妙的。

这大约是我们第一次相互握手，握得那么紧，出奇地紧，竟使我有一种异样的被控制的感觉。我觉得，她手掌里分明是想使上一些力气，却又控制着没有太使出来。

以后她时常来握我的手，好像很乐意看到一种反差极大的比例。她的手掌厚实宽大，因为手茧过硬而有些刺人，但我喜欢它里面温温的热度，喜欢那种不寻常的舒服的摩擦和挤压。放开我手时，她通常会有一刻停顿——好像有些难舍，然后，她眼中闪着笑意，亲切地盯着我，为我摘去头发梢儿上的草棍，抻一抻我的衣裳领，或者，帮我系齐了衣扣……

类似的小动作很多，并非微不足道，仿佛有一种不可思议的激动人心的东西，在其间隐含着。默默地接受它们，默默地发觉，它们具有极大的影响力。

一种深深的快乐，神秘的联系，足可以抵消疲惫的东西，由她的手，悄悄潜入我心里。也许在粗糙钝重的生活里，我太缺少这种稀罕的感觉了。这又温柔又细腻的感觉，如此宝贵难得，被我敏锐地捕捉着，一经接触便迅速地吸收掉。

我这么想：舒迪好像是我的一个长者，好像她对我早已持着一份责任，要关心我的情绪、我的思想，以及我的行动——这多好！

那只胳膊肘长好之后，我又回排了。一天里，总是禁不住地老想舒迪，总是很厌烦地在坯棚中干着活儿，盼望着快点儿结束，好去同舒迪会合。却只能在晚上，在各种学习或者开会之后，很晚的时间了，我牺牲一些睡眠，去马号。

一个人，从宿舍出来，走进深海般的黑夜，头发会吓得倒竖起来。渐渐适应些，觉得四野梦一般浑阔，马号好似在天边上。手电的一小圈儿光亮，抖抖地跃动着，划出一寸一寸的白路。心里感觉到慌急，一种违背了我本性的勇敢，有力地推送我往前走。终于，看见了马号空洞的大门口，晚风送过来熏人的牲畜的气息，间或夹了几声长叫，一个不戴罩子的小黄灯泡孤零零地吊在棚前亮着，像一个静静喘息着的宝贝。

刚一看见它，我那摇荡的心便安定了。

在马号，我帮舒迪抱抱草，添添水，说上一会儿话。四周是静静的，暗暗的，马嚼夜草的声音嚓嚓地好听。一天里，本来已累得一点力气也没有了，可到了这会儿，浑身又都兴奋起来。舒迪询问我这一天又码了多少坯子，棚子里存过几次车子。她认为，我除了比别人力气小，技能差，主要还是手里没有一把好使的坯叉子。

她亲手给我打了一把，叉子把上，还给我缠了一圈儿细麻绳。

她说：打乒乓球讲究得有自己的“手拍”，你码坯子，也得有自己的“手叉”。

我抓紧时间跟她说话，话匣子一开就显出倾诉的劲头，像泼水似的，全是发牢骚。我说你多美，你就自己管自己。可我，总觉得八面是眼睛。你说说，怎么都专爱盯着我呢？

我问舒迪：什么叫不联系群众？什么叫不走群众路线？什么叫团结不广泛？我告诉她，这个月总结会开过后自己特别别扭。又让选先进，几乎每人都被提过名，唯独我，就没人提——好像，这会儿我老是被忘了，好像，这会儿排里根本就没我这个人，哼，我就这么差吗？我差，我差，可我已经尽全力了，真的尽全力了。

舒迪看着我，笑说：你这么想不开，还挺在乎表扬的？唉，可怜见的，看来，人人都有自尊心呀，你别急，回来我申请调你们排去，到时候提表扬，我就专门提你——好不好？

——你说话算话！我使劲扣住她的手，转忧为喜，笑了起来。

她也陪着我笑。我们的笑声破坏了马号的幽静，四外都听见回声。

老蒙躬身走进来，手里微颤着提一个马灯。舒迪向我使个眼色，说：回吧，要不宿舍插门啦。

马号值夜一直是老蒙负责，舒迪不住在马号这，她的宿舍是在后勤排。

我说：不回去行吗，我们就在草堆里头忍一夜，跟星星做伴。

不怕蚊子小咬哇？能咬死你！她这么说，我便无奈。

我们一起往回走，一起感受夜风的潮润，一起看到黑夜流动着大气，这大气温静纯粹。

我发现，夜里的世界本是很美的，旷野的大边际上，一道水线似的紫色与天空相衔。那里，是黑夜尤其深邃的所在，那里，深埋着世间不可测知的生存奥秘……

夜露在降临，仿若细碎的花蕊撒在脸上。她握着我的手，默默地拔脚步，脚步带出她特有的重量。或者她搂着我的肩膀，搂得越来越紧，使我整个倚靠着她。她是那样强大有力，和她作对是不可能的，我也不想。被搂着，闻到一股马号的味道，这味道连同一种轻轻的挤压，温热而着实。这时，仿佛听得见她身体里的血流声。

然后，前方出现一排小亮珠般的灯光，散得很开——宿舍到了，身上沾着她的热气，压低声音，向她道一声再见。

8

木工班几个人两天里钉出来两个大大的篮球架，一伙男生轰着叫着抬上肩膀，将篮球架竖到女生宿舍前面的空地上。傍晚时候，女生排义务劳动，清除了空地边上的垃圾，再将杂草全部铲掉，四周撒了一大圈白花花的石灰粉，篮球场建成了。

连里开会，大食堂台子上站出一位穿制服的干部，是团里边来的薛干事，政治股的。他说：砖瓦厂要成立一支篮球队，要配合全团的篮球大联赛，搞好循环选拔，这是一项不可轻视的新任务。这任务有这样那样的深远意义。

薛干事说完指导员说：我们连就是只出女队，因为我们连比别的连女战士力量突出，一定能够出人才！

我们二排挑出来六个人，叶丹娆在其中。

制砖生产还照常，抽走的人不干活儿，整日里练球。哨子声一直不断，一直传到工地上。人们都有一种关心的兴致，每天一干完活儿，抓紧时间吃饭，然后就围着篮球场，看几位女运动员练球。为了让看球的和练球的一起更兴奋些，指导员这时就选男生过来上场一起打比赛。

男生女生平时基本上不说话，现在这样等于有场好戏看了。指导员让大家底下给女运动员打分，要详细评说谁不错谁不行，怎么不行。

我总是独自窝在宿舍里，贴着铺边的小窗口往外看，又自在又安生，也能看个八九不离十。我最注意的人其实只有一位，便是叶丹娆。叶丹娆这时是相当出众的一个。不仅是她的容貌。看她四肢舒展起来，双腿显得修长轻盈，运球敏捷，手势准确，种种姿态里透着技术，看上去是那么标准、漂亮。都夸赞说怪不得她原来就是校队的。我在心里为她叫好。同时注意到，像我一样专门注意她的人太多了，几乎所有的男生，所有的本地人，他们的眼光以及表情实在是难以形容的。当然了，一种不约而同的期望，是这些眼光中共同的内容。

人人都要她的出色持久再持久，必须得有价值，作为我们连的法宝，她只能准确，只能敏捷，要奔跑如飞，投掷如递。好像我们砖瓦厂能否百战百胜，就在她这一个了。

她当然懂得这些，却又有点儿太在意这些了。在人们的叫声里，她脸上越来越明显地挂出一种紧张神情，仿佛箭在弦上，仿佛把整条命都附在了篮球上。又拿出干活时的拼命劲儿了，那种动物般的冲劲儿看着叫人担心。那两根小辫儿编得死紧，用皮筋系到一起，在脑后打成一个斜叉——这斜叉着的发辫儿是她身上唯一未被汗水浸透的东西。

这天听见一种议论，说叶丹娆有个奇怪的毛病，一上篮投球，准保会尿裤。

我诧异，不相信她会这样。可是再看她时，确实发现，她一到上篮的时候，便掩不住一种慌乱，甚至是错乱。那时，她的脸红红地仰着，眼睛紧紧盯住篮板，动作是僵硬的、扭曲的，虽然每每还是极少掉篮，可样子实在不算美。

篮球场外一些男生，一些老职工，都对比赛战况不大关心了，只是紧紧追着她的裤子。

我也像所有的人一样，现在眼光免不了要射向她的裤子——裤裆。那里湿着，湿迹很深。尽管她的裤子整个都是汗涔涔的，但崭新的湿迹无从遮掩。

我不忍看她了，感觉一种特别的难堪此刻正从心里折磨着她。听见许多刺耳的声音，掺着怪笑。可叶丹娆一直就那么打着，拚命的架势始终如一，裤子每天换出一条来。

我将篮球场上的事跟舒迪说，她也有点儿别扭，一会儿话茬换了，她皱眉头说：怎就没我的份儿？难道我这人，天生就是干活儿的坯子，只配跟牲口混吗？

我说：怎么的，你心里痒痒啦？告诉你，幸亏没去，那份儿罪，还不如干活儿呐。

可是舒迪伸出双手按住我肩膀，几乎是恳求说：你给我找找指导员，你告他——我以前不光校队儿的，还队长呐！

我说：那你可太屈才了！

舒迪一副按捺不住的神气叫我没法不帮她。

我找了林沂蒙，林沂蒙再找指导员。这天傍晚，果然看见舒迪上阵了。

她居然令人耳目一新。很精神地穿了一身儿深紫色的老运动服，上身儿后背上印着“女四中”三个大白字。即使不穿这身儿运动服，她也特别像回事。球总是粘在她的大手掌里，来去如梭，像是全无阻挡，能远不可及地投篮不失误，人跑起来，脚底下踩了风火轮似的腾腾奔着。而别人无论怎么拚力，都盖不过她所特有的勇劲儿。

毫无疑问，她给整个队带来了真正的灵魂和希望。

人们格外振奋，不断地向她叫：老舒——上，老舒——上！

做裁判的指导员喜不自禁地跑前跑后，嘴边泛起唾沫星子，口里叨叨着：呵呵，舒迪真不赖，舒迪真不赖！

舒迪的形象充分展示，壮实的身体一颠一跃，带出一种特别强劲的气势，一头齐耳短发黑火焰似的奓着，叫人想起贝多芬的头像。

她身上还有一个最与众不同的地方，是过于庞大过于饱满的前胸。这是不兴讲究、不兴戴乳罩的时代，对于舒迪，却有些不妙。她那前胸好像一只奇异的胖动物卧在怀里，当她剧烈跑动时，这只胖动物不甘寂寞，鼓蓬蓬地上下左右不住乱跳，仿佛是要飞起来。

人们的眼光不约而同又都开始追逐她的前胸。几个嘴欠的男生朝她乱吹口哨。

舒迪也像叶丹娆那样，对此全不理会，汗淋淋的脸始终绷得紧紧的，除去那个跳来跳去的篮球，视线内再无别的东西。

砖瓦厂女队正式出赛，果然是频频告捷。接连奋战十几天后，薛干事又来了，开大会，颁发冠军队奖旗。之后，女队中的叶丹娆、张霞二人被薛干事挑走，去参加团里的组队集训。

舒迪又回到她的老岗位。我怕她不高兴，去马号劝她，没想到她神气儿还是照常。

她攥着我的手一摇一摇地说：你不知道，马号师傅比篮球手难培养得多，指导员不想放我，我是抓革命促生产的主力军！

这么说时，她眼睛看着我，大而富于表情的眼珠一闪一闪的。

她问我：你心里也巴不得我不去集训，对吧？

我点头表示承认。突然觉得手指一下子生疼极了，是她突然使了力气把它们攥紧，好像要将它们挤出血汁来似的。一会儿，她将我的手放开，在我的尖叫声中笑起来。

在她的笑声里，我感觉到她特别快乐，心里很惊愕。

9

林沂蒙问我：马号的舒迪挺好的是吗？连长叫她上咱排。

我赶紧说：舒迪当然好啦，没看她打球一个顶仨，来咱排做个班长也是富余的。

舒迪真的来了，来我们班，铺盖搬到我们宿舍，因为叶丹娆、张霞暂时搬走了，她进来不会挤着任何人。不过她说，她想住到炕头上，每天负责烧炕。她这么爽快地把负责烧炕当作为了住炕头而甘愿付出的代价，炕头的于文谨立刻答应，快速挪腾自己的铺盖，一边说道：嚯，老舒真痛快，行，我让你热炕头！不过要着了火，可得你负责啊。

舒迪满面感激，宽厚地说：我负责我负责，管保咱们这个炕绝不会烧塌！

她的眼睛在整个宿舍里遛一圈儿，朝每个人点头微笑，说：你们叫我老舒我没意见，可别叫成老鼠啊。全屋人一下子都哈哈笑开。

林沂蒙带头打趣说：谁能管你叫老鼠，你这么膀阔腰圆的，眼睁着是头大象嘛。舒迪摇头，鼓一鼓嘴说：我可比大象灵得多啦。

然而她的确是在重手重脚地做事，撂个盆，放个鞋，都会出奇地响，在过道里端水倒水，稍微说点什么或者只一声轻咳，都让人有些害怕，以为是指导员连长来了，于是急急惶惶要插门。她见了不由发笑，笑声呵呵呵的，显得老气，还掺着男人才会有的一种啸音。

一种崭新的刺激令大家又惊又喜，整个宿舍仿佛过节一般快活起来，大家禁不住好奇心，注意力都围着她转。缠着她，问种种问题。

——你吃了什么了，怎么长得那么轴实，那么勇哇？你那是什么嗓子呀，怪吓人的！瞧这大脚丫子，领鞋还不得 43 号？你说说，你两只大爪子，干吗老那么张着，老像要干活儿，老像要勒马嚼子似的……

舒迪成了宿舍的中心，确有很多成为中心的理由。尤其在洗的时候，整个宿舍对她的包围简直达到高潮。大家就像是商量好了，都争着让她给擦背，她也满足每个人的要求。因为卖力，脸盆架子撞得摇摇晃晃，脸盆一劲儿往外溅水，一会儿工夫，一片片白后背都让她擦得红鲜鲜的了。因为这样尽义务，她自己没法洗了。头发打过肥皂顾不得冲，将头发捋成一只白花花的大箭头，好似脑袋上顶着一只大号的洋葱头，她就一直那个可笑样子为别人忙不停。

全宿舍人都洗完上了炕，她脸上带着汗珠子又出去给大家倒水，返回来，再接着给这个那个捶背掐腿。这是她自己说的，还会一点推拿的本领，于是又有点供不应求了。可她还是很乐于这一种服务，和善宽厚的样子好像一个万家奴。这时姿态也显得潇洒，往往在每回结束动作时不由自主地将胳膊在空中画个大圈，一左一右比画抽球或上篮的姿势，非常帅。

忽然，她在屋中站定了，严肃地向上方板起脸，眼睛锐利地紧盯住屋子里低弯的绳子，那绳子上摞得满满登登的，就要坠断了。她过去，把湿衣裳一件件摘了都搭肩上，手里抓块砖头站到脸盆架上重新钉绳。一副身材贴着墙面拔得像巨人，喉咙里还“霍霍”

有声。钉完，她转过来，手里砖头全碎了。她丢了碎砖头，硬生生迈腿下了地，手向空中猛甩一个响亮的榧子。一刻间人人看得发愣，随后又都哗哗笑开了。

工地上的舒迪当仁不让也是出类拔萃的。不论干哪路活儿，她都令人赞叹，浑身上下好像有使不完的力气，好像能够发出电来。却一点儿不毛躁，全无林沂蒙和叶丹娆那种竞赛式的狂热，那种不顾死活的拼命，而是极其熟练沉稳，像哪样都干过了多少年似的。

林沂蒙唯恐舒迪码坯子屈才，叫她推车。她就悠悠地推独轮车，一侧肩膀上斜挎一根粗麻绳，架势像一个老职工。她说自己常使独轮车推泔水从食堂一气儿走到马号，惯了。

休息时，舒迪又被好些人纠缠。她们喜欢坐上独轮车，叫她轮流着来回推。她故意推得悬一些，老要左右摆，她们吓得尖叫，从车上下来时扬手假打她，她得意地乐。又徒手背她们，一个一个背，告诉她们谁最沉，谁最轻，时而有人调皮地缠她，将胳膊环过来给她当腰带，手指在肚脐那里作祟，她禁不住大叫——痒呵！

舒迪似乎是生就为了给别人添加乐趣的，又确实具有才能，尤其具有永不厌倦的耐力和好心肠。工地上出现了从未有过的笑声和热闹。

如果笑声灿烂过分，通常是因为舒迪给大家讲了笑话。舒迪模仿他们学校军宣队队长，此人看不懂秘书写的省略号，发言的时候，竟将“五洲震荡……四海翻腾……”念成“五洲震荡——荡、荡、荡、荡、荡、荡！四海翻腾——腾、腾、腾、腾、腾、腾！”底下听众为他爆发了雷鸣般的掌声。军宣队队长一高兴，以后每逢运用毛主席任何诗词时，都爱这么念了。

舒迪还说小幽默，外国的：一个旅行家坐飞机，不幸的是呢，中途飞机发生了故障；所幸的是呢，旅行家身上拴着降落伞；不幸的是呢，降落伞打不开了，旅行家眼看着就直掉下去；所幸的是呢，地面上有一个高高的大草垛，旅行家是头朝着大草垛往下掉；不幸的是呢，他忽然看见，草垛上一把杈子，杈子尖直冲着他……

大家笑出眼泪来，简直前仰后合。精力过剩的舒迪不满足，见缝插针，一刻不停地再说一个，说时她的脸焕发着光彩，眼珠灵活乱转，人显得狡黠多端。

忽然发现指导员站在那里。闹哄哄的气氛把他懵住了。指导员说：呵，二排好活跃（huó yào）呀！说完站着不走，待会儿走了，还舍不得似的不断朝这边回头望，嬉笑的脸上带着狐疑。

这天不知是谁，又发明出来叫舒迪给掏耳朵的游戏。仍旧把舒迪围中间，一个个来。这时她既像家长又像大夫，满面挂着耐心和细致。

她直接坐在地上，身体好像北京大钟寺里的大钟那么茁实，后背靠着坯棚柱子，比别人高出来一个肩膀。每个被掏的人把上身弯伏在她粗滚滚的大腿上，脑袋横撂在她的膝头。她眉头高耸，双目圆睁，武器是一根纤细的发卡。看得出来，在所有的节目中，掏耳朵是最令舒迪喜欢的，似乎这是件极过瘾的事情。一只只耳朵被她提捏在手里，她叨叨说这一只像马蹄莲，那一只像“耳朵片”——“耳朵片”是上海知青从家里带来的一种饼干，脆酥可口。她极其认真地对付手里的每只耳朵，动作尽量匀着劲儿，慢慢地转，轻轻地拨，掏得她们个个舒服。奇妙的快感使她们哎哟哟乱叫，因为舒服太过，猛地往舒迪怀里扎，于是她们滚作一团……

这种热闹我没参加。

舒迪被抢走了，被那么多的人。她们原来都不理会她，现在却像发现了新大陆似的老是拥着她、缠着她。

说实话，我看不惯她们。我的不合群现在又充分体现，她们越是热闹我越是躲开。与此同时，我忽然和舒迪不说话了。假如发觉她要和我说话，我会及时地提前避开。

这样一来，我们的关系僵住了。

我敏锐地感觉到，有一种东西在离间着我们，不知道这东西是什么，只觉得它强有力。因此而暗自怄气。当好多人在那里笑闹时，我想法排解。默默地躲到一边，将注意力投向花草昆虫。挑一根苇棍，很无谓地给蜘蛛搬家，看蜘蛛一阵繁忙，捷快的爬行使树枝一阵颤抖，阳光将新搭的丝网照得银亮，一只小咬撞上去，粘住了。又用手指接近蚂蚁窝，抖一抖衣袋中的饼干渣，给它们撒在窝边上，看它们奔走相告，忙不迭地把那美食拖进花蕊般的洞穴里。

木然地看着，看着。身边的空气里飞翔着舒迪的声音。是那么结实，那么豁亮。不管在被多么纷乱的叫嚷搅扰着，我都能将特属于她的声音辨得清清楚楚。

我觉得，她的声音在我的身体里头穿越，我感到，她的声音比她人更容易贴近我。

看她现在比任何时候都快乐，那张兴致盎然的脸令我感到陌生。

也许，是因为她一向离女生群太远，尝够了独个儿的滋味，生怕重蹈覆辙，所以才格外看重人们对她的喜欢？

我不愿意以这样的理由来解释她，我愿意往斜处想，甚至联系到她的出身。

我觉得，她绝不是一个简单而傻气的人。或许，她是有意识地利用自己奇特的气质、力量，加上罕有的宽厚和大度，来把大家全都抓得紧紧的，从而在新环境里叫自己站住脚。

我瞧不上这样的动机——一个人，你怎么能使人人都喜欢呢？又怎么能将自己的精力全用在这上边？大家，大家，大家的位置，在一个人的心里，要怎样重要才算合适？

我留意到她时时在注意我，对我的一切，她的眼睛很少放过。然而我看不到，那份注意之中是否带着歉意。

我老想着：舒迪，你那么聪明，当然应该感觉得到我的失落，我的苦闷。可你为何不来同我谈心呢？

休息时间，连里通知二排上香瓜地吃瓜，为了统一打籽，也算对一线人员的慰问。此前一天是一排去的，弄得瓜地老魏很生气，骂他们简直就是土匪下山，几分钟工夫，竟把两垧地的熟香瓜一举扫荡了大半。所以我们来吃时，定下规矩，不可以自己瞎动手。都站那儿排队，等老魏下瓜，下了瓜一个个发给我们，吃时一定要围着一个筐甩籽。

老魏说：这是鲜族人育的种，叫黄金哑瓜，根本没地儿去买，不精心打籽儿，来年就白瞎了。

排到我时，老魏发我的三个瓜只有一个是大的，我很知足，提起衣襟兜住了，小心地站到筐前慢慢吃。

身后有人撞我背，回头看，是舒迪。她把一个沉甸甸的大瓜撂到我怀里，换了个小的走。她低声跟我说：你可快点吃啊，马上要吹哨了。

我捧住那个瓜，想要还给她，可抬脸时，见她已快步离开了。

随后，回到工地，在坯棚中仍旧听到她跟推车班的人高声逗乐。

她们因为刚刚吃了香瓜，精神显得比先前更为旺盛。她们几乎就在我眼皮底下闹着。这时舒迪的笑声听上去，就像玻璃敲碎了似的那么尖脆刺人。

我感到伤心，以至鼻子都酸了。

我一向是自觉渺小的，所以我的心既非有力也不宽宏，实在不知该怎样盛下眼前的一切。

恹恹地想着：我不能改变自己，我宁肯牺牲对她舒迪的需要，也绝不参加那种令我讨厌的哄闹。

伤心着，反复劝说自己，还是回到孤独，回到孤独吧——孤独，这有什么了不起的，我不是向来就是如此吗？

10

叶丹娆、张霞回连来取她们的箱子。她们算彻底调走了，叶丹娆落在团直属的加工厂，张霞落在团供销社，都是为了赛球集训离得近些好招呼。连里套马车送她俩，之前正赶上晚饭，她俩还在我们桌上吃。也许意识到是在吃最后的晚餐，我发现叶丹娆吃得比我还慢。渐渐桌旁就剩下我们两个。都不说话，默默的样子好像存有好多话。

想起以前有一次为了五班争上节约标兵，她也是这样一直吃到最后，当我转身走开，猫腰在地上的大铁桶那儿盛汤时，忽然发现她将桌面上大家丢的碎发糕，以及没揉开的碱疙瘩，不干净的发糕皮儿，一股脑儿都敛到手心里，飞快地往嘴里塞去。我盛了汤过来，惊讶地叫：你这是干什么？可是她根本不在乎我如何反应，硬是将满嘴的东西一噎一噎地咽了下去……很难忘当时她那副样子，记得她并非感觉不到吞咽的痛苦，甚至她的眼睛里都噎出了泪水。但她脖子那里顽强地使着劲，哽了好半天，执拗的劲头叫我想起北京填鸭。

不知为何现在我要想起这一幕，想得心里头酸酸的。

她撂下了碗筷，向我微微一笑，我也不由朝她笑。我说：祝贺你，调到加工厂啦！那儿肯定比这里好多了。至少活儿都是室内的，而且那儿准得老加工食品。她说:分配我是干洗猪皮的活儿，你没见识过，回来你去看我好吗？我说：当然了，马号每月都去车拉酒糟，到时我跟车就能去了。她点点头，说：咱们去路口上待一会儿吧。

我们一同走出食堂，一同上了行车道，迈过砖瓦厂进出口上那条粗铁杠子的门栏。

并肩在灰白的公路上漫步，觉得路面特别平坦。据说，这公路是当年日本人抓中国劳工修筑的，极为长远，一直通贯到边境线。想想当我第一天乘着大卡车独自来到这里的时候，到处还是一片荒凉，现在却是满目草野了。公路两侧的深沟里满是灌木，有些不知名的小花斑斓地开着。此刻，落日绚丽的红光正辉耀着它们。

一时间我们好像都忘记了身边的现实，不约而同地在脚边一起一蹲地拈花择草。我发现了一株完好的蒲公英，捻下来递给叶丹娆。她伸手接了，将蒲公英白茸茸的籽球贴到脸边，嘴唇优柔地噘起，轻轻吹，无数的针籽毛蓬蓬地飞起来，飞得轻盈，飞得远远。

她眼睛追逐它们，视线绵长，直至草野之外。然后她转过身来，定定地望着连里。

宿舍的几片窗户由于夕照的缘故，耀出火一般的反光。不寻常的玫瑰红裹在金色的光芒里，一下子接通记忆深处一个最最熟悉的画面——看见了家的楼窗，每当我背着书包放学回家时，常常最先见到我家楼窗上，这美丽无比的反光。

反光倏忽间过去，视界里赫然排列出另外的景致——那些灰扑扑的坯棚，简陋的砖窑，高大的圆锥体的烟囱，烟囱口上，突突吞吐着黄烟，黄烟形成一个硕大的伞盖罩在砖瓦厂上空。

离大食堂不远处，一个深大的土坑里，还有两班男生在加班备土，是为明天制砖用的。

因为制砖数字猛增，机房后面的土早挖尽了，于是备土战线拉得极长，挖到了相距一公里外的大食堂这边，老是要不停加班。土坑的外延越来越大，比地面低着两三米了，人的身体全陷在里面，这边看去，那些赤裸的脊背闪着亮亮的油色，从倾斜的坑道上跃出跃进，一座黑色的新土堆像小山似的在口上渐次高起来。

微风绕过那黑色的小土山，好像吹过来一股汗味，闻着酸兮兮的。

——有时候，他们男生比咱们女生真要辛苦多了。她看着那边，发出感叹。

她的脸这时很静，目光宛若湖水，并且有比湖水更深的东西。它们是什么？

我问：你还留恋砖瓦厂吗？

她没有回答，不再凝神了，从衣袋里掏出一个小药瓶子，递给我，说：这里是一点儿核黄素，也叫维生素 B_2，你不是爱长口疮吗？有时自己吃两片，或者，就直接把它贴在疮口处，也能管点儿用的。

我接过小药瓶，对着光看看，说：总见你在没人的时候偷偷往嘴里扣一大把又黄又白的药片，就是这个吗？

哪能光是它啊？我得过肾炎，我妈妈总是寄各种药片来。我妈妈不像你妈妈，她从来也不寄饼干，更不寄糖果来。

那你妈妈才有头脑呢，你看陈梅英不断地叫她妈妈寄上海糖果来，结果让指导员拿她当资产阶级典型开了批判会。

她笑了，说：有一天半夜我醒来，看见她正在枕头前坐着，一勺一勺吃肉松，像一只馋猫。你猜，她把肉松盛在哪儿呐？盛在一个从来也没有用过的新尿盆里！

我鄙夷地一哼：真是自私得可笑，她把宝贝尿盆永远存在箱子里，当点心罐子用，却整天用我的尿盆撒尿。

我把手腕儿上一副白色的护腕撸下来，递给她，说：这是我妈从体育用品店买了寄我的，干活儿能护着点儿手腕子，你戴上，这护腕很有用的。可是她非不要，非还给我不可，说：我可不戴，多碍事啊，我早练出来了，用不惯，你胳膊肘折过，还是你戴吧。

沉一会儿，我问叶丹娆：这么长时间了，你做我的班长，你是怎么看我的？

她想了想，眼睛看着我说：其实你挺好的。

我一撇嘴，说："其实"挺好的，就是本来不好呗。

不是不是，她纠正自己，又嘱咐我：以后你得多和别人说点话。尤其要向团员多靠拢，主动跟她们汇报思想。你跟团支书谢刚谈过话吗？

——谢刚？人家那种大人物，我哪敢啊？

他挺好接近的。他曾找我谈话，说我哪都好，就是太不泼辣了……你知道，什么叫泼辣吗？

我不知道什么叫泼辣。团里大喇叭宣传过，八连一个女司务长敢杀猪，可是杀不好，后来技术学得精了，能够一刀下去就把一头猪捅死。听着真是挺吓人的，大概，得那样才能算泼辣吧，还有林沂蒙，她也能算泼辣吧……

回到宿舍，叶丹娆跟我抓紧时间交换照片以作纪念。

她指着她的照片，显出一种喜欢的神情，说：你看，这是那会儿我刚刚剪掉小辫儿时的样子。我觉得那张照片像"剧照"。她独自站在毛主席的大画像跟前，身穿军绿制服，扎着一道宽皮带，左臂上，竟然戴着红卫兵袖章，面孔庄严，头发短到了耳朵以上，那架势有点儿像毛泽东思想宣传队的。我没问她哪儿来的红卫兵袖章，只说行啊，够精神的！

她一笑，说：你好好收着吧，这可是纪念。

舒迪接替叶丹娆担任了五班班长，却很少跟我们一起干活儿，总是被抽走。不是去推车班补缺，就是上机器房抬板儿，若是连长来抽她，又得上窑地去，不是糊窑门，就是扛跳板。

有一次我亲眼看见她在窑地独自扛一块大跳板。那大跳板本该由三两个男生一起来抬的，而她自己扛着，后背压得像老头，脚步蹒跚得很，汗水多得连裤管都浸得精湿了。我在她后面站住了，好像看见她满面滴答地淌汗，好像听见她脊椎里压得咯吧响。

想起来《童年》里面的伊凡。伊凡在高尔基的外祖父家做帮工，扛一个巨大的十字架上墓地，被活活砸死了，小人书里那一页画面好凄惨。

我不愿舒迪那磨盘样的后背老是那么沉重地扛跳板。

天气逐渐凉了，砖坯子干得慢，机器也就开得慢了。可以不必在早饭前出工，这一来又恢复了出操。舒迪是排头兵，她跑步习惯于紧皱眉头，面孔严肃而沉郁，像个思想者。

活儿越来越杂了。女生排时常要抽出一些人去菜班帮着收菜，时常会抽上我。相比之下，收菜比码坯要开心些。砍白菜时有人挖出菜心来大吃大嚼，又在怀里揣上一棵最实着的带到宿舍来，找食堂人要一些酱油，切成块儿暴腌着吃。

这法子是舒迪想出来的，还贡献了她的脸盆。每每饭后，宿舍里像有一窝兔子在那儿围住脸盆，咔咔咔地啃白菜。我没加入这一项“补充维生素”的活动，是因为我曾见过一位男生拿根小棍子挑着一只死老鼠在食堂喊，说是刚从酱油缸里捞出的。

我比较喜欢收获向日葵。它们每棵上面顶着丰硕的果实。大圆盘的花轮干燥沉实，静静地坠着，一起站成一个向阳的整体，似乎一齐热烈呼喊着什么。想起一个很形象的歌舞：“我们是朵朵向阳花，阳光沐浴我们长大……”几月前，我们清早义务劳动播种它们，那时它们还都是些小小的籽，很不经意地把它们丢下了事儿，现在，竟让我们收不过来了。

宿舍里立时又掀起不绝口的嗑瓜子热潮，开会学习时也不停歇，潮湿的泥地面，每到夜晚都要铺上一张寸厚的瓜子皮地毯，鞋子踩上去扎扎拉拉的。

享受着收获果实，看到土地和人最基本的联系，看到土地对人辛勤劳动的报答。可是，我想，在这硕硕秋日里，属于我自己的真正收获是什么呢?

——是一言难尽的辛劳？种种农工的技能？或者，与日俱增的惆怅?

站在已经收获过的土地上，看四外里剩余的作物连同草木呈现出一派萎谢的面貌，空气中穿行着败落的苦味儿。嗅着这苦味儿，我看到这世上所有生命的终场，想到了生命的短暂与偶然。秋色苍黯中，怔怔地远望光秃秃的旷野上斜行的日影，注意那日影走得飞快，带着一去不回头的气势。与此同时，一只候鸟呜咽着向南飞去，仓皇的样子像是带着恐惧。假若我是寓言里说的蛤蟆旅行家，我可以叫这只候鸟叼来一根草棍儿，我会咬紧草棍儿，跟它一同远行，飞回温暖的家乡去……这当然是愚蠢的梦想。惘然仰对漠漠天空，追逐那只孤零的候鸟，一直追向天之深远处。看前方地面上，升起一条土灰色烟柱，像道士作法似的，来得快去得快，两根草棵掀起来，在空中沓沓地相撞。

又要冷了，又要冷了。到处一派幽冷的静，沉默的黑土地正在蓄积充沛的寒意。我忧心忡忡像一只寒号鸟，敏锐察觉到，季节的转换，真像风一般无法控制啊。而风，此刻还是隐藏的，假若呼啸起来，一切都将是脆弱的，疼痛的，一切都将听凭摆布濒临冰冻……

我犯了一个错误，别人并未发现，自己却十分后怕。

这天下大雨，机器房停工，我们都分散到瓦厂干。我在烘瓦室下瓦。这活儿还从未干过，想不到如此难熬。烘瓦室温度高达40多度，门窗封得严实。人在里面，双脚叉开，踩着一棱一棱的木瓦架子抽上面烘干的瓦片坯子，以备装窑。这活儿本来算小活儿，可是干上一会儿脸就憋紫了，全身大汗淋漓，人成了笼屉里头蒸着的肉龙。

我喘不上气来，一心只想快跑出去。门外正对着轧瓦棚，轧瓦机在那儿铿铿地响，送瓦的小车行走如梭。瓦厂排排长侯玉才叫我们下瓦的几人听他招呼，过会儿一起出去换气，之前不许随便开门，一是怕搅乱了轧瓦秩序，二是怕烘瓦室里漏风。

可他就不怕我们热死憋死。

侯玉才是个退伍兵，都知道他一向靠拧眉立眼发号施令治理瓦厂，成天老是不客气地指着人脸派活儿，粗暴地喊：你一个，你一个，他一个！谁要动作慢了点儿，他张口就骂：妈拉个巴子！他曾经捆过一个被他叫作“美国鬼子”的男生,“美国鬼子”不服管,挨过捆后，神气上更显得藐视和不屑，侯玉才便恨恨地又撺掇连里，调“美国鬼子”上砖厂去烧大窑。

我心焦如火，想这个侯玉才肯定把我们该换气的事给忘了。瓦架子一排一排像图书馆藏书架，满登登地竖着挡着，这边干活儿的人看不清那边干活儿的人。从越来越缓慢的抽瓦声中，我听出别人也跟我一样，守纪律已经到了不可忍耐的极限。但是，怎么就没有一个人敢开门出去换口气呢？我敢吗？也不敢。侯玉才那张脸我想着就怕。

水深火热的绝境。我在煎熬中不住地打抖，听见心脏憋得砰砰乱撞。

我盯住了一扇窗户，它在挨我很近的角落上，那儿没人，那儿弄出声响不会被听到。听到也没办法了。窗外是瓦厂出瓦的窑地，此刻正静着。我把袖口拽长些将一只拳头包好了，咬住牙关，把心一横，使足力气抡过去，玻璃格外尖脆地碎裂开。宝贵的风，甜丝丝的空气，忽地扑到脸上，我几乎呛晕，张开嘴巴哈哈喘大气，眼睛顿时模糊了。

我听见侯玉才的招呼声终于在门外响起，赶紧逃离那扇打破的窗口，让脸上保持镇静，随着几人快步走出去。

晚饭后舒迪找我，问我那窗户的事。我毫不含糊地否认，同时气咻咻问她：你干吗单问我？我这异常的反应似乎说明了什么。她不再问了，沉着脸走开。

跟着是二排开会，林沂蒙非常尖利地斥责不知名的砸窗人。

她说：侯排长很气愤，他要求连里搞调查，说此事不查清楚了就没个完，他认为就是我们排的人干的：到底是谁？谁干的？你站出来！

我调动全部意志保持镇静，眼睛平平地盯着林沂蒙身后垂搭的一件湿衣裳。猜疑似乎难以避免，感觉好多视线在我脸上打转转，好多私语在耳朵周围响个不停。我很紧张很困窘，觉得绷着的神经就要断了，我就要充分暴露，就要臭不可闻……

忽然听见是舒迪在说话，声音平和，甚至还带着笑。她说：我觉得侯排长把问题想得过于严重了，不是说窗户里里外外都有碎玻璃吗？那就不能单方面猜疑，毛主席最反对主观主义。我们都客观地想想，天气又是风又是雨的，怎么窗户漏了洞就准是人故意破坏的？难说吧。也许是外面什么东西撞的，也备不住。再说，他们瓦厂自己，搞不搞调查呢？

舒迪这么一说，林沂蒙那里火气就堵住了大半，她转身下了炕，坐到小板凳上，脸一闷，沉默了。舒迪又说：我还看出一个问题，也挺关键的。他们排为求进度，瓦坯子不干透了，就码进窑，这可不对，没干透的瓦坯子，一烧准变形，要么变成了酥饼子，这不是最大的浪费吗？

舒迪完全转移了斗争大方向。我听着心里悄悄松口气。

可是，我的手上已经落了伤，打碎玻璃窗时虽然垫了袖子，一片瘀血的紫斑仍是烙下了，看着很明显。上卫生室要了伤湿膏贴上，一点儿也不好，老疼，干起活儿来不给劲，甚至带出一种残相，干活儿戴手套，吃饭洗脸都使左手。因此显出可疑。

可疑是自己频频感到的，觉得不妙，越发沉默寡言了。

11

整个五班都上萝卜地起萝卜。萝卜起得有些晚了，第一场霜冻下来不久，地里又迎接了最初的细雪，入夜后到处结出一层薄冰。所以萝卜起出来个个都冰凉冰凉的。却一点不耽误吃。是东北特有的旱萝卜，外面红得发紫，里边晶白如雪，如果会挑，生吃甜得像梨。

舒迪带头，上来就拿镰刀剁着吃，吃的速度惊人。因此五班全体女生都是边吃边干，人人手里抓着碗口大的萝卜，嘴里咔咔咔紧着嚼。不过大多数人不会挑选，毫不吝惜地吃两口就扔，再挑新的来尝。这样眨眼工夫萝卜地满地开花，看上去有些过分。

舒迪喊起来：喂，都注意点儿，都注意点儿，别太浪费啦，看准了再砍好不好？她喊着，不断低头哈腰，把到处扔的碎萝卜敛一块儿，挖个坑埋起来。

我吃的比较少，主要是嫌凉，刚吃两个肚子里头就咕噜噜乱叫，还一阵阵打嗝。便不敢再吃，老老实实闷头干活儿。

舒迪走了过来，脸上笑呵呵地说：你怎么不吃着干？这活儿，可不是天天有啊，不干就捞不着吃。

我有点儿窘，没说话，她咔嚓一镰刀把手上一个大萝卜砍半截，咔地削一半，递我：喏，可劲儿吃，这一个保证特别甜！你看老乡说的话就是对，生地种萝卜就是甜！

我不接，告她我肚子凉，说时习惯地把伤手往身背后藏。

她转着眼睛看我，说：没事儿，肚子凉也没事儿，你就硬吃，回去喝热水，趴热炕，没事儿，皮实点儿！你看这东北大地土壤优质，净是好东西！你嚼过酸姜吗？一种紫茎大叶的野菜。还有四叶菜、苣荬菜、野韭菜，我都吃，大量的维生素呀！她脸上一副胡吃海塞劲头。

我说：你的肠胃是钢丝儿编的？怪叫人羡慕。

羡慕你还不学？跟我学，没坏处——你快吃。舒迪说着一定要引导我似的，又大口吃起来。那副大嚼大咽的样子，看着就好像在吃美味大虾。

我就又吃起来。那块萝卜确实特别甜。

吃着萝卜，她眼睛不断巡视着周围，手里镰刀这边那边钩着，将到处乱丢的半截萝卜埋进土里。她有点儿无奈地笑说：你看，都多能浪费，这才多一会儿，就满地的碎萝卜花啦，叫人提着心，指导员要这会儿来，麻烦就大了。你看看，其实，女生要馋起嘴来，更没治。

我说：还是男生吓人，他们拿土块砍屯儿里的鸡，瞄准了，两下就晕，然后把晕了的鸡脖子一拧，提回宿舍放血，俩盆一扣，煮了吃掉。他们还这么砍鸭子。馋疯了，把猫都剥了皮烤。猫可是有九条命呀，很不好弄死，他们变着法儿整，手下狠着呐。死猫给烤熟了，说是“北京烤鸭”，人问，烤鸭怎么四条腿呢？告说，是两只！

真行，这哪还是知青啊，整个一帮流氓。

忽然发觉她的眼睛紧紧盯住我那只伤手——糟糕，我露馅儿了。

她俯近我，把我的破绽捉住，好像发现了一个危险品似的将它轻轻提起，手套慢慢脱去。她的眉头紧紧皱起来：我就看着有文章嘛，怎么弄的？里头都沤啦，都发炎了！你闻闻，臭的……

别吓唬我，就是膏药贴错了，应该裹纱布。

她说：我有一袋消炎粉，回去赶紧上上，要不烂成大疮疼死你！

可是已经晚了。那只伤手眼看着长出脓疮来，疼得一跳一跳的，而且连着手腕和胳膊都肿起来，肿成一个滚圆滚圆的发亮的大肉棒。

我开始发烧，浑身乱打哆嗦，一点儿力气也没有。

舒迪跟林沂蒙说了我的情况，跟着就陪我上公路，截辆卡车，我们一道奔团部医院。

想不到医生看完，上来就叫我住院。医生说我伤口严重感染，弄不好要得败血症。他给我洗脓，上药，包上雪白的纱布，又给我注射一管破伤风针，一管青霉素油。

舒迪带我进病房，里头四张小床都空着。舒迪嚷嚷：嚯，这下可美了你！你住下吧，我回去给你请假。

这是我来北大荒头一次，一个人睡在一张白色的小床上。真是舒服极了！我的枕边两面不挨着人，伸腿运动随便来，也再听不见催人的哨声。

从小我对青霉素最适应，高烧当晚就退了，心情随即也好起来。

回连这天是中秋节，都休息，我走进宿舍里，空无一人。看那情形，好像一屋人全都上宝泉县城玩儿去了。我觉得这么清静正好。

上小卖部去买斤月饼。月饼比较干，每块上头都带小碎口子。小卖部的小时是塘沽人，她露着一排发黑的门牙告诉我：耗子啃的，别挑，都那样。

独自待在铺上，心里想着远在天边的妈妈，姐姐，哥哥。闷着脸，将月饼一点一点细心地刮干净，正要吃，听见旁边屋子里响起一声哭叫，随后是两声，三声，很快连成一片——好久不曾听这合唱式的哭声了。隔壁几乎是清一色的上海人，虽然为了“五湖四海”，林沂蒙早就夹上被卷硬搬过去，仍是无法制止她们扎堆儿抱团的现象。我想，她们生在南方，离家最远，这么集体性地想家，集体性地哭，又何尝不是一种过节的内容。

但这哭声没个完了，像什么人拿剪刀挑开我的伤口，神经一阵颤抖，眼泪掉了下来。

窗外飘来说笑声，好像外头有人回来了。我这一脸的泪水，会叫别人笑话的，最好赶快离开。

——要想哭它一个够，只有一处地方最好，那就是大野地。

一直走到砖窑后面的大野地里，像一只流离失所的动物，脚步零零散散，眼睛昏昏蒙蒙，身边一派萋萋荒草在秋风中摆动。

忽然看见三四个男生蹲在一个废沙坑里点火，点一只绑在木棒上的死猫。他们全都剃着光头，眉毛也剃得光光的，看着白晃晃的瘆人。

前不久，男生一伙人迷上《智取威虎山》的杨子荣，以为把毛发剃得一丝不剩，再长就能像人家杨子荣那样须发漆黑了。

猫似乎还没死，无声地抽动着倒置的身体，毛尾巴软蛇似的左右摆动。柴火刚刚红亮，可怜的猫猛地一声惨叫，激起几名凶手起哄似的尖嚎。

他们是为猫的挣扎欢呼，还是替它哀叫？我快步走开。

发现了一条空战壕，觉得它正是为我准备的，不假思索并了双脚跳进去。一阵潮湿的冷气透过脚心穿到身上，眼睛望出去，几乎能与地面持平。看见前面几座粗莽的砖窑，个个青头紫脸，竖在天地中嘘着灰烟。想这些砖窑，它们承受岁月的重荷，也承受岁月的风化，而围绕着它们不息劳作的我们，是否也将一天天衰竭下去？

太阳还是白亮的，天空纯净展放，像宏伟透明的圆盖。高驭着这样的天空，觉得阳光优美的流质正在背上舒展。这提醒着中秋的意味。

——不管怎样，今日是中秋，老天他知道，人人都要一个清爽。

沉静的战壕里，存着秋日的遗物，一团刮成小堆儿的败叶，几个寒霜摧残过的野果。弯腰扒开一处，看到一个小蚂蚁窝，掏出月饼，边吃边捻着指尖儿撮些小渣下来，蚂蚁们敏捷集拢。将身体蹲好，埋着脸，屏息静气观看。眼睛凝神发起痴来，想象自己是在俯观《格列佛游记》里的小人国。

却再不可能回到孩提时代了，多么遗憾！

北大荒土地黑油油，蚂蚁也黑油油。个头儿比小时所见要大也更显出能干。要入冬了，它们抓紧搬运最后的给养。蚁穴筑成蜂糕般的疏松状，被一种惯性催着，它们一只一只紧跟随，从绿豆大的穴孔内爬进爬出。空气中似乎夹着鲜喷喷的腐殖质味道。

时间空前散漫，野地的气息在体内弥漫。耳畔虽然还丝丝缕缕地缠着无可救药的哭声，但是，全部感官在浩瀚的天地里充分打开着，令心情宽释起来。一个人在自然中静处，并能沉在一件无所谓的游戏里，这乐趣久违了，竟然如此切近，珍贵！此刻，似乎意识到了生命的真实与完整，一种安宁带给精神以极大的抚慰，叫我感谢上苍。

但安宁忽然中断，头顶响起一长串呼喊：

坚强些，船长！我永远忘不了，那个死去的老人，他的头，在微笑……

呼喊像一种侵入，令人恼火，却又如此令人心惊。一种奇妙的男声，音调蓄满感情，高昂得像是加了扩音器。然而，怎么想起来的，居然模仿《海岸风雷》的配音？山鹰之国（阿尔巴尼亚）的电影拍得动人，老二迪尼是反法西斯的勇士，要被德国鬼子逮走，临出门时他回过头来，朝父亲深情地喊。我被这高喊震住。我正沉浸在自己好不容易寻得的安宁中，听觉灵敏到脆弱的地步，立刻就辨出那模仿有多出色。

那节律的抑扬，音色的浑阔，丝毫不逊于电影，我感到身体里面掠过了一道风。

从战壕里站起身，脑袋探出来，将视线远远地抻出去。

触目灰黢黢的窑地，窑地外围开阔的大野地上，勒着一道橡皮筋似的地平线。没人过来。只有捉不住的声波带着些紫光绿光，在空中扫掠……

正纳闷着，一阵轰轰隆隆的轱辘响从身背后滚过来，掉转头，看见一辆铁板车一颠一颠在砖窑之间穿动——推车人是舒迪！

舒迪在搜寻烧炕的木头。她脖子吞在肩里，头往前探，厚实的大后背成拱形，把工作服绷得紧紧的，脚步左晃右晃地故意使车行缓慢，每拣到一块木头，便将头发一扬，手上长臂猿似的将木头高高抛起，砍给车斗里一个脆生的“梆”！

那喊声是她的？还从未听过她这么亮嗓子，现在发现，很不一般呢。

重新蹲下，等着。心想，别打搅她，叫她继续。她果然继续了。

她又吟诵古诗，肤浅的我竟不知是哪朝哪代哪一位的杰作：

明月几时有？把酒问青天。不知天上宫阙，今夕是何年……（她想不起来了，吟诵忽然停止，想一会儿又接上）……不应有恨，不应有恨……此事古难全！

吟诵变成喊，有点儿放肆，可是，棒极了。我想爬出战壕去给她拍掌，又怕吓着她。她那么专注，大约忘记自己在哪儿了。如此喊叫使她激动，好像是膨大了生命似的，好像窑地到处张开了透气孔。一切的寂寥和哑默，都为这膨大做了准备。无人知晓，无人搅扰，窑地以及整个旷野，都成了她的私人舞台。她的嗓子是金属做的。她的声音大起大落，仿佛从体内挟出了灵魂来，这灵魂耀着光。

我还觉得，她是在替我喊。我看见一大片闪着灵魂之光的声波，向天空飞去。解放了的喉咙在充分地抒情，好多被遗忘的东西全数被掀颠出来。

她的声音其实很忧伤，忧伤背后，则是苍凉。苍凉是一种力量，这力量打击我，眼泪又淌得簌簌的了。压着响动蹲在壕坑里，看泪滴无声地沁到蚁穴中。

……双轮车滚远了，喊声渐歇。我悄悄探出头。舒迪的身形在变小。将暮的天底下，又蒙着沉沉风烟，生机绝迹的土地板起了面孔，落日最后的光芒框住她的身体，身前那辆车和土黄的工作服贴到一起，粘成了一个缓行着的剪影，挨着地平线一寸一寸划过去。远了。

我恋恋地望着，眼里酸热——舒迪，这个奇特的家伙！

12

中秋过后，连里搞抢收大豆的会战动员，号召全连“大干十天，跨河过江，谁英雄，谁好汉，割豆战场比比看”！

大地已经霜降，上万亩大豆必须在大雪到来之前全部抢收回来。因为泥泞，沉重的收割机派不上用场，只有再靠小镰刀。指导员前边挥刀呐喊，喊声配上果决的手势，一副神气像是在指挥实战冲锋，镰刀等于手枪。到处是起伏的脊背踊跃的脑袋，豆棵“叭叭”的折茎声响成一片。

以林沂蒙为首的几人，索性就跪着在垄上疯割，霜泥浸透整条棉裤腿。

我不抬头，手也不停歇，然而即使前几天没患大伤，此刻我也绝对是要落后的。我的动作天生的碎乱，天生的慢，心里老是对暴烈的收割场面抱着强烈的畏惧——这使我没救。棉衣已经透汗，手挥得无力，腰好像要折了，就想给那两条豆垄跪下去。

可到处是龇牙咧嘴的白茬尖儿，整个豆地恍如一架硕大的钉床，最难忍的还是干渴。

——必须得找水喝，还得往下活呐！

丢下该死的豆垄，提着镰刀，转身向来时的地头走。凉风扫掠脸颊，汗气骤然飞走。看到天空其实好极了，蓝莹莹的大平面多么澄澈，地头边上横卧着一道废渠，一泓很浅的水洼已初结薄冰。

走过去，把镰刀凑近了往下探一探，勉强够底儿。“哒”，冰面敲透，手掏进水洼里，小心翼翼地抓上来一大块见棱见角的冰片。渴坏了，却一丁一点珍惜地咬，将冰片的棱角一点点咬圆，眼睛睁一只闭一只，捏住透亮的冰片，在脸前慢慢地转。

——呵，一块夺目的水晶片！

世上的一切都显得肮脏、发黑，唯有它玲珑剔透清亮照人。贴着这个奇妙的发光体，看见太阳显赫的七彩边儿粼粼欲滴，天地在此刻变得柔和，阳光毛蓬蓬地穿过冰片拂着我脸。我仰着脸笑，心里宽松起来，一时将身后的豆垄完全忘掉。

我不知道，当我在为自己制造着这个小小的生动时，舒迪已经割完了一个来回，正独自坐在离我不远的垄坡上歇息，因此，她恰巧有机会从头至尾观赏了我这场自觉有趣的小把戏。她当然不明白我，怎么那么容易就被小把戏吸引，并且发痴发傻。

她悄无声息走我身后，给我一句低低的谴责：挺会玩儿的！

我吓一跳，掉转脸，看她满脸蒙着黑土，眼睛炯炯地盯住我。

我怔了一下，觉得这个观众来得正好，向手上的冰片努努嘴，问她：好看吗？

我举着冰片向她笑，冰片轻薄，身体随着笑声小心抖索。

她好像被我传染了，或者被我震动了，一种奇怪的克制困住她。她咳了一下，薄而阔的嘴唇上露出一排白牙齿——美啊！她感叹着说，黑白分明的眼睛里一时有小火花静静闪着。我觉得她的眼神奇怪，难以解释的是我居然有点心慌。我把脸扭了，扬手一个轻抛，冰片悠扬地翻向空中。

好，碎了，粉粉碎——她说着，来捉我的手，捉着后，攥得紧紧的。

心里有种感动，我想这世上，假如有一个最实在的东西，那就是她的大手。它让我定心，希望它就那么一直攥下去。

——忘了你的活儿了吧！她说，松开手，举一下镰刀，很振作地向空中画一个大圆圈，抛下我，拉开大步子，朝我丢下的豆垄走过去。我追上她。

属于我的那两条豆垄现在遗剩在一片豆茬地里，像两条干蛇趴在那儿，实在是太显眼了。

眼看她两只胳膊矫捷无比，一把快镰挥如笤帚，极有章法毫不歇气儿，一路响着脆生生的“叭叭”声。好像，她对挥舞镰刀抱有一种生理上的快感，这大概是使她出色的原因。

没多大工夫，两条标示着耻辱的干蛇被斩成碎段。我大松了一口气，走近她，递上擦汗的毛巾，叫一声：谢谢啦！

她站直了，长喘一口气，看着我问：一会儿你怎么办？还在后头打狼？要不要把你拴我裤腰带上？

夜半时分，剧烈的腰疼逼我醒来。炕已经不热，热水袋也见凉，骨节里头好像注射了盐酸。周围几人都在沉沉地安睡，鼾声打得很香。远处传来卡车飞驶在公路上的轰轰声，窗户哒哒地颤响。多么宝贵的时刻！窗上的朦胧说明，离吹哨顶多还有两个钟头，却没法叫自己再睡，阿司匹林的小药瓶早就空了。我渴求再睡，渴求得心焦。

开始不住地挣扭，巴着自己窄小的地盘，咬牙翻身，又爬又滚，弄得气力衰竭……月光隐没了，稠厚的夜逐渐拢近我，脑袋陷入昏迷，睡眠的天使似乎飘过来。

然而高兴得早了。身子下边忽然一片湿漉漉的，好冰凉——是那个倒霉的热水袋，叫我踹开了！倒霉的热水袋比枕头还大，是当年在上海，法国嬷嬷送给妈妈的，年头太久，胶皮老化，铜卡子也松了，哪禁得住我的大折腾。冰凉的水浸透了秋衣秋裤，又将被褥浸湿大半。立刻到处都像结着冰凌子，冻得我瑟瑟打战。打开手电，慌乱地换得一套干衣，爬下炕找尿盆，再回来，呆坐枕上抱紧自己，不知下一步该怎么办。

谁低低地唤了一声“过来”——静心辨一辨，唤声粗哑地再响一遍。

是炕头那边的舒迪在唤我。

踌躇一下，别无选择，握紧了手电筒，笨手笨脚摇晃着，迈过一个连一个隆起的被窝往她那头走。不免有点儿腾云驾雾，恍恍惚惚，脸盘被手电光从下方照彻，大概显得仓皇可怜。

……把手电筒关上，她说，声音很亲切，朦胧中两条长胳膊提前伸出来迎接我。

会合的一刻，莫名其妙有点儿不安，感觉自己好像一道白光，抖抖颤颤地投向深不见底的山谷。

我进入一个陌生的处所。这处所温热，有点儿像梦境。紧缩的皮肉很快松开，携带的凉气消融一空。我游泳似的将四肢展平了。

但是舒迪身体大，使我们有些挤——这挤却不讨厌。

觉得她厚实的身体向我贴近，是十分友爱，十分小心的。她那浓黑的发团，结实的臂膀，以及圆满的前胸，带着宝贵的热度，一并倾倚过来。

她的呼吸吹起一小股热风拂着我的脸。我看不清她，黑暗中，她的五官是一些复杂的线条，似乎同白天的舒迪不太相符——黑暗中，我们躺在一起，默默倚着，十分地柔和，有点儿不可思议。黑夜忽然像橡皮似的富有了弹性。静静的黑暗与暖暖的体温汇在一起，疼痛的神经渐渐安宁，失眠的鬼雾也游散开——尽可以安睡了。

可是先不可能睡着。发现她整个人在悄悄地颤动，似乎是想忍住什么，似乎是想少占地方。一种莫名的感觉将我攫住了。血液、心脏，以及头脑，忽然全都服从它。

她将手慢慢掀起来，从后面环绕我，一下一下抚摩我的脊背。抚摩格外小心，好像我的脊背是蛋壳做的，好像那手正在梳理我皮肤上的细汗毛。

我产生了从未有过的震撼，这震撼带着骇怕。可是，没有比这再舒服的了，这是天下最奇特的战栗，最细腻的温存。我有些沉迷，沉迷在不知限度的快乐里。惊奇地发现，生命中，原来有种非常动人的本能，直接抵抗了空虚、孤冷，以及疼痛。

——呵，多么好，相依相偎，多么好！我没有了意志，没有了思维。仿佛毛巾浸在温水中，身体的每根经纬都松软到极点……

于文谨问我：你是不是喜欢挨着老舒睡？瞧你们怪挤的，咱俩掉个个儿吧。你看我老是做着大火的噩梦，那个心惊胆战啊……不换不行，再怎么冷我也认了！

看她真是情愿的，我就抓紧同她掉了个儿。

然后，就像溺水之人忽然抓住一条绳索，我朝舒迪扑过去，以全副的身心。一种从未体验过的亲昵缚住了我们，我们都对这神秘的亲昵上了瘾。以至于在工地上，一见到日落就会心颤，就会拿眼睛来找。找到了，彼此间心领神会地注视对方，好像我们之间已有好多好多秘密心照不宣。眼睛里的光亮悄悄地耀着，遥遥地点头，拿表情说话。

在回归的队伍中，忍不住挨近些，轻轻地拍一下肩膀，或者碰一碰手臂。这时，一种发自内心的、几近入骨的温情，比闪电还快，一下子涌满全身。

我们的铺位紧挨到一起，像是宿命的相连——在每一个夜晚。我们的时间完全汇合，身体的界限相互消融。黑夜是宁静的，宁静的黑夜是一个神秘的大旋涡，我们不可抗拒地被吸吞进去。意识还是清醒的，会在这刻想到尘世混沌一片，想到渺无人迹的荒原，我们是荒原上一个绝无仅有的小团体。

黑夜从未有过真正的静，夜空里面，好多的声音在来回跑：狗的单叫，风的鸣号，车的喧响……那庞大的车轮，仿佛就驶在我们不结实的屋顶上。

宿舍里，还有一种动物也不肯睡，它们比什么都要折腾，它们是尖着嘴的老鼠大军。它们兵分六路，有的又在脸盆架那啃香皂，啃香皂的老鼠似乎是很有色觉的，如果今日谁又拿出来白色的香皂，准会在夜间被它们集体搬走；而在炕角乱窜的几只，是绝对丑恶和贪婪的家伙，要么大嚼我们压在枕头下的零食，要么不断偷运这些零食，飞快的动作中，发出它们特有的残忍声响。有一次，快到天亮时，周细珠忽然尖叫起来，哭哭嘞嘞捂住头顶，她说老鼠刚刚咬了她的发卡，都咬着头皮了！

——然而，舒迪在我身边，手一捉她就在。因此任何的讨厌都被赶开，任何的龌龊都被隔绝。现在，是我们最最放松的时候，一种麻木的软弱，将一切都包揽了。

在被子里面，舒迪的行为又亲切又热烈。她非常喜欢搂抱人，那种搂抱我从未领受过，所以，先是觉得格外陌生、突然，在惊骇之中，眼泪竟被激出来……然后，习惯了。

记得哪个童话里边有一个搂抱动物，它高高大大，嗜好搂抱，总是站在那里，身体展成一个大字形，对人渴切地高声喊叫：哦，我要搂抱——我要搂抱！

从刚一结识舒迪，我就感觉，她这人身体里边有种东西很旺盛，旺盛的结果，是一定要付诸表现的，表现往往极尽温存，温存到亲昵。我不明白她，然而承认，我喜欢这亲昵，非常喜欢。我发现，亲昵能够掀起快乐，这快乐又能统治所有的感官。当她抚摩我时，她的手尽量轻，轻到了甜蜜的程度，这会拆解我身上所有发疼的神经。因此，黑暗是暖的、富饶的，月亮的清光透过小小黑窗照到我们中间，看得到她的两只眼睛像宝石一般闪着……

她的手似乎是一把尺子，总在测量我——皮肉的软度、硬度，皮肉里头骨骼的分布与轮廓。凭此，她来琢磨我和她完全不同的地方。

我们确实太不一样了。皮肤、身架、头发、脸，还有气息，全都不一样。一般来说，她比我热，而她的大、硬，还有丰满，实在是叫人惊讶。

显然，身体的对比是一种快乐，一种上帝赐给我们的快乐。正是在对比中，我们发现了对方的种种差异，心里感到新鲜、有趣，相互间有了真正的熟识。由于我的知觉好，总会感觉到，她通过手尺不断地向我一寸一寸说明着什么。真的，所谓喜欢，其实是无须用嘴来说的。当两人挨得近近时，种种的柔和，已是一股子气流，完全能够以耳鼻来听，来闻，来吸取的——一种自足感，为我们所拥有，这是对比的结果。

我常因此有些调皮的放纵。像孩子似的逗她，喜欢把胳膊绕在她的粗脖颈上晃悠自己，喜欢藏在她的背后突袭她的痒处。每逢困到极点，要睡了，便倚紧她的肩膀。

早上，她通常是在地上。她端着脸盆拎着桶，第一个从水房回来，见到我刚刚睁眼，她会俯身过来拍我一下，或者站我脑袋前边，轻轻地唤一声：嘿，起来吧！

这一声招呼比什么都宝贵。一瞬间，心情会极好，好得就像再次诞生一样。

——怀着一份深深的感激，迅速起身，开始这一天。

干活儿休息的空当，我们尽可能待在一起。这时，不得不克制自己，以免出现过分的亲昵。

她常常掏出一把小木拢子，递我，叫我给她重系那根短辫儿。她头发硬，发丝儿一根是一根的，所以牛皮筋颠颠就要松了。系小辫儿时她蹲着，我站着，她两手箍着我的腿，时而隔着几层裤管儿给我做按摩。她说我发育太慢，腿太细，不合标准。

——哪家的标准？当然是工农兵的啦。

我痒了，拿拢子拢她脸，叫她老实。她说：好，你要给我刮脸啦。

她问我：你喜欢两人睡一块儿吗？

我说：当然了，我愿意叫你的大热胳膊伸进来。

她把嘴幽默地噘起，说：你不怕我身上的马号味儿？你看你身上皱拉吧唧的工作服，就像是跟谁借的似的，那么不合套。为什么？因为你还没长大呐，你是一堆白稀稀的材料捏的，像日本偶人……老也晒不黑，倒晒成个西红柿。怎么回事呢，是因为你少层皮？瞧瞧这皮，哪儿是皮，就是一层膜，暴晒起来，你疼不疼？

疼啊！我紫外线过敏，没治，越是在太阳底下越是惨，那副紫茄子相呀，叫我恨不得钻地底下去……

我这样说一点儿不夸张。说实在的，我一直是对自己过分的白感到难堪，觉得这是自己一个极大的短处。

中学时候班里几个红卫兵，管我叫“小白骨精”。在追悼万晓棠市长的万人大会上，我们列队站在海河广场上，那天太阳特别毒，我晒昏了，仰倒在地，给班里以致全校出了丑。学农劳动上唐山柏各庄农场，在稻田里掐稻螟，为了防止绿丝丝的稻螟钻进裤子里，我将裤腿紧紧扎着，哪怕裤腿整个湿透了。一些积极的同学为表现自己的无畏和“农民”化，成天亮着胳膊腿儿。他们笑话我，说：知道吗，她那么紧紧扎着，为什么？小白骨精哇，她不敢亮胳膊腿儿——见不得太阳！

可是，他们不知道，我多讨厌自己，多希望和大家一个色儿。成天盼着把自己脸晒黑，在炎热的中午，久久地站在家里的阳台上，身前放一盆水，一会儿淋一遍脸，将湿脸使劲仰平了，朝着天上的大太阳。阳光狠狠穿透我，一切都变得火热，紧闭的眼睛里烧起一片红浪黑浪，咬牙坚持着，直到晕眩。

刚来这里时，头几天扎在干活儿的人堆儿里，本地家属老是不停地望着我，像发现了一个怪物。她们不停地指着我的脸说什么，我很不快，很纳闷，只有忍着。

我跟舒迪说：我希望自己一身皮变得又黑又厚，最好像个穿山甲。

她马上说：我就是穿山甲，我能打通你的被窝洞！

她问我：咱们俩老这么耳鬓厮磨的，你说，别人说不说？

——说什么？耳鬓厮磨怎么啦？管得着吗？好就是好。

她把手那么一扇，认可了我，大声说：是呀管得着吗，咱们好，有什么错？“阶级友爱”嘛！

默不作声地望着远处的地平线，心里禁不住有些晃荡，看到薄暮正悄没声儿地将阴影落到我们身上。巴望了一天的夜晚，又在临近。

想想这么“耳鬓厮磨”的，是怎么回事？是因为我崇拜舒迪，需要舒迪？

毫无疑问，我们之间有情感。水草样的情感，是这样地纠缠人。它不是一种奢侈，它是一种必需。

当我老是想着她，她的面孔，她的种种作为以及她的一份力量时，我为自己的过分依赖而吃惊，这样的情形，分明将一切的苦闷和疼痛都遮盖了，或者使这些苦痛有了排解。而我们之间过于密切，不知觉间显得隐秘，多少有点儿像干地下工作，甚至于像探险，这就更加重了难得的意味。

我们都被温存打中了。温存，谁说温存是资产阶级的东西？温存，它的作用，其实也是可以改变世界的。首先，它已经改变了我。发觉自己被温存所庇护，浑身就像套了一层盔甲，好多先前缺失的东西，不仅得到了补偿，还得到矫正，甚至于对自己的整个生命都开始抱有信心。情绪上，也变得平静了，平静之中，觉得周围其余一切，都离自己远了。

是的，都远了。生命不舒展，可是生命有温度。现在不用怕白天的飞雪严寒，不用怕累得死去活来，我有舒迪——上山背条子，过河去打草，初冬的风雪道上，舒迪走在我前头，我紧紧跟着，踩着她的大脚印，感到她是一堵挡风的墙。

我以为，我抓牢的东西，是生命的阳光，只要活着，我不会丢弃它。

13

舒迪给我显摆她的“存项”，是三本旧书。完整的仅只一本：《铁木儿和他的伙伴》，作者是苏联的盖达尔。此书以前我有些印象，是说一伙儿童为使红军全心全意保卫祖国，如何自觉组织起来，不断地替军烈属做好事儿。另外一本，从墨绿色的书脊上隐约看出来是斯蒂文森的《化身博士》，一本英国小说，以前我看过，那是小人书。最后一本：拿牛皮纸包着，像是两本书合订在了一起，一翻，是《普希金抒情一集》和《普希金抒情二集》，可惜前后缺掉几页。

我按捺不住一阵狂喜，展开双手连声叫：都给我，都给我，你这个大财迷，为什么不早说？

可是舒迪眨眼间东藏西藏的，把三本书变作了一本铁木儿。

舒迪告诉我，不是她舍不得，确实是得留一手，原来她还有一本《卓娅和舒拉》，借给后勤人看了，哪想到赶上了团部来人检查宿舍。那个干部是作训股的胡股长，可真是没法儿说，他一进后勤宿舍，就脸上带笑参观墙上的学习园地，忽然发现在炕头上，撂着一本“外国书”，就拿过来翻翻，呵，怎么都是老毛子的照片呀？他火了。当时正好炕底下烧着火，他刷地一下，把手里书扔进红彤彤的炕洞。嘴里还恨恨地叨叨着：哼，老毛子，美国鬼子，都没好下场！

我听了好笑，莫名其妙，当股长的，连英雄卓娅都不知道。

——你来兵团时，没带点儿书吗？

没有，就是一本《毛主席语录》。后来手里那几本都是在宝泉买的，《寂静的群山》之类的，给你你也不看。

可你们家原先肯定是有书，书得海去了。

当然海去了。小时候，我们家的书全院子的人都来借过，大学宿舍净是爱书如命的人，串门儿时一个最主要的目的，就是讨书借书，可借借就有不还的了。慢慢我家的一些书就成了全院里来回流传的书。甚至有时我到别人家里去玩儿，会发现人家的书架上排着我家的书。我家书有记号，爸爸的藏书印章精美。但我从不找人家索回。

只可惜到后来，什么书都得烧了。烧书是我跟妈妈每日必做的功课。我记得很清，那时我家做饭常常是少用煤，多用书。我家炉子是老式的洋炉，膛身高高的。我妈烧书一绝，线装的都放下面，好走灰，精装本她拿菜刀拆，拆完之后，大概两三本能烧开一壶水。精装书烧着比较费劲，烧完的灰儿也还是那么精美，一片是一片，黑黑亮亮的，把它们倒到院里垃圾箱去，我前脚提着空纸篓快快走开了，后脚就听街道赤卫队大娘在那儿指指戳戳瞎咋呼：瞧瞧吧，瞧瞧吧，楼上那家，又烧啦……又烧的嘛东西？

——哼，变天账，变天账！

舒迪听得丝丝地嘬牙花子，直叫可惜。

我说：可惜什么？总没去卖废品。我妈最怕的就是把书卖成废品。她说：那些书毒性大，上面都带着你爸爸的印章和笔迹，拿它们卖废品，不是找事儿吗？

——你妈还是对的。

舒迪的“存项”把我的看书欲望全挑起来，几天里人极兴奋，满脑子里只惦着那几本书。干活儿只要不离开砖瓦厂，一到吹休息哨时，我就从工地往回跑，跑到宿舍把门关严，人上炕里一趴，抓紧十五分钟时间快看一会儿。

工地上人问：孙小婴往回跑什么？

舒迪给我遮掩：她跑回去喝药！

真是黄金的一刻钟啊，心里砰砰跳着享受每一秒，书页在手中哗哗翻动的声音真是好听。《化身博士》，来回看好几遍。确实够毒草的。我深深地替杰克尔惋惜。为什么好好的，他要拿自己做实验呢？

舒迪觉得我的问题可笑：真是老初一的脑袋！

她摆出老高三的谱儿来，给我解释：这书是告诉你，人人都有恶念头，都有可能变坏，发坏。有时候你越压着，越是悬乎。

所以就人人都得改造？哈，你倒是不唯成分论呐。

我们瞎谈，通常有点儿讨论的性质。讨论什么并不重要，重要的是我们在讨论，这使生活有了一些趣味。好多离开了很久，遗忘了很久，为我所深深心爱的东西，似乎又回来了。

我高兴舒迪好似一个图书馆、电影院，脑子里头的“存项”简直取之不尽，掏之不竭。相比她，我确实逊色得很。确实是看得太少，我的记忆里最完整最生动的部分，老是种种的童话寓言。到后来，只要一张口，她就先提醒我尽量长话短说，注意节约唾沫。

排里让五班抽一半儿人给百多里以外的石灰窑运砖。舒迪说：道远也不好走，孙小婴你还在家码窑吧。我不干，执意要去。抓个空子攀住卡车的后挡板儿，使劲儿一纵身，翻进了车斗，腿脚还没有站稳，被舒迪伸手撑住。她拍我后脑勺一下，说：这一路甭想松快了。

拉砖这活儿不是个好活儿，说出事就出事。连里本该再派两个男生一块儿跟车，可是谁向连里建议？男生女生一道上一辆卡车，是去运砖还是起哄，颠来颠去会发生什么事？指导员对此最能多虑了。

一上来卡车先是奔公路开，逢到下坡时，觉得身体忽地一下猛沉，再忽地一下被托起来，这感觉挺刺激的。脑子里不由闪出外国电影里在郊外兜风的吉普女郎。想这拉砖是世上最美的活儿了。

眼前一派苍莽的北国风光。草木萧索，山峦雄阔。山峦披着的雪色尚不厚重，旷野黑中夹白。然而寒风阵阵扑卷，脸皮感觉又扎又刺的。倒霉，我发现一忙乎，忘记戴口罩了，这一路上脸要特别疼了。

觉得风太厉害，我趴在车斗的后角上，团着身体抱紧自己，好似生怕会被大风吹散了似的，手里紧拉住下巴底下的帽耳绳子，努力使自己背风。默默地望着山与山的连接，树与树的拥抱，以及风与风的追逐，眼角上总带着舒迪的土黄棉衣。

此时，她正双腿跪在砖行中间，正跟另外三个人轮番掰手腕子，那三人也跟她一个姿势。她们背后，青灰的天空和白色的公路随着疾驶中的卡车一起颠颤着。

身边时时飞起一串欢实的笑声，属于舒迪的那份最响亮。

她甩了她们，又蹲着，噌噌两下子往我这头凑来，朝我俯下身，我感觉脸周围的冷空气退开了。掰掰你的怎么样，嗯？她期待地盯着我，一条胳膊伸到我脸前，褪了棉衣袖子，迎风裸着。她身后，那三人靠着车头挡板儿，笑嘻嘻地看着这边。我不肯掰，说身上冷得厉害。这时一阵强劲的大风潮水似的，一下子灌得满嘴都是。

舒迪笑我又哭丧脸：瞧瞧还没到哪儿了，就这么皱皱巴巴的——你说你老是怕风怕雨，老想着要能在被窝儿里歇着多好，能行吗？她不在乎我的白眼，继续喊着说：别怕我说你，经不起风雨是衰弱的表现，衰弱，又是能量代谢有严重障碍！

喊着，她跟我掰起来。我好像听见手骨里发出了咯咯的声响。结果自然不必说。她的手像一把大钳子，我的反抗虽然徒劳却使身上一下子暖和了。她近近地看着我说：瞧你，一使劲就红脸，一红脸，连着脑门儿一块儿红！

我栽倒了，砸到她的腿上，她抱住膝盖叫疼。

那头传来笑声，她们为我的失败而笑，笑声跃进白灿灿的空中，和冷风一道飞着。

舒迪侧转脸，把手向着飞驰而过的山和路一下下招摇，高声叫道：“江山如此多娇，引无数英雄竞折腰！”那头立刻报以掌声。几人随后一齐喊着唱毛主席的《沁园春•雪》。

我回味刚刚掰手腕子的滋味，绝对地掌握分寸，又绝对地狠。真想报仇，捡起车上一根草枝子，趁她不注意，扫刺她的脖子。

那脖子没反应，好像扫的是皮革。好像她长年过着露天生活，皮肤硬生生也长茧子了。

蓦地她将头一扭，伸过手来逮着我。我们在砖上扭打起来。

然而，必须得打住了。山道忽然险起来，卡车大声轰鸣着翻越在岗坡上，凹坑一个连着一个。必须双手抓牢车挡板儿，不能有丝毫的松懈。气氛变了，紧张中还有些暗暗的恐怖。

司机我们不认识，是团里汽车队的，他好像在跟道路赌气，车子越开越莽撞。深深的野林子，脑袋上方，蔓长出来的乱枝杈掠来掠去，随时可能揪抓头脸。

我们尽量埋着脑袋，可满车红砖将我们垫得太高，车身剧烈摇晃，在疙疙瘩瘩的草塔和突起的树墩间磕磕绊绊。我窝着身子揪紧了舒迪。她双手稳住我，说：别怕，怕也没用。

突然一个极猛的颠跳，一阵“咚咔咔”巨响，砖上的人几乎飞跃起来，与此同时有沉重的东西朝地面摔了下去。回头看，左挡板儿撞开了，车尾上的三个人连着好多红砖甩没影了！一串尖利的叫声乍响起来。舒迪抡起拳头猛砸车楼顶，未等车完全停稳，她扑通跳下去，飞快向后跑。

她们三人伤得不算严重，但是看着吓人，脸上都挂着彩，血口子鲜红鲜红的。刘文群当时在最边上，跌下去先撞着一块树头，一只胳膊现在软软地当啷着。她哭着叨叨：准折了准折了，以后准保落残。王燕、许吾梅互相你给我擦我给你沾，都说：你比我强多啦……

舒迪神色严肃，把伤员一个一个地搀回来，然后吆喝司机一寸寸倒车，将甩掉的砖头一摞摞码上车。砖甩掉了得有好几百块。她不叫人帮，就自己单干，虎里虎气的架势也使别人只好袖手。我觉得，她粗暴地挥霍着力气，好像在生谁的气。车又向前开了。风显得更硬，冷飕飕地抽打着脸，砖行互撞的声响叫人听了皮肉里边发疼。颠腾越发严重起来，车斗里灰沙扑面，人随时可能被风吹下去。艰难的行驶，使卡车像一艘就要倾翻的漏船。每逢倾斜过度时，我吓得心脏直往下沉。

一个伤员呜呜哭开，手捂着染了血的脸。另外两位也立刻受传染，一双双泪眼睁得大大的，万分害怕地紧盯车头。

一种沦落于灾祸中的气氛统治全车。

满面尘灰的舒迪，密切注视前方的路。我把身体用力缩着，头抵住她的肩。她倚紧我，尽量显得镇定自若，说：没事儿，晚上咱俩照样还是一个战壕的战友……

这天半夜，舒迪给热炕烙醒了，她睁开眼，看我也正醒着，她来了精神，哑着声说：我梦见上了赤道，脚丫子差点儿没烫熟了。

我说：舒迪，其实你要是老在马号干也挺好的，在这二排当个破班长，一天一天地多累啊。她用力捅我一下，说：嗨，谁不累啊？大家都一样，在哪儿都一样。你这又是怎么了？我不再说话。黑暗中，她在我耳边悄悄说：多好哇——这黑夜，世界越黑，世界越美，你知道，有些花，只在夜里才开放，大放香气……

休息日，水房新换的二雷子截车往团部溜达去了，临走，他在宿舍外面喊：喂，晚上你们晚点再过来舀热水！

林沂蒙又想做好人好事，过去把水房大灶的火挑了，拉开架势自己烧水。

舒迪见了，责无旁贷地也上手帮忙。我也过去，和舒迪一块儿往水房的大锅里添水。

冬天的辘轳井，井面冻得亮晶晶的，肿出来滑溜溜的冰壳，冰壳几寸厚，使井口缩得紧瘦。我摇辘轳把，舒迪拎水桶。辘轳把是生铁的，冰得人直粘手心。

我把袖管垫着，摇得很吃力。舒迪说：用力、用力，用力对你没坏处。

那边筛煤灰的林沂蒙忽然也接一句：孙小婴，你也应该学着能干点儿，你也该独立了！

林沂蒙使我不快，也不知她想起来什么，要这样说话。

我忍着。却发现舒迪脸色不对，好像有什么事情正使她心神不宁。

过一会儿，林沂蒙撂下火钩子离开水房，舒迪也将手里歇了。一时间，水房里很安静，她默默地望着我，眼睛里埋着愁云。

——你怎么什么也不知道？名单里有我。

什么名单？

……忽然想起来，去石灰窑的名单！但是，怎么可能呢？明明是说，只挑男生啊，而且是挑表现不好的男生。会叫你舒迪去，凭什么？！

心突然悬吊起来，一阵撞击地乱跳。睁大了眼睛面对她。

……我尚未意识，可是眼泪已经涌满眼眶。

消息很快被证实。指导员在大食堂前边宣布了充实石灰窑的人名单。十二个人中，舒迪是唯一的女生。同时一个可怕的理由忽然传出来：舒迪父亲自杀前，在厂里贴过反动标语，算是地道的现行反革命。

我接受不了这个事实，无法控制自己，一直在哭，尖利的哭声时高时低，响彻女生宿舍。我绝望、衰竭，像一株被雷劈伤的树，整个休息日里不吃不喝不起来，只是缩在被子里边呜呜呜哭个不休。

——石灰窑，那个遥远的鬼地方，白惨惨、光秃秃的灰石山，十足的西伯利亚流放地，凭什么叫舒迪去？她干得还不够吗？她爸不好，跟她有什么关系！

舒迪不劝我，默不吱声地拾掇她的行李。拾掇完，盯着她的行李和旁边的我发呆。

舒迪人缘儿好，她的倒霉命运，使整个二排笼罩着一片阴云。不断地有人凑她身边劝慰，低头同她互留离别赠言，然后写着写着，就有人抽抽搭搭。

到傍晚，我哭困了，睡着一会儿，感觉舒迪伸手捅我。她轻轻摇晃我的肩，说：起来，出去走走。她话说得镇定，说时将棉大衣搭我头上。

恍恍惚惚地随她朝外面走，空气冷飕飕的，心紧成一团。

穿过坯棚，来到一座空窑。从窑门钻进去，在厚厚的砖灰上相挨着坐下。暂时都无话，沉思地坐着，把眼光投在脚前的碎砖上。

她说：你要是哭够了，咱们就抓紧说会儿话。我点头。

她又问：你会忘记我吗？我亮起红红的兔子眼，瞪着她。

她把头低下去，憋屈地说：欺人太甚。那会儿叫我在马号，已经算够虐待了，我没计较，苦中寻乐，哪想到，这又石灰窑了……我父亲写一手好字，他们让他抄标语，他抄了一两个通宵，累了，有两张出了错字，所以闯下大祸……我就恨我自己，当初，班里只有三个名额，是来这个黑龙江兵团，我一时脑袋热，拼命争取，像抢似的，还割了手指头写血书，把别人都震了。

现在，我真是很后悔……这兵团，对我，太不合适了，也许，今后，我这人——难好了……

我无比心疼地看着她，发现她窝着的后背一跳一跳地，她在哭！她哭得倔强、无声，任凭泪水横流，不擦。我惊慌地意识到，这次调动，狠狠打击了她的心。

又吹吃饭哨了。我们无动于衷。就那么紧紧挨坐着，听风在窑内外来回呼号。

天黑透了。是个有星有月的夜晚，月的冷光当空弥散。

我们从窑里出来，在干硬的地上走。没有目的，只是走。过了窑地，过了靶场，望见马号一盏孤灯遥遥地亮着。

老蒙患了怪病，一直起不来，马号换了新人干，我们不想再进马号。

然而，太多的记忆，此刻涌上心怀，又相互撞击，跃入风里。

默走好半天，来到那条黑黑的空战壕跟前。舒迪示意我站下。

我觉得她的精神此刻陷在深深的怨愤里，仍在拼命地往下压。看上去她像铁石般静默，方正的前额上贴了一小片闪亮的白月光，好像油脂，脸上一道阴影勒得像伤疤，却突出来鼻梁的直挺，眼睛里发着亮，凝望着寒寂的窑地。

她把头抬起，对着月空，念起诗来：

我们原是自由的鸟，飞去吧，
飞到那乌云后面，明媚的山峦，
飞到那，到那蓝色的海角，
只有风，在欢舞……

——普希金的《囚徒》。舒迪不再像以往那样洒脱，不再发出喊叫，抑郁的声音响在幽深的夜幕中。风和旷野，以长远的回声，将这诗句传播开。

但最终，她还是喊起来：

……不该这么对待我……我一定要调回来！

她对着灰窑地高声叫，空漠的夜把这喊叫一字一字吞没。

蓦地，她转身，将我的肩膀钳住了，裹着我一同进到深壑般的战壕里。

战壕里竟有些微的暖意。我们中间隔着黑夜，月亮照在头上。

舒迪一脸肃然，嘴唇失去向来乐观的弧线，一珠泪冻住似的嵌在眼角上。

我试图笑，伸手抹她的眼角，我说：坚强些，船长。

——舒迪，你和所有的人都不一样，你不会在石灰窑累垮的。

——说得对，我会活得好！

她气势磅礴，令我的精神为之一振，看她眼里有光芒在跳。

我说：舒迪，自从碰见你，我再也没有孤独过，你是唯一能够帮我的人。我想，我要是个小布头就叫你掖在兜儿里，叫你带我到天涯海角。

她摇头不语，然后说一句：人人都是萍水相逢……

这话太伤感了，我听不得，心中发抖。她又说：我们回去。

感觉到她挨着我的身体正在微微痉挛，似乎悲伤的情绪在她胸中不停地翻腾。

忽然间，她将我的棉大衣掀掉，人显得狂躁，好像什么念头突然在她身上呼呼燃着起来。她使劲抓着我，将我整个人拔离地面。一时我的后背仿佛抹布似的，来回擦扫战壕里潮湿的土壁。

我要走了，要走了！她迭声说，并不缠绵，好像一刻间极其憎恶不疼不痒的缠绵，一心要将它摧毁，换得一种急切地要施展出来的东西。她说：孙小婴，还会有人再来关心你，会的。我算个什么，是不是？可你知道，我真想是个男生，真想是。

也许我愿意听，也许我不愿意听，但我一劲儿点头。我觉得，她呼吸中带起来的感情十分汹涌，甚至于有些吓人。

我仰起脸来——那根大烟囱，现在极像巨人的手臂，依然是在向四外散着烟。大而无声的烟团，发着白色，分明地衬着夜幕。但是，烟团放肆地弥漫着，虽然显出一种威风，却终究化入高于它亿万倍的月空。

月空，她架于一切之上，她才是世间最最本质的东西，她多么纯洁、幽静，多么美！

月光如水，一起踩着银愰愰的窑地向回走，踏着脚下黑长的影子，我们都把眼睛投向地面，注视两片黑影子庞大的重合与移动。

夜魂漫漫走着，星星的分布显得疏朗，亲爱的朋友倚着我，我们好像驾着一叶孤舟，在深深的海中漂行。

连部的灯光在眼前亮起来。我摸到她的手，褪去手套，珍惜地捂着，觉得她粗厚的手茧很刺得慌，但掌心里蓄着无尽的力量。

14

没有舒迪的日子，生活显出残缺，身体和精神空乏无力，接连好几天，人处在失神的状态中。充满我整个心灵世界有安慰有色彩的东西，随着舒迪的离去而告结束。我不知今后一天一天该怎样挨下去，我又是孤寡的自己，觉得集体中没有一个人，她的内心状况跟我相似。

我躲不开思念。思念，是永无完结的生活中一份辛酸的内容。整日整日地想舒迪。总是做梦。梦里舒迪和我在一起。她那本普希金我们拆开来，分得一人一本，我这本里窝着角的一页，被她拿钢笔画着两句——

> 在西伯利亚的矿坑深处，
> 请将高傲的忍耐置于心中。

高傲的忍耐，舒迪她会有，我却不知自己如何忍耐，更不知忍耐的意义以及前途何在。舒迪踪影全无，逝去的岁月变成无数幻象，盘结于脑中，占住了灵魂，于是体会到极大的空缺。我哀痛自己失去了太多，不只是舒迪，还有我的精神。

生活中，从没有哪个人叫我这么依恋过，今后也不会再有，要我快速解脱悲哀，像是比任何艰难还要难的，从中我嗅到了生之至苦与凄凉。

我的日常表现一天天极差，干活儿差劲不说，在宿舍里邋邋遢遢，铺位能乱就乱。只要有点空闲，我便一言不发盯着一处发愣。刘文群做了新班长，几次找我谈话，谈不起来。又听到别人在议论我，我假装无所谓。我想，现如今，再没什么可怕，即使全世界的人都来议论我，轻视我，我也无所谓。

我开始盘算着，要只身去趟石灰窑看舒迪。必须得去看她，因为已经被告知，再有一周，整个二排就要开赴苇场。据说苇场才算得上真正的冰天雪地，要住帐篷，踏冰湖，嚼冰块儿……自我保护不好的话，可以轻易地冻掉耳朵，冻残手脚，还会迷路冻死在茫茫冰雪的芦苇荡里。

心里很忧虑，强烈地渴盼着见舒迪一面。仿佛明天就要流放到西伯利亚去似的。说实在的，我不知道自己是否还能活到下一个春天。

周日这天一大早，我搭上连里去石灰窑送粮的牛车，跟老板儿并排坐在磨得光亮的辕子上，棉手套下面捂着一只洗白了的帆布包。

天是干冷天，风不扬尘，砭人肌骨，太阳苍白着轮廓，仿若一只冰做的坨子。雪野浩瀚，像白织锦似的铺得平展展，阳光射上去，扎生生地晃出无数亮刺，让我不断地闭眼睛。东西向的公路，是从西一直向紧东走，正与太阳的走向相反。问老板儿，说要猫黑时候才可以到。

笨重的胶皮轱辘碾在无生命的雪道上，速度出奇慢，老板儿一点儿不着急，他不是一个爱说话的人，只是不停地吸他的旱烟袋。我也不开腔，默默地听着轮子下面瓷实的雪道被碾得咯吱咯吱响。

冰雪世界里，唯有老牛是顽强行动着的家伙。

饱嗅着冰雪的腥气，觉得背靠的麻袋岩石般冷硬，手指和脚趾冻得生疼。我想疼吧，只要有痛觉就不会冻死，到晚上，会有一个温馨的重逢。眼睛追随日神的脚步，看她在一寸一寸走远。心中开始颤抖，去石灰窑的真正意味赫然显现，竟至说不清缘由地有些慌乱，甚至疑虑如此地驱使自己是一种错误。

——冰雪之旅，来回百多里，只为一夜相聚。目的的背后，是什么东西撺掇着？是友情，是怜爱，是依恋？可是，为何会隐隐地发慌呢？这样问自己，我又想到，舒迪是一个心曲深沉的人，她好像始终隐藏着一颗特殊的深邃的灵魂——是她的灵魂在左右着我吗？

我猜不透她，所以我入迷。而无可预知的情形，使相逢成为一个奇大的冒险。

漫长的跋涉越来越显得沉重。看天昏蒙蒙的样子，大概已经挨过好几个钟头了。浑身都在冻结，麻痹。我意识到，自己是在完成一次艰险的苦旅，投注的代价是生命。

……麻痹的身体正在倾斜，从迷糊中睁眼，看见老牛谨慎地爬在一道溜滑的雪坡上。平坦的公路已经不见，白昼的残辉照着灰茫茫的山丘，这山丘几乎将天地填满。上回来这拉砖，满心里只顾得害怕，根本没在意石灰窑的状貌，现在才看清它，远远超过了想象。

高大而光秃的灰岩山带着尖峭的棱角，仿佛一座被海水冲刷出来的古老孤岛。山阴一面黯黑着，山阳一面则惨白，从一窝一窝凹进去的皱褶里，响出来“叮当叮当”铁器砸撬岩石的单调声。

——就是这了。舒迪就是在这。残冷、荒寂，比西伯利亚还西伯利亚。

紧接着发现，快近山顶的地方，也拔出来一管极壮实的大烟囱。大烟囱笔直，凛然，似乎比砖瓦厂的那管更为粗阔，也是先发制人地迅速给人以威慑，也是昂首插向灰黯天穹。大团大团的白烟悬罩半空，沉甸甸的，缓缓移动，仿佛一个硕大的烟盖扣住了这座凄凉山峰。然而，细看那烟囱口上，时时跳出一簇簇红中裹蓝的火苗儿，火苗儿跳得欢腾，呼呼有声，于是使山峰自惨白之中升出一股古怪的活气。

我觉得，烟雾极密集地弥漫在空气中，鼻孔已经吸进了许多石灰的粉尘。这粉尘金属粒似的摩扎头脸，也许还带着一种破坏性进到人的肺里。

嗨，可到了，熊色！老板儿一嗓子叫起来，插了鞭杆先跳下去。我拔拔身子，身子硬硬的，脚底下不敢踩地。

——嗷！孙、小、婴……

舒迪在唤我？声音从身后飘绕过来。涣散的精神为之一振。未及回头，身体已被一双手臂撑住。舒迪的手臂，依然那么有劲，令我浑身振作。忽地脸前遮满一大片灰粉味的棉衣。她捂紧我，连呼吸都困难了。

——真呛人，你的棉衣好像石灰口袋做的！我说。看舒迪的棉衣已经打遍筛子眼儿，一片片烂棉絮羊毛似的翻出来，领口那里龌龊得发光。

她笑着看我，不说话。一阵来自于山梁的疾风呼呼掠过，掀起她的帽耳，将她的棉衣襟整个吹开，亮出里面滚热的胸怀。

像眼科医生解绷带，舒迪将我棉帽子外边的长围巾一圈一圈地慢慢儿绕开。动作极其小心。帽子刚刚摘了，她把手指插进我乱糟糟的头发里。轻轻地耙梳令我舒服。抬手去揪眼毛上的冰疙瘩，被她一把攥住，制止说：吁，眼毛要揪掉了。

她将湿毛巾蒙我脸上，再拎来一桶滚热的水。我说：真没劲儿洗了。她说：那你就坐板凳上，我给你洗。说着她蹲下去，给我解鞋脱袜。好久没这么泡脚了，现在被她一下下揉搓，有点不适应。她不停问：还冻吗，好多了吧？我说好多了，都快泡熟了。她笑，继续揉搓着，逗我说：你就欠像林冲在草料场那样，叫衙役给你倒开水烫烫。

环顾舒迪的小屋，觉得远不如砖瓦厂，不仅是还没有通电，一盏味道不好闻的马灯，照得各处灰蒙蒙的，墙上直接就是泥巴，显得过于简陋，还显得龌龊，炕里头糊着一张张发黄的《兵团战士报》。

她的被子没叠整齐，像个正在冬眠的大动物似的，躲在黑暗中，一卷子大号的工作服堆在枕头上。

——多好啊，又看见她了！

我洗完了，翻身上炕，秋裤也没穿，清清爽爽在热炕上做了个前滚翻。她想起什么了，问我那件蛋黄色小花的细府绸衬衣还有吗？我说：怎能没有，要放到夏天才穿。

她撇嘴说：那么个颓废颜色，夏天你也不敢穿。又问我：你有没有裙子？

见我摇头，她遗憾说：你应该一年四季穿裙子，看你那腿……真的，看吧，这生活里，也不全是石头！

我撞她一下，埋怨说：咳，人都快饿死啦。

去食堂的路很黑很绊脚，走在山坡上，我们互相揪着棉大衣袖子，一起唱道：

向共产主义发展，必须经过无产阶级专政，决不能走别的道路，决不能走别的道路！

这是列宁语录，曲调很有味儿，苏联味儿，每个空拍都斩钉截铁，一顿一顿的词儿在前方迷蒙的道上翻落着。

石灰窑的食堂比砖瓦厂差得多了。马灯照明，一只桶在中间的空地上乌涂发亮。饭桌只是临时性的木架子搭的，吃饭的人刚刚走散，桌上和地面上遗了好多黏糊糊的汤水，一个变形的铝盆是翻倒着的，可以想见这里的人大概都是挺野的。

舒迪进伙房端出一小盆糙子粥，叫我跟她轮流贴着盆边儿直接吸溜着喝。另一道可供充饥的东西仍是发糕，糖精味儿比起砖瓦厂来还要重些。

舒迪没有味觉似的，几下就把嘴塞满了，她一口一口潦草地吞着，叫我别咂摸滋味儿只管多吃快吃。她问我：连里伙食好吗？

我答：好啊，好得都不用刷牙！

她摆摆头，把手里发糕一掰两半，举起右手那半，做了一个我不懂的姿势，低声念道——“明年在耶路撒冷”。

我问：你这什么外国话？她脑袋不抬，说：你不懂，是我们这儿一伙子烂人的口头禅。

回来炕烧得更热些了，都上去待着。舒迪告我，石灰窑女生少，这屋里就还一个本地姑娘，叫二丫，她在伙房干活儿，每晚跟人打扑克“争上游”，打够还得好一阵子。说时她把洗脸架上的马灯提过来，挂在炕里墙角上，又弯腰掏出一个小小的布袋子，在手里哒哒地掂着，说：古巴糖，我的一点点储备，款待你吧。

嚯，古巴糖！有没有一百块儿？我都能吃啦！我高兴地扬手接。

我俩就头顶马灯，口嚼古巴糖，盘了腿在热烘烘的炕上絮叨。突来的相逢就像突来的节日，心里很愉快，一路艰辛为此全都抵消了，所感受到的愉快大大超出意料，几乎有点儿承受不住。一味地抢着话头述说自己，说自己现在挺冲的了，不是说干什么都能跟上趟儿，而是神经比过去皮实多了，也能不在意别人对自己的态度，开始学着自己看得起自己——却原来，这是很重要的。

舒迪赞同我，说：对了，你就记住不要太细致，细致是你们祖上的恶习，你得去掉它，不然没法活，你越细致，你就越犯傻，犯疼。

我看出舒迪变化很大，一张脸明显瘦了，两腮已经凹进去，脖子上有明显的粗筋大脉一条条突现，大约是拔力气时生生拔出来的。那双手也不是我所记得的手了，它们已被石灰烧得焦干，现出好多开裂的口子，握着时，好像没有了灵活的弹性，仅剩下干硬了。

我问舒迪：活儿很惨吗？她翻翻眼睛，不说话。我说看看她的肩膀。当她只剩下一件棉毛衫时，我惊讶她简直是个重伤员。突出的锁骨周围爬满紫黑的瘀血，整个肩膀和后背，排烙着一长溜紫圆圈儿，是拔火罐留下的痕迹，腰部那里，贴了一大片已成泥巴色的伤湿膏。试着摸一下，她立刻哎哟一声叫起来。

舒迪说：看过《悲惨世界》吗，那个叫冉阿让的逃犯是怎么干活儿，我们就怎么干活儿。干得肋条裂了劈了，没事儿，还会自己长上。真的，人的本事太大了。岩石跟钢钎较劲，钢钎走形了，最后还是要比乎人，别看人的胳膊是肉做的，却比什么都要硬——人拿肩膀扛石头，拿绳子拽石头，别管石头翻多少个儿，人不会翻个儿……

——出窑还用你吗？

——哪能不用我？我身上十八般武艺呐，哪能浪费？

——出窑有防尘措施吗？

——你一说话就露怯，防哪家子尘……

——不防尘，那劳动就不再是劳动了，而是惩罚！

惩罚就惩罚吧……你想想，公私合营以后，我爸他毕竟吃过利息。人不能代代同命，他们上辈子曾经舒服够了，到我这就该着挨罚。

我不能相信自己的耳朵，舒迪发出如此没水平的见解，太令我不快。要么她是在瞎说。可是，她的语气分明是正经的，她的眼睛在暗中闪着清醒的光。伸手拍一下她的宽脑门儿，我说：舒迪，你这么想不对，地球不是只为了一部分人而存在的。任何人，只要你不是反革命，不是刑事犯，就不该受歧视。你看二战题材的电影，犹太人排成大队，老老实实到纳粹跟前去登记，然后人人胸前戴一个黄星星，证明自己不配活着，换了你，你戴吗？

……戴，我戴。舒迪咧着嘴认真说，随后发出一声叹息。

这样的叹息，也许最强的人和最弱的人都会发出来。直着眼睛看她，发觉那个永远精神抖擞的人已经不见了。现在的舒迪，身体是拱缩的，脸发青黄色，眼里全是疲惫，好像一种强烈的苦闷，并非流于表面，而是深藏在心底。

我说：舒迪……你不要灰心。

她索然摆头：灰什么心，我老是跟自己说，最好别有心。

——那天一人悬了，一块石头忽然掉下来，他赶紧一闪，整个的棉衣前襟给刮拉走了，黄布罩咔嚓全砸没了，只剩下一片白棉花——白捡了一条命。这类事儿多了。前天终于砸死人。此人以前是团部中学的历史教员，别看人瘦成一根儿筷子，正经是满腹经纶，就是脾气太大了，在窑上任人不理，事故之后的转天他才被发现，那时人还没死，只是冻得梆硬，像块木板子似的，心脏居然还跳着，嘴里哑着，一张一张，抬回来人刚要化开就死了。你想他要没心，会疼一天一夜吗？

现在舒迪不掩饰对自己处境的恼恨，甚至是深恶痛绝。她朝自己前胸砸了一拳头，眼睛抬起来看我——咱们不说这些。

她拉住我的胳膊摇晃着，说：总这么软乎……唉……这么软乎，你可怎么使唤工具呢？

我们躺下了，都把眼睛望着墙角里那盏幽暗的马灯。

夜魂脉脉，马灯像煤似的燃烧着。也许是分离的缘故，一下子睡一起，竟有些陌生的矜持，然而互相倾听着呼吸，气氛是温温的。我们呼吸着一种共同的东西，好多是回忆。

我有些感动，我俩又在一起了，她的胸腔里隐约有呼噜呼噜的滚响。我好像闻见了微辣的石灰味儿，担心她的肺叶已经被污染。伸出一只手给她。她搂住我肩膀，低低叫一声：孙小婴，想你就像想鸦片！

她眼睛收拢了看我。不是普通地看，是注视，意味多端的注视。

——听说过吗？希特勒攻打斯大林格勒时，士兵们受不住严寒，眼看就要全线溃败，有个高级军官想出个妙招儿，晚上，给每个士兵的睡袋里分去一个女的。这女的有苏联战俘，也有德国人自己的女兵。结果怎样？就暖乎了热乎了，硬是在前线多撑了十来天……

她低声讲着，眉毛一挑一挑的。我听着新鲜。可是不知为何，心里却有些微微的退缩——是不是这盼望已久的相逢并非是那么单纯的？为何我会隐隐地畏怯呢？

我感到，一种异样的恐惧强化着我的退缩，而身边的舒迪意识间正在激烈跑步，她额头上和眼角边交错的皱纹正在紧张地动弹，眼光一耀一耀地，显得有点儿奇怪。

——她想什么呢，是不是她打算看透包括我在内的这个夜世界里的所有东西？

四周极静，一些神秘的东西裹着浓重的黑暗朝我走近。理智已经不能辨清，那是否是可怕的。又进入海底两万里，好久不领略她的手了，海水般的手语，曾给我多么舒服的感觉，现在又在还复。

可我发现，抚摩跟抚摩是不一样的，现在不仅是有些发冷，还带了一种不可抗拒的气势。并且，她的呼吸也粗重起来。仿佛她的呼吸来自于山间的风，仿佛她的体内另有一个生命在踊跃——它幽深莫测，坚定不移，它令舒迪全身都变得热烫了，似乎她全身的肌肉与骨骼都在一起瑟瑟地抖跳——昏暗之中，努力看她沉默的脸。她的下巴颏使劲往上翘，角度竟是有些野的，竟将这下巴颏当作一件武器敲撞我的脸。

我躲闪她，说：怎么回事，你弄得我好疼。

刚这么说着，身下忽觉一阵可怕的麻颤，她的手钻进我的内衣，触到她绝对不该触到的地方——这个刺激雷火般撞来，令我从头至脚打起寒噤。

寒噤的彻骨，叫我一生都不会忘记!

使劲甩脱她，掉过身去，闭紧眼睛，泪水扑簌簌流到枕头上。

她退缩了，她在背后静着，以此来作道歉。我不理她，不动弹，只是无声无息地淌着泪。心里知道，长期以来，为我所珍视的东西刚刚在一瞬间撞碎——灵魂惶惶飘坠，坠向一个黑得极深的地方。

再度醒转，小屋已射进晨光，浑然的寂静里，老鼠正吱吱地在角落里嗑着什么。

身边倚着舒迪的肩膀，她睡得正沉，嘴巴张开，呼出均匀的长气。面孔这会儿比较舒展，却舒展出一种极陌生的粗鄙。

提着心，慢慢抽出身体，飞速地穿衣，一面紧张地关注沉睡中的她。炕火早已熄了，泥墙上镶满晶亮的霜雪，窗户虽未遮挂布帘，厚厚的冰凌挡着，好像盲窗似的，外边什么也看不见。

但是，套车声已经响起，片刻之后，我将离去。

忽然，我捂紧嘴，看到，舒迪的被子竟然同旁边的被子完全打通着，那个叫二丫的本地姑娘，这会儿挨着舒迪的另一侧，也睡得正香。二丫的上身不怕冷地裸着，两只圆胖的手臂投降一般朝上方扬着，发红的脸上布着放任的笑。

恶心，我想到这个字眼。心头一阵刺疼，强烈的恨厌几乎使我跌倒。

苍茫的晨光里，整个石灰山呈现冰雪的暗蓝。缀在铁色天幕中的残星尚未褪尽，满眼皆是昏蒙与阴冷，雪气逼人。

然而老牛发出振奋的哞叫。车老板儿将一盏提灯挂到车辕子上，照见老牛臀部的霜气像浓浓的云团一般泛着。我磕着牙齿攀紧车辕，吃力地爬上去。

一条胳膊上及时撑过来一只有劲儿的手——是她。

她一脸灰黯，穿着破陋的棉衣，站在车辕边闷闷地候着——咫尺间的距离，好像已成沟壑。我们无语，互不相看，干干地等着车老板儿。

她显然是想说些什么，在悄悄地注意我，试图找到机会。可怕的恨厌统治我，我不会对她的关注领情，不会再给她机会——口罩遮掩住冷若冰霜的脸，不停哆嗦着的嘴唇，以及磕磕打打的牙齿，却无法遮掩我的整个身体在寒冷与恨厌的交汇中一劲儿地抖战。

默默环视周围，好像要将石灰窑深深地刻进脑中。

我觉得，如此荒寂的山体只该出现在地狱。地狱中一头奇大的白熊已经僵卧多年。

山沿间运石的雪路陡而弯，车辙与脚印压踏的冰痕暗暗发亮，亮光清冷。雪路边，凌乱地撒着绳索钩链、铁锤钢钎，都是一色的冷。

抬起头，一团黑黝黝的烟云横拉在那管粗大烟囱的中央，不上升，不消散，仿佛也被冻住了。于是那烟囱犹如一个巨大的十字架，俯临着整个石灰窑。离开这里，离开这里！心在呼喊，满眼寒彻的雪。

老板儿摆弄停当，身体一纵，稳坐到车辕子上，鞭杆一敲，吆喝一声，牛车钝重地晃一下，动了。她跟了几步，朝我招手。我没反应，别转脸，牙齿咬紧口罩。驭着好几麻袋石灰粉的牛车下坡速度飞快，一下子就是山根脚。昂起头，再望一眼石灰窑，我想到，离开的是座废墟。

曙色明了，东天边上有一抹粉红铺出来。这一抹粉红在苍凉世界里显得如此薄弱、微茫，而遍地雪野闪耀着的炽炽寒光，才是天地间的主调。我感到眼花、虚空，脑子里散乱地摇着。耳内听得不歇的碎响，是瓷实的冰雪道抵抗车轮碾轧的咯吱声。

勉强看着冰雪在脚下流动，我把身体蜷缩了，靠住一袋石灰粉，团成一个无知无觉的东西，眼睛紧闭上。

不再害怕冻僵的危险，麻木地颠着自己，我睡了一路。

15

苇场，苇场有什么了不起？走过了那个又像地狱又像废墟的地方，再有十个苇场我也不会怕了——坐在奔赴苇场的卡车斗里，我就这么想着，甚至以为，自己现在算得上是饱经风霜了。

一路轰响，披雪临风，北大荒货真价实的严冬向我们绽露凶相。然而整个二排在林沂蒙的引领下不断高歌，还朗诵、大喊，尤其当卡车往凹陷的雪坑里冲，或者急转弯的时候，满车斗上立刻腾炸一片起哄的嚎叫。显然，面对人烟寂寥的风雪世界，起哄足以给人壮胆。

我也喊得很响，甚至于喊出泪水，脸在喊声中涨得通红。很乐意自己的声音被众多的声音吞灭着，脑中浑浑郁结的东西一时被迅速掩盖，又感到集体对我的宝贵。

我相信，恨是一种可怕的情绪，当我还无力承受那惊悸的一页时，也许明智的办法，只该将其抵除，从而逃避打击。我想，舒迪，不过是我这一生中，所有需要经历的难与苦的一部分，战胜它，先得学会抵除，或者叫驱赶。强令自己，驱赶她，驱赶那一页！

卸空了的卡车轧着雪路吼叫着远去，抛下来的一行人整个属于苇场了。此时，一路夹风的飞雪竟然奇迹般地停了。眼前展露着一派令人震惊的景象。天地广袤无边，上面铅灰，下面雪白，一顶老绿色棉帐篷孤零地卧于其间，好像是个堡垒——它是我们的家。与棉帐篷相距两三米处，竖起一座高高的铁塔架子，黑苍苍扎天戳地的。不知原是做什么用的，现在成了我们棉帐篷的唯一依靠。

现在茂密的苇海尚无踪影，前方坦平如镜的是浩渺的大雪湖。大雪湖梦幻似的，以神秘的寂静、莹洁的银光迎接着我们。湖岸上，绵厚的雪被足有尺厚，雪被压着湖沿儿，将一条悠长的白弧线明澈地拉向远方。雪湖铺展得越是远，越是有着奇妙的层次，幽深的胸怀里拥裹着原始的单纯。在乌乌涂涂的砖瓦厂干各种爆爆腾腾的活儿，出坯棚进大窑，熟悉的是北大荒黑黢黢的泥土，却不知还有如此清澈的冰湖泡子安恬地睡在这里。

大家惊喜万状，一路的冻麻和颠簸一扫光了，人人都把围巾帽子以及口罩拽开，露出一张张激动的脸。

——嗬，把咱们弄北极来啦！

——好大的湖泡子哇，像是玻璃钢做的，早知道带双冰鞋了……

空气实在透亮，贪婪地呼吸着，觉得透亮的空气里带着芬芳，一串串女声夹着这芬芳飞跑，将远远近近沉睡多年的雪世界搅得喧腾。你推我搡纷纷往泡子跟前凑，蹭下岸坡，小心翼翼往里走，冰面硬邦邦的，互相搀扶的手臂撒开了，滑翔似的转圈圈，或者是猫腰看，透明的冰面底下，好像藏着一个海龙宫——孙悟空借金箍棒的海龙宫，那些水草连须子带叶子，全都分分明明——哇，有鱼！

哎呀，这么大的鱼！谁在高声咋呼，都蹲下去埋头往底下看。忽地一个挨一个地滑倒了，滑倒声“嘭嘭啪啪”的，随之一通开心的疯笑。

帐篷里钻出来一个高个儿男人，是连长。连长的喊声在头顶沙哑地响起来：小心呦，人多扎堆儿，要踩出冰窟窿！

立刻都呼啦散开，散得好远，伴着一声声尖叫，好似玩儿捉迷藏。

——连长，这泡子底下这么多鱼，咱们还割什么苇子，打鱼得了！

——连长啊，真的，咱们打鱼吧……太缺嘴啦，缺大发啦！

棉帐篷直接搭在冻土上，是先期来的老职工，在一天里拴就的。将厚实的雪层铲开，镐头一寸一寸刨出几个坑，支了木架子，沉甸甸的帐篷就被撑将起来。再在冻土上面铺一层木板子，即成睡床了。帐中央的空地上，横躺一个大煤油桶，一头接出来铁皮烟囱，一头填烧木柈子和煤块儿，据说这是一种新式“地火龙”。现在一进到帐篷里头，便觉得暖气很盛。只是到处过于昏暗，篷顶太矮，不免感到压得慌。但是怀着一份新鲜的情绪，人人都兴致勃勃地把自己的行李打开来，各种用具放好地方。

我注意到，一扇书本大小的帐篷窗正对着我的铺位，从小窗往外看，灰暗的天光像钻石一般宝贵。

早早地还不到五点，割苇大军便列着单行队走出了棉帐篷。一个紧跟着一个，在微亮的雪野中走。连长打头，头戴狗皮帽子，帽耳一左一右翻翻着，上下一身黑棉衣，小腿仍是紧扎着绑腿，镰刀插在腰间麻绳圈子里。他手里拄根长棍，时而前后左右探一探雪层。连长最先迈出来一行大脚印，紧跟着他后头的是林沂蒙。

脚印踩到我这里，已经基本上形成一条小路。这小路，比整个雪地矮下去小半尺。好像我们脚底下有一架轧雪机，走过的地方辟出一道窄窄的沟道，而整个队伍像是一列小火车，缓缓穿行在雪原里。连长是车头，每逢转弯时，他口中喘出的白气在清冽的上空徐徐飘散。

二排人现在大都一个模样，一律的土黄棉袄，头上扣着棉帽，帽子外面又围围巾又戴口罩，鞋是黑胶棉靰鞡。只有林沂蒙学了连长，腰上也系麻绳一根，也将帽耳扇扇着，口罩围巾都不要。每人的棉衣兜鼓囊着，里头装着中午吃的馒头咸菜，随着雪路漫长，能感觉它们在渐渐冷硬，料想到该享用时，它们肯定会冻成冰疙瘩了。

天空高阔，天空与雪湖像是世界的全部，人只是一行微小的点点。脚下踩出咯吱咯吱声音，让我觉得雪也在发疼。

渐渐地，太阳蹒跚地出来了，寂静地悬于天际。不像个太阳，倒像水果罐头里玉色的雪梨片，娇嫩而珍贵。古人说，夏日可畏，冬日可爱，的确是不差。没有温度的阳光洒到雪湖上，晶莹的冰面映现出琥珀的颜色，很美。这时的路线已经深入到雪没小腿的地方。雪窝子一个连一个，雪窝底下的冰层隐隐透着寒光。全都尽量提着劲儿，学起直立脚尖儿的芭蕾步。连长的命令传过来：跟紧喽呵，不跟紧，迷路了，喊娘可来不及！连长埋头破雪前进，蹚出来的脚印更大，后面一个跟一个努力地踩着，队伍摇摇晃晃拉开空当。

有人嘟囔：连长……你步子别太大了，快赶上野营拉练啦……

苇子终于密集起来，是在走了将近两个小时之后。忽然闻见一股湿润的搀着冰雪气息的苇香，望见了莫大一片高过头顶的苇海，铺得如此丰饶烂漫，完全可以藏下一个团的人马！继续走，继续走，双手拨开细溜溜的苇子，身边发出“窸窸窣窣”声响，打得帽耳里发痒。这就是经秋越冬的苇子，能编制砖厂苫盖坯子的帘子，还能运到造纸厂造纸，整个苇海像个无主的宝库。看那些光洁的茎秆儿，头顶着纤茸的一团，开出莹莹秀色，合聚为海，如此凄迷、热烈……

连长站下，帽子摘掉拿镰刀高挑起来，在脸前画一个大圆圈儿，吩咐大家说：就这块地儿吧，都散开，自己划片儿，割茬儿要低，打捆实在点儿——干吧！大家听了都挪开身，不约而同往苇海里头钻，各自寻一个小领地，猫了腰伸镰刀，开始割起来。都往深处去割好耍得开，嚓嚓啦啦的割苇子声很快响成一片。一会儿工夫，人人距离拉大，忽然都没了踪影，只有不歇的割声响着。

苇子高而密,仿佛一排屏障掩住了我。一个人,总算是一个人了，这一点非常安慰人。突然使我享受到一种奇异的静。心境顷刻转换了，所有的苦恼一时都没了市场。幽静还带来了松懈，使懒惰的天性复又抬头。没割多一会儿，就开起小差，撂倒一捆苇子坐上去。

独自坐在苇子上，感受北国冬日的白昼那特有的寂然。仰起脸来看天，天是淡灰色的，一种深远而寂寥的运行中，透着高不可攀的气势——有些想家。及至想到儿时，曾经何等地盼望雪啊。每回降雪，若是大些，我会拉上哥哥，将小竹凳拴好一条长绳子，翻个个儿，我坐上去，哥哥拽绳子，围着我们的后院跑个不休，哥哥累时，会突然抛下我，钻到什么地方朝我砍雪球，雪球砸到头上脸上，好似冰蛋开花，眼内一片晕，多有趣的游戏……

好久好久了，不去想这些，现在禁不住要想。天地纯净，除去天和雪，只显这苇海。风吹苇海发出阵阵哨音，稍歇时，苇子们窃窃低语，混淆视听。眯起眼睛，看纤细的苇茎一根根在严寒中轻轻抖索倾斜，梢头上，雪屑不停飞舞，像盐似的颗粒掀起来，落到我脸上，扎生生的，不化。

我看到，白雪统治着眼前的世界，生命掌握在大自然手中，然而，喑哑的苇子们那些优柔的摇曳中显出对风雪坚韧的忍耐。好像，柔软的骨骼更是一种骨骼，足以用来抵抗大自然喜怒无常的脾性。

我想自己，我该怎样度过苇场生涯呢？

一旦归垛就等于大会师。几个小时的奋战暂告一段落，互相找齐了，你呼我叫，听连长点名。看每人都割了不少，都比我多不说，捆儿也比我的大。一座庞大的苇垛在割净的苇茬地上像小城堡似的矗立起来。连长问大家：都吃干粮没有？

……怎么吃呀？都成了大冰坨子了！

林沂蒙说：冻馒头就冰块儿吃呗，冰块儿越透明越好，嚼着嘎嘣脆，甜的。不过，可要小心，别拿镰刀碰舌头，稍微一碰就粘到一块儿啦！

回去还是连长打头，脚下比来时快多了，更显出机械。谁也不说话，只是闷走，胳膊已经抡过劲儿了，镰刀变成了累赘，拖在手里当啷着。可人虽然累到极点，兴致还是饱满的。太阳开始西沉，苇海遥远的边际暮色合拢了，身前银白的苇梢上，活泼地跳闪着玫瑰色的光芒——这是美丽而苍茫的时刻，红红圆圆的夕阳给一天的辛苦画上句号，在头顶上罩下一片神异景象。

跟着走，跟着走，鞋窠里头踩着的玉米叶子还有乌拉草已经烂成团团了，雪屑融化着，将鞋面浸湿。林沂蒙又带头唱歌了：

日落西山红霞飞，战士打靶把营归……

马上便有人随着，满空里都是响亮的歌声。越往回走，越注意到，身后留下来的雪湖哑然无语，连同那壮茂的苇海，像是从来无人涉足似的，又沉入初始的寂静。

作为家的帐篷在傍晚时分掀起一天的高潮。晚饭是冻白菜熬冻土豆，白天的馒头现在换作二合一发糕了，仍叫人垂涎。但是，一定要再控制一会儿，一定要先洗一通，享用一盆热烘烘的水！眨眼间，烟囱跟前排出一长溜湿乎乎的棉靰鞡，烟囱面上搭了一双双冒气儿的棉袜。火头军凤娥是个本地人，她蹲在炉口那儿，将炉火捅得山响，一边瞪着眼睛警告大家：烤袜子烤鞋的都照应着点儿，煳了可不管！

伙房设在一进帐口的地方，帐口一道棉帘子，饭菜的香气同烤着的洗着的掺和一起，造出难以形容的气味，没处跑没处散的，没人在乎。又揭屉了！一揭屉，甜丝丝的香气勾得人流涎水，拥上去，如众僧抢贡品。一团白熏熏的大蒸气忽地罩过来，底下集聚着一颗颗贪馋的脑袋，饥不择食，头快扎到碗里了，筷子勺乱响，一片紧张的咀嚼声。

两顿饭制令人无奈，叫你饿就饿透，饱就饱透，一旦倒到铺上，发觉最最沉重的就是肚子。瞧瞧自己的肚子吧，此时像一个大肿瘤，简直不敢轻易挨碰。数一数，刚才追着别人，整整吃下去七块长发糕！

不可思议了！那嘴那牙那胃口，好似都是租来的。挨着我的周细珠个子不比我大多少，也是吃了七块发糕，她不觉得怎样，正坐在铺上一门心思地拆棉裤腿。毕竟是上海人，她和另外几位，老嫌每天一身大棉衣大棉裤难看，说自己看着活像一发倒竖的炮弹。她和另几个同伴商量着，要将又厚又笨的棉裤改造改造，然后再套上鸡腿裤，走起来精神。我真觉得她们可笑，三九严寒的还要俏，也不怕冻出毛病来？

缓过劲儿来挑脚上的泡，穿根细线进去小心地拉，叫水流尽，看见里头的鲜肉通红，疼得钻心。

眨眼工夫，帐篷里就朦胧了，一片昏暗，小窗户仿佛贴了一张蓝色的糖纸。有人朝伙房那边叫：连长，给瞧瞧几点啦……

连长的铺位架在灶台边上，和我们隔着一块绿布单子以成界限，所以现在谁也不知道他的作息。都见过那块老怀表，是一个光荣的纪念品。当年连长抗美援朝时，扛着机枪参加上甘岭战役，怀表是老班长牺牲前留下的。听见叫声，连长好像是从大幕后头走了出来，手里握一盏煤油灯，高高的身架驮着庞大的黑影子挨到帐顶了，洗过的方脸膛被油灯照得发亮。

一种在砖瓦厂时我们从未见过的慈爱笑容在他脸上布着。他说：现在六点半，你们要累了就睡吧，省点儿油。他的湖北口音一旦温和起来相当好听。好几人从铺上跃起来，冲着他尖嗓细音儿地嗔叫：呵，连长真可恨，刚六点半就让人睡觉，让人变成猪哇！

——不行！才六点半，睡不着，太早点啦——瞧瞧我们的镰刀，都卷刃了，你不管？你给我们磨磨刀，给我们磨磨刀吧……

连长便撂下油灯，弯着身体，将每人铺下的镰刀敛成一大抱，大步往他的“幕后”走去。这边，大家又一齐喊：别走，连长！

——不走，干什么？连长转脸问。

——讲个故事吧。有人在那儿提议。整个帐篷马上一片附和的叫声：对，对呀，讲故事，讲故事！

煤油灯驱赶着黑暗，还驱赶着同黑暗连在一起的东西，白天的一切艰辛，此时全被遗忘和原谅，人人都安静着，痴痴地听故事。

连长作为最受欢迎的人，有时也是一个听众，他以很好的蹲功蹲在炉子跟前，手里按个硬石片一下一下磨着镰刀。“嚓啦嚓啦”的声音给故事做着伴奏。也许都算不得是故事，只要讲，随便什么。大都是捉特务的小段子，叫人听得不过瘾。连长老是带头说声好听，欣然笑着，把裤腿挽起来，将镰刀倒提着，轻轻刮小腿上的汗毛——这么来试刀刃磨得快不快，叫我们瞧着悬。

连长低头看下钟，告诉说：八点，不早了，都休息吧。

他抱上没磨完的镰刀，提着煤油灯，往他的幕后那边走去。这边一通铺被卸衣声。在黑暗和灯油味儿之中，人人进到被窝里。

炉子虽然烧得热，被子却是冰凉的。脚底下不敢马上伸开，一时难以自然睡着。睁大眼睛，看墨汁般的黑雾蠕蠕地浸透四周，所有的轮廓都在黑暗中分化，渐渐静止无声。心里边对一天早早地逝去很有些不舍。

熟悉了苇场的一切，劳动的强度又显出残酷。五十捆的定额不断地被强调，每天晚上林沂蒙拿支笔和本子记数，时不时地大着嗓门对完成的人给以口头表扬。记到我时，红着面孔实告，没有完成——那你完成多少？林沂蒙问，一脸的不满。我说：三十。她记上，淡漠地说：明天你努力。

我知道我割的是最少一个。但就是这三十捆，我也是撒了谎的。

撒谎不单单就是撒谎，撒谎还会带来自卑与羞愧。老有些心虚，撺掇自己，你得拼命。白天干时，注意圈上一块最密实的领地，埋头哈腰一气儿猛割，身上出汗了，试着脱掉棉衣，可是冷风穿胸而过，激得全身一阵哆嗦，还是穿上干。帽子撩得高高的，嘴上叼着汗珠子，歇口气点一点数，嗨，仅比昨天多了四捆！为什么，就是割不到那个数呢？是捆子打得粗了？不是。集垛时比较过别人的，我的捆不算最细也是倒数二三。

只有承认事实，我无能。

沮丧也不仅是沮丧，好多的往事被勾连着一起扑向心怀，怕想起的人现在豁然在目。那些情景、声音，连同种种的感觉，全都包围过来。心里憋闷，叫自己想点儿别的，然而却比任何时候都透彻地看清，现在的我，真是孤家寡人，没有指望。找到一处较隐蔽的地方“上一号”——白色的天然厕所干净得高级，温热的尿液使一块雪面酥塌下去，脚底响起嘎嘎裂声。竟暗暗希望，要是塌出个冰窟窿，叫我陷下去一只脚，就有理由叫嚷了，就有理由歇工。

洁莹的雪面上印了一长溜儿细小的动物脚印，像一行精致的手绣花边。是田鼠的，这些机灵的家伙，多冷都不会冻死，它们的家在哪儿呢？如果现在能有一个巫婆走出来，告诉我，你可以变成一只田鼠，我会毫不犹疑地听从她。

前方有稀稀哗哗的声响，割苇子的动静，很大，越来越大。扒开身边的苇丛伸头去看，相隔十几米处，林沂蒙眼看就要割过来。她的架势了不起——帽子甩了，棉衣脱了，只穿件工作服，已经干得汗流浃背，像刚刚出浴似的浑身冒白气儿，她身边割出来一片堂皇的大空地，一捆捆苇子戳立在那儿，像一伙结实的列兵在站队。

马上想赶紧躲避，躲避得越远越好。脚底下深一脚浅一脚地乱走。时而勉强地割上几捆，再定一会儿神，再走。觉得自己这么干无定所，这么打游击似的，劳动态度真是有点儿像对付日本鬼子了。但是没法子啊。

然后，垂着脑袋，跟着队伍，一步一步往回走，觉得两腿灌了铅似的沉重，膝盖里疼得快要断了。

凛冽的寒气却使头脑清醒。眼望白雪皑皑的世界，心中迷茫，嫌来厌去的雪路一天远似一天，像是在往天边走。郁郁地想到，又是一天结束了，一镰一镰，一捆一捆，眼睁睁又送掉了一天。

好像岁月老人也在队伍前方匆匆地拉着脚步。我慨叹，生命，那绝对的，仅有一次的生命，就将这样一天一天白白地过去了……漫漫雪路延长着惆怅，仿佛看清辛劳而又贫乏的一生的尽头，我感到伤心。

16

苦闷不会使食欲减退，反而更膨胀它。似乎食物完全可以填充空虚。傍晚时分，当自己又撑成猪，仰躺到铺位上，看着自己钝重的身体和别人同样愚蠢，心中不由得难过。

人的种种活动在帐篷里淤塞着，包括吃和洗，包括排泄，大家仿佛一同挤在一列破车厢里。很疏远地听着身边别人的叫唤，看着别人忙碌，心远在千里之外。我觉得奇怪，众多的身体每时每刻都挨在一起，密度是那么的大，可是头脑里，还是能够区别出单个的自己。

但是空间里人与人如此紧密地拥挤着，并未带来足够的温暖。身体下边一天比一天阴冷，被窝好似广寒宫，险恶的风，老是在腰椎那儿横吹着，好似要钻遍全身的骨肉。想想在连里时，总是有烧透了的热炕，还有能够烤烫了用毛巾包着贴到腰上的方砖。这些，如今只能权作回忆了。

掏掏铺底下，惊讶地发现，薄薄的垫板已是湿湿的了。千年冻土已被体温焐化了两寸，一层毛茸茸的冰花正在褥子下面的帆布上闪着寒光，砒霜样的寒光。接下来要发生什么？关节炎——我想，绝对不能得关节炎啊！明日务必要在回来的路上，打一大捆乌拉草，铺到底下。无论怎样，一定要保护好自己的两条腿。

很想和人说说话。想将打草垫铺的事儿跟身旁的周细珠说一说，又想，算了。白天，在路上，看她穿上新改的鸡腿裤，在我身前走得美滋滋的。我在她后边小声说：我怎么看不出哪点儿好呢？不料她立即回头，给我一句："侬十三点！"

她说得那么无情令我吃惊，并且回来之后老半天她都不搭理我，大概是我真的得罪她了。

连长正在帐口出来进去地担着桶挑雪块儿，林沂蒙招呼大家先都起来，学一会儿毛主席的"老三篇"。她说：学一会儿，再讲故事。学以前，她照例表扬好人好事。

我没味儿地听着。近来我越来越不喜欢她，不喜欢她越来越粗里粗气的声音，总是领导者的神气儿，尤其是对我不加掩饰的轻视。

那天晚上，连长磨着镰刀，很有兴致地说要给我们讲一段。我们马上竖起耳朵，向他聚拢过来。连长竟然讲起他老家的神话传说，叫"七仙女"。故事很热闹，有员外、仙女，还有三郎什么的。一时我们大受吸引全都忘了睡觉。连长也很来兴致，几个晚上连下来，故事越讲越有味儿。甚至他还在大家都睡下之后"备课"，有人看见连长大半夜里打着油灯，在一个小本子上记下来圈圈点点各样的符号。给我们讲时，哪里忘记了，他便看他的小本子。

可林沂蒙脑子又绷着弦儿了，她反感连长讲"七仙女"，每回总显得烦躁，在地上来来回回地走动，要么添煤，把炉火捅得呼呼蹿出煤烟，要么噼里啪啦翻动地上的镰刀。

连长说：小林，别翻动乱了，没磨的跟磨过的都混喽。她不客气说：你们怎么就不睏啊，你们耗的油太多了！她这样说话，有点儿叫连长尴尬。连长就扇扇手说不讲了。我们不干，但连长坚持不再讲。

《愚公移山》是另外一种故事，似乎就这一篇现在最实用了。

凑在弱黄的灯光下，看林沂蒙洗得不太干净的脸上一本正经布着严肃，额头上的皱纹随着铿锵的朗读不住跳动。《愚公移山》读完，又读《青年运动方向》：

> 延安的青年干了些什么呢？他们在学习革命的理论，研究抗日救国的道理和方法。
>
> 他们在实行生产运动，开发了千亩万亩的荒地。开荒地这件事，连孔夫子也没有做过。
>
> 看一个青年是不是革命的，拿什么做标准呢？拿什么去辨别他呢？只有一个标准，这就是看他愿意不愿意，并且实行不实行和广大的工农群众结合在一块儿……

谁也无缘认识孔夫子，只知他是弟子三千，一本《论语》广为流传，背诵起来朗朗上口，什么“温故而知新，可以为师矣”“敏而好学，不耻下问，是以谓之文也”。

孔夫子没有开过荒地，我们这些农工，明摆着是比他和他的弟子们强了。可我们都不懂得，敏而好学究竟有何用场。

一会儿帐中又响起来《共产党宣言》。马克思用词儿总是比较讲究。注意听到几个饶有色彩的新词儿，什么“温情脉脉”，什么“面纱”，还有“幽灵”。

念着，林沂蒙问：“脉脉”，怎么读才对？是读“卖卖”吗？有人答：没错。我遗憾没字典，挺高明的词，要能好好查一查，是可以记住的。

这两天又赶上“倒霉”期，经血比往日遗得多，有点突如其来。隐在苇丛里默默收拾，有几滴鲜红鲜红的像花瓣撒着，与洁白的雪地形成太分明的反差，格外刺眼。纸备得不够，将手绢用上，好歹收拾完了，费力地站起来，一阵晕，冰雪的寒气迅速击透全身。手脚冻得木了，挣着跳蹬几下，再仰身躺在苇捆上，将眼闭了，一点一点缓力气。

沉寂中，耳内唯有天籁之音，感觉陷入虚幻，仿佛雪世界中走出一位慈悲老人，他在宁寂的上方静静地关注我。我眼睛不睁开，仅凭感觉来靠近他，说不清一种极脆弱的滋味，忽地掉下眼泪来。

心里纷乱不定，总是忍不住回想不太久远的过去。舒迪对我的好处，一件件全想起来。

好些事，以为自己大都忘记了，却原来历历可数。记忆真像一个知觉敏锐的隐秘的生物，稍微一个信号刺激，它就在脑海里不停地爬动。而最近切的，是又蹚在鸭蛋河里。那回打草，舒迪看我蹚水太不利索，干脆背着我，她那呼呼的气喘，大脚步的跨度、节奏，以及四面围拢着的腥腥水气，现在全都可闻可感。偶尔又发生幻觉，看见冰湖上一串大脚印，以为是她刚刚走过去。时时听见她在帐篷里说话，为我梳头发。她说：你的梳子不该是黄色的，黄色是颓废的颜色……瞧你妈妈，拿那么大的果酱瓶子装凡士林，至于吗？哪辈子使完？

她那个“叶尔绍夫兄弟”的大茶缸换到了我手上，分手后，我已经用了几百回了，现在使它漱口，老是看见她不断张合的嘴，一排牙齿闪着微光，有点儿残冷。

极不愿意想的事一并升起。一丝隐痛，黑色的，犹如一粒子弹横飞过来，洞穿身体——她究竟想要干什么？那绝对算不得亲昵——叵测的举动，无法解释的行为，已经嵌入了心深处，实在难以思索。

那当然是反常的——是因为它反常才可怕吗？不，也许从一开始，她身体里就有一种暧昧不明的东西……人生啊，为何常常没有真相？也许整个世界都是难以解释的？

我回答不了自己的问题，更讨厌这样胡乱思考。可是躲不开想念的幽灵。割着苇子，我用另外的声音自己跟自己说话：

——别想她了，行不行？

不行。

为什么不行？

我哪知道？

连里来了拉苇子的马车。我问老板儿：有时马车去石灰窑吗？老板儿说：去哇，那旮旯石灰烧多啦，几天就得跑一趟！

立刻回帐篷草草写封信，烦老板儿代我捎走。

给舒迪写的信，只是一句话：

问候你，盼信——苇场孙小婴。

寄走一份盼望，觉得自己愚蠢，难道就那么轻易地原谅了她？

连长要改善伙食，带一部分人上湖里打鱼，我也跟着。

连长好像力士参孙似的使出大力气，用尖锐的冰镩子在湖面上凿啊凿，一个锅口大的冰窟窿凿出来了，然后他胳膊夹着铁笊篱往窟窿里头转着捞，鱼就活蹦乱跳地上来了。我们赶紧拿脸盆一条条拣啊拾啊，一片欢呼声。但这活儿难在凿窟窿上，冰层足有一尺来厚，一点一点地凿，要凿好长时间。连长吭哧吭哧一个人使劲儿，我们只能在一旁袖手干看，一点忙帮不上，浑身自然就冷极了，为了御寒，不得不在冰面上来回跑蹬。

我跑得远些了，发现苇场还有人家，傍着湖岸的遥遥一角，有个不大的屯子。也是一些很潦草的泥屋，屋前堆着高高的柴草垛，罩着一种辛勤而温暖的气息。

一些朝鲜族妇女哼着小曲儿，从远处赶着牛拉的爬犁走过来。爬犁上垛着满实的苇捆，是她们的劳动果实。爬犁行到湖心，她们叫住老牛歇了下来，围成一个圈儿，在雪湖岸边拢了火堆烤干粮吃。那干粮也是冰坨子，被草包着，插在一根干枝上，让火烧上一会儿，就冒出热气了。她们席雪而坐，掰着烤热的干粮，大吃大嚼，对冰天雪地毫不在意，被火熏黑的脸上露着白牙齿，边吃边大声说笑。

有个妇女把头转来，发现了待在近处干看着她们的我。

——嗨，闺女，过来，烤烤火！她热情招呼我。

我凑过去，感到呼呼的火气扑脸，将头上的兔皮帽子摘掉。

——呀，呀，看这闺女，多细粉儿啊！

她们纷纷叫着，其中一个像老中医似的拽我的手看，问我多大了，家在哪里。

我很窘地笑着，把手抽回来，帽子再扣上，话也不说一句，快步跑开了。

我们的收获很可观，打上来的鲫瓜子、狗鱼和泥鳅，都不大，但是活泼鲜亮，可爱之极。可惜是眨眼间就僵住了，变成一个个冰溜子，拿起来梆硬粘手。我们不断拣拾，在湖心上集了一个小小的鱼垛子，足可以吃上一阵子了。同时还有一些青蛙。那青蛙是紫色的，连着皮儿，跟鱼，还有红辣子面、固体酱油，一起烀熟了，可好吃了。

大家吃得开心，头又扎到碗里了，发糕也又过了量。有人撑得在地上乱蹦；有人捻着一小撮长长的泥鳅须子，四处炫耀能吃的战绩；还有人拣了剩下的生鱼，贴在炉口烤着吃。烤鱼味儿与烤鞋味儿同样扑鼻。人人吃得心满意足，仰在铺上瞎聊。

林沂蒙说：知道吗？陈毅给国宴发明了一道菜，就是泥鳅做的。先让泥鳅吃几天鸡蛋黄，然后拿它们跟豆腐一块儿煮，泥鳅怕烫，紧着往豆腐里头钻，一会儿熟了，晾晾，切成薄片，嗬，一圈儿白，一圈儿黑，又一圈白，一圈黄，那份的鲜美……这道菜叫什么？“泥鳅钻豆腐”！

吃美之后一个最大的结果，是仰在铺上望着发黑的帐顶子唱歌。猛唱海唱，由林沂蒙领头，把握大方向，凡她认为是好歌的，都唱一遍，甚至唱了小学时学过的牧歌：

> 翠绿的草地上哎，跑着白羊，
> 羊群像珍珠撒在绿绒上……

唱得最起劲儿的，要算《长征组歌》。帐内仿佛住了一支合唱团。我们一气儿唱了好几十首。满溢着强烈青春的歌声如海潮、如松涛，在帐内环转震荡，帐篷盛不下，向外冲去，和了风声奔跑，啊啊啊地朝着远处飞。

我觉得嗓子有点儿裂疼，自觉住声，只做听众，心卷在了歌声里，激荡着，又想起远方的舒迪。

也许是应了乐极生悲的话。这天夜里奇冷，帐外狂风呼啸，雪笤帚横扫篷顶的沙沙声持续不断，时而篷顶忽地向上膨起一下，再扑地歪斜。

连长显得不安，生怕有人冻僵了，一次次提着油灯走进来，他猫着腰，小心地看看这个掀掀那个，手下轻推一片片肩膀，一再说：动弹动弹，动弹动弹再睡！总算挨到凌晨，连长仔细点过名，说：好啊，都喘着气哪，你们看看咱们的帐门吧，雪堆可堵实着了！

吃早饭时，听见连长跟林沂蒙商量说：今天冬至，不出工了，老天说变脸就变脸。

林沂蒙反对，她不住地挥着胳膊，说：变个天怕什么，人定胜天嘛，照出不误。

连长闷了会儿，面带顾虑地摇头，说：今天足得零下三十度，按说咱们是可以歇工的……

林沂蒙忽就咋呼起来：什么？零下三十度？太好啦，向毛主席保证，咱们能创造奇迹！

——向毛主席保证，向毛主席保证——林沂蒙一再说。连长不再说话，随她了。

我感觉到一种非常的气氛。吃早饭时，人人都要辣子面，我也要。舀一大勺，红红地搅到汤里，不敢喘气儿，生往下吞，好像给身体里填满了火药。整装时，又在脸上搽了厚厚的凡士林，将能套上的都套上，能戴好的都戴好。看看别人，也一样，个个穿成一发发倒竖着的炮弹。

口罩与低压着的帽檐之间，露着一条窄窄的细缝，刚一走出帐篷，便从这条细缝中感觉出冬至的非常天气。凛冽的寒气将呼吸一口噎住，谁也不再发声了。沉默的队伍疾步前进，发现几天来好不容易踩实着的道儿毫无踪影了。一夜大风刮得太狂猛，雪世界重新有了一番调整——不该刮平的地方刮平了，却到处隆起来大雪包，像是刚刚砌出的白色坟墓，时时给我们挡路。雪湖显得格外肃穆，灰色的天空布着一种可怕的镇压性。

到了目的地，刚割了两捆，便感到没法伸镰刀了。

冷啊，扎心扎肺的冷，人仿佛是赤条条地踩在冰面上。手脚俱硬，生疼。邪性的风又卷起来了，一下子扯开帽耳，听得满天里滚着震耳欲聋的鸣叫，又看到前方卷起一团团白旋涡，好奇怪的白旋涡！是怒号着的风将地面的沉雪翻腾到半空，不可一世地盘旋回转，眨眼间，视线搅浑了，肺腑里灌满冰雪的腥气。邪风狂奔在苇海中，气势真是浩荡，似乎是想扫除掉地上任何活动着的东西。四面八方昏天黑地，别说干活儿了，就是站住都困难，而人的身体已经同那些表层的积雪一样，片刻内都变成了最脆弱的东西。

一种重心被剥夺，将要扶摇而去的危险笼罩一切……

连长当然深知这危险。哨声吹起，比蝉声略大了些，在风的号叫中飘摇着。

每个听到的人都迅速向连长靠近。连长脸面灰黑色，须发则像白头翁似的挂满霜雪。他瞪着眼睛大声嚷：刮大烟炮儿啦，抓紧集垛，快点儿、快点儿！

是大烟炮啊？！曾听说过，北大荒大烟炮儿最是厉害。足能将一个孩子掀卷到数里之外，将房屋刮得散架……恐慌之下，所有的人都极其紧张，来来回回跑着忙乎。

连长一再怒叫：一次抱两捆，快、快，总是磨磨蹭蹭，总是磨磨蹭蹭！集垛完毕，连长下令：整队，跑步回去！

林沂蒙把两脚使劲一跺，固执地说：刚到这就回去，太可惜了，再割会儿！

连长不客气地朝她粗吼：现在听谁的？我说了算！赶紧点人数！

可这时忽然发现不对，人头缺了周细珠和卢小芬。有人说：刚才看见周细珠跑来跑去找她的宝贝围巾，她那条绿的拉毛围巾被风吹没啦，卢小芬也帮她找去啦！连长听了怔住，更是急眼了，恼着吩咐林沂蒙先带队伍跑回去，他返身去找那两个。

又下雪了，雪像钢针似的锋利，在半空中横走，嗒嗒地打着脸上身上。口罩成了一块大冰疙瘩，却不敢去掉。眼睫上也有一排冰凌连缀着，勉强透出来视线，生平没见过如此狂烈的大雪。空前密集的雪片，与狂风拥持着争抢着。

天地惨然一片，全部陷入新一轮的覆盖与吞没——这是真正的白色恐怖啊！

一队人统统低着脑袋压着胸，在风雪中奔跑，跌跌撞撞，两步一出溜，跑成一串滚动着的小白点。跑了好长时间，方向竟然拿不准了，不由得慌张，有人憋不住，尖声大哭起来。

林沂蒙跑她跟前吼叫：你吓破胆啦？有什么了不起的！

不知绕了多少弯子，总算见到那个铁架子尖儿了。这个救命的东西，现在细小得像一枚头发卡子，高高地隐在白蒙蒙的半空中，叫人人心底发热，欢呼声七零八落地响起来。跟着，孤立的帐篷也终于显形，已经被冰雪着实捂住，趴成一个大白堆儿，仿佛是大自然的一部分。

进到帐篷里，人人都像长毛狗似的一抖一抖地甩掉冰雪，都累得不愿讲话，脸如腊肠般通红，不通红的则发白，这便是冻了的征兆！谁也不敢歇息，赶快从帐外盛进来一满盆雪，使劲搓手搓脚搓脸，感到有知觉时就发疼，发辣。

大约过去两三个小时，连长把周细珠和卢小芬找了回来。两人进帐篷时还在傻跑着，模样极是吓人。尤其周细珠，她把两只胳膊投降似的上举，将棉衣蒙在脑袋外面，下身的鸡腿裤整个成了雪裤子，硬硬地打不成弯。她不能像卢小芬那样进了帐子就呜咽不止，她那顾头不顾腚的做法，使整个头脸和围巾口罩一块儿糊成一个大坨子，嘴张不开不说，棉衣彻底卸下后，又发现手套怎么也脱不掉了。

本地的凤娥有经验，赶紧拿剪子铰她的手套。手套铰烂了，才看见十根直棱棱的手指，九根发白，一根发黑。

林沂蒙拎了一大桶雪进来给她猛搓，搓了好一会儿，她的手终于红肿了，却疼得乱叫，又举起一根手指头喊：侬睽睽，侬睽睽，这一根黑指头，啥么回事啊，一点知觉也无有！

她把嘴拉扁，哭了。

凤娥把周细珠那只手按进冰水里，说：拔拔看，拔拔看，你们吃冻梨不是这么拔的吗？

哭着的周细珠要上厕所，平时最要好儿、最要面子的她，现在由我和林沂蒙帮她解又湿又紧的鸡腿裤。之后她又要镜子，蹲在那里细照，流着眼泪，看自己红红紫紫的脸上发起来大水泡，亮亮的大水泡仿佛是刚被开水烫过。我的脸上也已经发起来好几个了，火烧火燎的，我安慰她：没事儿，回来一挤，流出水，会好的。她用有了知觉的一只手小心地抚摸着自己不堪端详的脸，颤声说：不能硬挤的，叫它自己破了流出水自己萎缩，要不然，我们都得破相了……

连长脱了帽子，埋着脑袋坐在铺头上。该吃饭时，他站起来又要走，说要上朝鲜屯去借马车，送周细珠上医院。可是，风雪这么大，就是借到马车，怎么可能赶到医院呢？

连长好长时间不回来，很叫人担忧。帐篷里四下看不清，煤油灯燃起来，四围的黑暗更显得深湛。可是，周细珠那根手指一直紫黑紫黑的，浸泡没一点儿效果。

到半夜，终于听得大烟炮儿歇了。帐外响起一阵马蹄声，连长跨着大脚步进来，身上结了厚厚一层亮冰，仿佛套了一件铠甲，两眼通红通红地流水。

他还是不肯吃饭，不肯耽搁一分钟，呛着嗓子喷出一串雪气。他招呼周细珠，赶快裹了棉被上外头的爬犁去！临走，他严肃地嘱咐林沂蒙：我不回来，你可不要带人出去！

透过帐篷的小窗户，我目送那架马拉的爬犁，看它在肃穆的雪夜中孤零零的，碾着雪道碴拉拉远去，爬犁周围溅起一团团波涛似的雪烟。

雪烟中，连长紧紧把着缰绳，身架固执坚实，好像是铁铸的……

两天后，指导员忽然代替连长出现了。指导员告诉我们，周细珠是二级冻伤，那根手指抢救不及，坏死了，到了团部医院就被锯掉。他说：咱团很重视这个事故，追查连长的责任，电话会议时对连长作了点名批评。

指导员决定停工两天，学习整顿。他讲：近来团里事故频频，接连通报——一连伐木排战士在山上帐篷里打架斗殴，造成失火，三人烧成重伤；八连一人因开小差被批判，前不久竟然偷偷上了冰封的黑龙江，去对岸投苏修；尤其独立一团最成问题，三名上海女知青偷着往家跑，没钱买票，在铁路上扒货车，在货车顶上互相抱着取暖，半道全部被冻死！

我们听得心悸，指导员又细讲一个更严重的：一名哈尔滨男知青，一心要享受探亲假，暂时没批准他，他就对指导员不满，半夜偷撬战备仓库，盗出一支冲锋枪，上连部先将指导员打死，然后连夜占山头，带走了一箱弹药，整整打一天！连长逮不住这个人，于是找他平日里最要好的同学，喊他下山来，说领导同意你回家，好说……他犹豫着，下来了，半途中忽又后悔，反身再要跑回山上去，连长飞跑上去，一个侧扑把他按倒。此人军事法庭判处死刑……

指导员说：现在边境线一带形势极其紧张，国内阶级斗争新动向不断，极大地影响了知青的情绪，人心不稳，不定，我团政治股遵照师部命令，要求各连搞短期整顿，抓紧思想教育和路线教育，教育既要及时又要严肃认真。指导员带我们学他捎来的报纸。反复念《人民日报》刊载的《红旗》杂志评论员文章。

耳朵支着听读报，心思难以集中，因为指导员带来了信，除去家里的，还有舒迪的。

——这一夜相当幸福。我将自己捂严实，手电光装满被窝。

一切恰到好处的静。回信这样快，太出乎意料，竟舍不得拆，一直忍到现在，现在我心怦怦跳。把信写成诗了，像她人一样，总爱独特：

又看见你，孙小婴！
看见你发蓝的眼睛……莹洁的脸，
我把我的十字架忘掉。
岁月如磐，你我心相连，
可上九天揽月，可下五洋捉鳖，
谈笑凯歌还。
但是……假如我曾伤过你——请你原谅！
让风，把我的思念和祝愿——送给你。
遥祝你顺利，遥祝你坚强，
紧紧地握你的手！！

石灰窑舒迪

几行字读了数遍，读得每个字都在跳舞，泪水顺着脸颊流。

对舒迪的渴想旋风般袭来。手电光暗了，灭了，电池终于耗尽，眼睛没入黑暗，那些字亮在心头。

——人，得靠着情感生活，从情感出发，谁是谁非原是无所谓的——舒迪，我原谅你……

脑袋伸出被窝。又起风了。

风尖啸着，将帐篷打得啪啦啪啦响，仿佛要将这帐篷连根拔起。

风流扫掠大脑，毫无困意。紧着身子穿上大衣系好皮帽，游魂似的走到帐外。

独自站在雪夜之中，静听风神咆哮，望天地如烟似雾，虚虚茫茫。雪粒冰沙不断地朝脸上打来，泪冻结了，心沉沉地荡着，怅然无比。

——舒迪，我的朋友，你在哪儿?

没有回应。黑夜中，阔大的雪湖寒光闪耀，遍布死亡的肃静。只有风妖活得欢实。风妖举着刀剑阴沉地划拉世界，似乎不把一切砍碎，决不收兵。

心里竟升起一个强烈念头，希望那风妖也砍碎了自己，使我也成雪烟雪雾，一路穿越遥远的空间，奔向石灰窑，去拥抱我的朋友!

一封信构成特大的节日，心里怀着一份强烈的感动。寒彻的冰湖上升起一条奇妙的光带，虹光射穿苇场的疆界，向寥远的天际延展。

总是回想舒迪，回想她独具的强韧与乐观，聪明与幽默。那些丰富多彩的神聊以及笑闹，现在尽在耳边。一味地想，她有知识，有教养，她赤诚的心里，埋着多少正直和善良。而那晦暗的一页，算得了什么?哦，再别想那一页了，总之，你不可能敌视她。

怀着一份着实的内容，舒迪使我的心重新充盈，苇场后来的一段时光，因此而好过多了。

三月里一个好天，连里终于来了老职工拆除帐篷——苇场生活就此宣告结束。我也和别人一样，带着一脸冻疮和一身虱子，回到砖瓦厂。

17

连里放我们三天假，整理内务。水房被女生垄断了，结满冰疙瘩的井边蹲着好多人，手指都洗得像胡萝卜似的。都把被子褥子拆了，脸盆放火炉上煮个不停，晚上只盖棉花网套睡。

我头上染的虱子老是弄不净，奇痒。凤娥给我拿来家里的篦子帮我刮，可是我忽然发现，在那只篦子上，密密麻麻藏满了灰白色的小虮子。

我大叫一声，把篦子摔地下。凤娥不高兴，嘟哝着走了。

宿舍人说我傻瓜，说：你那本来就是她传的，你别再让她来咱屋啦。

我说：就算是她传的，也不该不叫人来，在苇场，人家凤娥每天起早贪黑，没少为大伙儿服务。

可你没见她回回边甩鼻涕边和面？简直把人脏死！

就是，你们注意了吗，人家多冷也是光着大脊梁钻被窝，好似一个原始人……嘿，我还发现，人家倒霉时，不用棉纸，用什么？沙袋！人家多少年、多少代，就用泥巴糊糊的沙袋垫，别提多恶心啦……

宿舍里七嘴八舌，声讨本地人凤娥。连带说屯里老乡如何的埋汰、不吝。听说他们一向晚上不洗不涮，还长辈小辈挤在一条火炕上睡觉。做了媳妇的女人，为了表示疼公公，夜里都把公公的脚插到自己的腋下暖和着……真的假的啊？

我注意到墙脚上一瓶敌敌畏还没用完，灵机一动，干脆拿它对上肥皂水来洗头发。想不到立刻呛得厉害，险些背过气去。忍着呛，闭紧了眼睛强洗，整个人全是敌敌畏味儿了。

大伙儿呆看着我，说：嚯，真勇，真勇哇，孙小婴杀虱子，拿敌敌畏洗头，是要搭上命啦！

也许虱子带给我一种顽强的毒菌，刚刚洗完头，我就病倒了。又发起烧来。服过几片药，躺在炕上干熬，心里灰灰惨惨的。

原想去石灰窑看舒迪，却听说她已经不在了，她刚刚被团里抽走了，去参加巡回讲用。

……讲什么？讲活学毛著的心得体会，讲“铁姑娘”怎样脱胎换骨，一不怕苦二不怕死！讲用材料这就要发下来了……

我真为舒迪高兴振奋，可是想到，不知何时才能见着她，又不由得遗憾。发着烧，这遗憾变成了伤心。

这天晚上，指导员到宿舍来巡视。他走过来，推了推我的被角，说：孙小婴，你别总蔫蔫巴巴的，听我说个新闻，你就乐了——探亲假就要开始了！

宿舍里顿时炸营了，嗷地一通乱叫。都在炕上跳脚，连声喊毛主席万岁。

指导员笑吟吟地朝大家摆手，说：别乱，别乱，探亲假不能一窝蜂，还得有组织有部署，每人做个申请计划，准备排队分拨，一人就享受十二天，绝不能超假。

待指导员要离开时，我忽地把被子一撩，坐了起来，睁圆一双眼睛朝他举手，几乎带着哭腔要求道：指导员，我申请回家，我要第一批走！

想不到，连里这回开恩，真的让我第一批走了。同行一共六人，天津的有两个。指导员叫我们六人先认真写保证书，十二天之后准时返回连队，给后边的人做好榜样。

病跟着就好了，匆匆地做回家准备。同时就想着上团部去找舒迪，再看看叶丹娆。毕竟是头一次探家，我得跟她们辞个行。

然而，舒迪连个影儿也没寻着。团里干部说：讲用团人都带着材料上师里集训去了，得训个十来天呐。

在加工厂找到了叶丹娆。见面时，她正在一个大棚子里干活儿。

一种极龌龊的活儿，是在一个大黑桶里洗猪皮。她两手拴着长长的胶皮手套，按在冒着白热气的黑水里，里头大概浸着硝酸。一块块猪皮带着厚厚的油和血污，又沉重又黏糊，她使一把刷子用力打着洗，白色的热气熏熏地扑脸，那味道不单是难闻，肯定还会腐蚀人——她干活儿还是那样实在。跟我说着话，手里一刻也不停，两条软发辫松散地垂耷下来，湿漉漉地紧贴着脸颊。

因为我在身边，她的脸上始终微笑。可她人比在砖瓦厂时更显得干瘦了，脸上没有一丝血色，稍微一笑，就有好多小皱纹密布出来。

她说我胖了，问我苇场生活怎么样？我稍加描绘，她就表示出极大羡慕。

我说：还是你这好，用不着喝风吞雪的，瞧我这一脸冻疮吧。

她眼睛透过大热气仔细看我，黏腻的手套褪下一只，拿手背捋开眼前一绺湿发，把手指伸过来小心摸我脸一下。

她轻轻地叹一口气，说：真是的，你怎么一点儿不会保护呢，弄得像只花猫似的！

我说：我可知足了，你不知道周细珠多倒霉了……

休息的工夫，她带我回宿舍。看她铺上有件织了半截的毛活，是青灰色的，一个袖筒好大。我问：你这是给谁织呀，累不累？

她居然跟我坦白说，最近谈了一个男朋友，他是她们的篮球教练。工人出身，大高个儿，北京二中老高一的，也是因为打球好进的加工厂。我皱起眉头，表示不满：你怎么敢在这谈男朋友？她拍我一下，怎么不好啦？什么敢不敢的？以后，你也会的。

她坐下，把毛活架了起来，眼睛看着手里，织得很快，手指因为粗糙，免不了时时挂线丝儿。毛线球系在一块花手绢里，滚到炕头。我给她抻着线。问她：这线是好线啊，是宝泉买的吧？她摇头说：我父亲以前一件大毛衣拆的。

——呵，都给篮球教练织了？你也真舍得！

——回来我也给你织一件，织天蓝色的，咱们上供销社买新线去，好吗？真的，我一定给你织，不给你织平针的，织元宝针的，拿细针织，好吗？

——不好，把你们宝贵时间都剥夺了，多不好。

她抬头看我，苍白的脸上泛起少见的红晕。

她告诉我，加工厂谈男朋友的，不止她一个，可是情形不一样。他俩一直都是明的，出来进去从不避人，神态自自然然的，地点以大食堂为主，大食堂窗户大，晚上亮着灯泡，他们在那儿说话，光明正大的——真的，你知道大食堂的窗户有多亮？向毛主席保证，我们从不做半点见不得人的事——可好多人不这样，他们总是鬼鬼祟祟地藏着谈。

你们这儿是不是有点儿解放过头了呀？砖瓦厂可没这么松快。

……也就是你不知道罢了。

知道又能怎么样？这么不管不顾地在北大荒谈恋爱，不是太邪乎了？难道你想在这儿安家吗？

安什么家？哪儿跟哪儿呀？你不要瞎想，都还这么小。不许你再瞎说，要不我扎你啊。

你扎吧，你扎，把针扎折了，叫你织不成！

离开叶丹娆，心里很乱。

我对叶丹娆的变化感到不解。我想，爱像一只大鸟从她的天空中降落，应该是件好事，本来她天生就应该好好享受它的。也许她现在发现，能有一个男生跟自己好，这不仅仅是生活里一个莫大的安慰，还是一种莫大的荣耀，从中她又找到一种寄托和保护。是不是这样？

可是，为何我不能为她高兴，更羡慕不起来？在我的眼前，老是出现她洗猪皮的一幕。很记得她那张苍白清瘦的脸，那脸上除了疲惫还是疲惫。我无法理解，当她好不容易结束了一天的辛劳，如何还有一份兴致到大食堂里去——头上照着一个大灯泡子，堂而皇之地跟她的篮球教练"说话"？——我既然无法理解，也就传染不上她那份幸福感。暗暗地，竟还感到隔膜，觉得和她有些生分了似的。

又没见到舒迪，心中更加孤索难受。

就带着这种难受的心情，乘上了回家探亲的火车。

十二天的探亲假眨眼就过去了。心里颤抖着，跟站台上的姐姐挥泪告别。火车挨过两天两夜，下来依旧冰天雪地，依旧迎着寒冷的风——独自一人，站在茫茫的公路上截车。

踩着咯吱咯吱的雪道，又回到砖瓦厂。钻进烟熏火燎的宿舍。

手提包里被妈妈装满零食，每样都给同屋人分享些。没一会儿，人人口里响出来大嚼糖果的声音。有一块妈妈从稻香村买的白果黏糕，一眨眼被个勤快的家伙放入饭盒，再架进脸盆里，盛了水，再扣上另一个脸盆，墩在过道的墙炉子上蒸起来。

埋头将自己的铺盖打开，所有东西尽量码整齐，尽量缩小到三尺宽的铺位上。

心里郁郁地想：瞧吧，这就是自己整个生命的面积。

忽然过道里一团乱，有叫有打的，轩然大波。

又是刺头儿陈梅英，这回她跟烧火墙的哑巴打，上手了。起因不过是几块榨菜。陈梅英咬定她的罐头榨菜被哑巴偷吃了三块。她有数，仔细数过了。还说哑巴把她抹馒头的猪油瓶子换了地方。

哑巴是本地人，未成年的小丫头，都出去干活儿时，就她一人在家烧火墙——哑巴也不含糊，挨了陈梅英两记耳光之后，凶恶起来，嗷嗷叫着，死死揪住陈梅英的发辫往下拽。

陈梅英上手掐破哑巴的嘴唇，鲜血抹了哑巴一脸……林沂蒙没在，战斗持续好久。

终于劝歇了，我们屋将门掩紧，一通议论。

——瞧瞧吧，几块榨菜就你死我活的，这就是上海人。

——还以为小哑巴好惹，回头人家又该给她们放虱子啦！

放虱子是哑巴的拿手好戏。听说，刚分配哑巴进住上海人宿舍时，她们全都叫她住到窗头，又在挨着她的一侧夹立了一块又厚又长的板子，以隔挡虱子过界。

有一天，有人发现，趁那些上海人不在屋，哑巴把一只盛了虱子的小土罐开了口儿，往旁边铺上使劲抖甩过去……

黏糕蒸煳了。脸盆端进来，一点儿分量也没有了。揭开看，仅剩一片黑色的煳嘎巴儿。几人又敲又砸分了那片煳嘎巴儿，递到嘴上一点一点嗑着吃。

我有些心疼，一点儿不想吃，把头低下去，蹲在炕洞口前烧火。

不断上蹿的红火焰舔着木头的棱角，棱角渐渐圆了，木头酥成碳和灰。凝视炕火，听着身边铿铿响起搓衣裳的声音。头上搭的湿衣裳已不能再多了，屋子潮得墙泥大块大块往下掉，可还是洗，无尽无休地洗。

眼睛移到泥泞的地上，定定地看着一双双脏鞋子，我心想：这些，就是和我的人生紧紧相连的一切。是的，一切，一切又在重新开始。沉闷黯淡的日子，就像沉闷黯淡的土地。

已是冬末，活儿主要是编苇帘子。苇场打回来的苇子在篮球场上积成一个大垛，高高的苇垛像是足够编一辈子的。连里叫搞突击，大食堂的地上铺开场子。白天黑夜不停，人们三班倒。

两个人一伙儿，坐板凳上编，有时是跪着。在地上打牢四五列钉子，系好麻绳作为经线的底儿，再几根几根地续苇子。干这个活儿，也有定额，两人一班儿，一天最少十五个，算最低数。为编得紧实，不能够戴手套，所以手指特别勒得慌，很快满手都贴了橡皮膏。而最难受的，还是胸口窝得生疼，胃里的发糕不断地往上冒酸水。

林沂蒙和我一伙儿干，她发现我的速度很难见长，便不高兴。想着法子叫我去干别的。

瓦厂停电了，侯玉才让我们排支援人钻到瓦窑里出窑。林沂蒙让我去——那窑里真是火烫火烫的，刚进去就有一种浑身被烧烤的感觉。眼睛在热浪中难以睁开，眉毛头发像要燎着了。咬紧牙关闭着眼干，手指刚一碰到瓦片，立刻吱的一声响，手皮跟瓦片粘上了。

我又受不了了，第一个蹿出窗外，红头涨脸喘大气，其他人也都先后钻出来，蹲着坐着在窑外换气过风。

都怀疑这座窑窑门是刚刚捅开的，侯玉才这人心最狠，绝对不是一忙给指派错了。有人说：要是下午出多少还能好一点，咱们跟老侯好好要求一下，下午出吧。却没有一个人肯主动去找侯玉才。

正踌躇着，正好看见侯玉才溜达过来。他手里扛着一把长长的二齿钩子，看那样子，是要再去捅前面那座窑门。

我大着胆子向他走去，试着问道：侯排长，我们这个窑烫得厉害，是不是刚刚捅开的？

他站住，看我，也许我红头涨脸的样子使他感到很兴奋，甚至他还朝我咧嘴一笑。但是，我忽然发现，那双三角眼变得阴冷了。

他一梗脖子，大着嗓门跟大伙儿嚷：谁说刚捅的？妈拉个巴子，捅了三天啦！

他这么汹汹一叫，那里几人害怕，身体立刻动弹了，默默无声地一个跟上一个又往窑里钻去。

我没有动，也不知是哪里来的勇气，再次说了一遍：侯排长，你记错了，这么烫的窑，肯定是刚刚捅开的！

他没有想到我这么不知轻重，竟敢当众和他争执。他火了，脸色紫青紫青的，向我瞪起眼睛，并且他高举起手里的二齿钩子怒吼道：妈拉个巴子，你说，你干不干？干不干？！

我很怕他，本能地向后退着步子，可是，我的声音却奇怪地高了起来，几乎是喊着说：

你就是刚刚捅开的！

他手里的二齿钩子朝我横锄过来，我躲避那吓人的钩头，快步跑上窑前的跳板，躲到众人当中。

几人挡住他帮我说话。一个老好人顺着他说：没错，窑门捅了有日子啦，侯排长您别着急，我们能出，能出。

姓侯的还不罢休，威风凛凛地继续抄着二齿钩子站在跳板前头，死死地瞪着我，嘴里不断地骂着我生平从未听过的最最难听的话。不仅骂着，他还狠狠地叫：就你一个事儿多，哈？你给我老老实实进去干，看你烫得死烫不死，烫得死烫不死！

因为凶神恶煞，他的脸显得可怕，并且更丑，一种野蛮的残忍在他的丑脸上深深地刻着。

我终于哭了，哭得很响，用大声的哭来抵消害怕。

与此同时，我心中又升起一种恨，不仅是恨侯玉才，还恨整个生活。

18

又快到春天了。这段时间人心浮躁，好多人已经享受过探亲假，不免带回来各种各样的变化。的确良、东风表，武装了好几个人，她们还戴上了“假领子”和乳罩。乳罩先都戴得比较隐蔽，后来林沂蒙回来坦然地带了头，甚至明明朗朗地戴着它擦洗身子，扎眼的乳罩很快就被推广开来。

宿舍里，老有走来走去单穿乳罩套一件半透明的的确良衬衣的人，大概觉得太惬意了，不管多冷的天她们也舍不得套上毛衣。与此同时，女生宿舍里忽然又刮起了品头论足之风，忽然喜好津津有味地谈论人的长相。谈论谁谁眉毛长得好，那就叫卧蚕眉；谁谁下巴生得俊，真像王丹凤；你们知道什么样算杏核眼吗？就叶丹娆那样算最标准了……告诉你们，长久的美，还得是一张鹅蛋脸！

编着帘子，人人注意力都在场子中央那个半导体上。《人民日报》上，最近登载了五首革命历史歌曲，包括《毕业歌》《抗日战歌》《工农一家人》《大刀进行曲》《战斗进行曲》，号召全国人民学唱。半导体挺高级，三波段的，是林沂蒙新带回来的，她想用它来教大家学歌，鼓舞士气。一开始干活儿就调好了台，放在那儿，让高昂的革命歌声给编帘子做伴奏。

然而，毕竟是处在边境上，这样的高级半导体信号过于灵敏，使干扰声吱吱扎扎仿佛瀑布似的灌满了。最厉害的干扰当然是来自苏修，像莫斯科的“和平与进步”广播电台，信号一来，先是一段节奏极强的进行曲，跟着一个阴险的声音报告说：这里是莫斯科广播电台！听着心跳，觉得实在够悬的。都知道，老毛子播出的政治新闻和政治评述是坚决不能听的。但是，一来就有极纯粹的中华文艺节目，甚至还有曾经遭到强烈批判的越剧《梁山伯与祝英台》，以及老舍的小说《月牙儿》。便叫人难以错过了，也不知道老毛子怎么还懂得播放这些中国的“毒品”——《月牙儿》居然给制成悱恻动人的广播小说，听得我们个个几乎落泪。即使林沂蒙也听得怔怔的，一点儿没有以为是“大毒草”就马上要关掉的意思。还有朝鲜台、美国台，朝鲜台音乐好听，美国台一般有讲经布道的宗教节目，唱诗听起来像贝多芬的《欢乐颂》，挺激动人心。日本国的NHK广播电台比较新颖。有一个蹊跷栏目叫作“春夏秋冬”，总津津乐道地讲如何烹调。一回讲日本一个饭店生产一种茅台酒丸子很受欢迎。来往中日间的友好人士吃着这种丸子，一同敬祝毛主席——万寿、无疆！我们听着都向往得很:那茅台酒丸子，保证好吃极啦……

这时候，连里的伙食由一向的公伙改为了私伙。每人开始拿饭票买着吃饭了。连里说，这是为了根治浪费。一时间，食堂里一开饭就排起大队。于是乎私有的种子也萌芽了。宿舍里出现了煤油炉子。先是上海人兴起来的，拿煤油炉子烧稻米饭，稻米饭上放几片腊肠，或者霉干菜，熏得满宿舍满过道都喷香。天津、北京、哈尔滨几个城市的青年开始跟着学，想法子也都弄到一个煤油炉子。煤油炉子一经兴旺，宿舍里可热闹了，煮面条的、煮奶粉煮菜的、煮豆的，花样繁多，香味儿不绝。

因此而带来不少麻烦——食堂常遭偷盗，仓库一再被撬。男生早就有人一向的流氓习气，现在更有了市场，更加传染开来。屯里谁家菜地拾掇得好，夜里准会遭劫掠，甚至刚刚见绿的韭菜苗大葱苗也被剃了头。女生相比男生胆子小得多，可也不含糊。陈梅英居然和两个伙伴在晚上潜入鸡舍偷玉米棒子，还潜入马号去偷黄豆。

一天半夜，邹平平过来叫起我，带我上后勤宿舍吃煮土豆。原来她们那个宿舍地底下隐蔽着一个菜窖的出口，被发现了。她们便在半夜偷偷掀开板子爬下去，拎一个提篮，装满了递上来，草草洗一洗，拿一个大号的铁水壶煮。熟了，几人围坐一圈儿，开会似的，蘸着盐末吃。好香！吃得发撑了，胃里泛酸水，不碍事儿，转过天来照吃不误，还是在大半夜……

这类事，通常都包不住，被连里知道后，大会批，小会说，再由团支部个别教育。有的挨批者自己就是团员，也不在乎，再犯事时往往还有他（她）。

现在团支部再搞义务劳动开始费劲了。谢刚和林沂蒙招呼大家给食堂帮忙，晚饭后都到豆腐房去磨豆腐，实际是人代替牲口干。人要做一夜的毛驴，这活儿实在特别折磨人，去人越来越少，只剩一些五好战士。轮不过来，团支部干脆给大家硬性派班，一次四个人。便谁也躲不了了，都得老老实实过去做贡献。

那豆腐房里的大磨盘转啊转啊，吱扭吱扭叫，流着白色的浆汁。底下的桶满了，又满了。全都困得不行，靠唱歌来提神：抬头望见北斗星，心中想念毛泽东……

我们哑着嗓子唱，仰望豆腐房外深蓝的夜空，上方一弯细瘦的月牙儿。

月牙儿，多么贫弱，多么黯淡，就像我们的日子。

我感觉到，在所有的浮躁散漫，以及由此带来的种种“不良的现象”中，透出来人极大的精神上的缺憾。冬日漫长，春日依然有些寒冷，可是好多的知觉又在醒来。这是我来北大荒的第二个春天，稍有空闲，我会独自上外面去。踩着刚刚恢复了弹性的土地，看到即使是相当隐蔽的地方，也生出来密集的绿色，头一批丰盈的金花菜和婆婆丁，尽可随手摘下，嚅进嘴里细细咀嚼——一个人走在春景里，感觉到春风自由地来回劲吹。草针、花粉不断地打到脸颊上，无尽的活力在身体当中跃动。然而，自然的舒展同思想的郁闷正好相反着，焦虑的阴影浓重地罩过来。我看清，万千的生命在春风中繁茂着，飞扬着，属于我的那份，我能够真切地感悟到，甚至以手触摸到，但是深知，绝对不可能把握她。

显然，我已经改变，劳动关、生活关，看来都过得差不多了，日常的种种繁难艰苦，基本都能承受住，基本已经可以算得上是一个随和的、能够忍受、能够克制自己的人了。但是我发觉，无论怎样的改变，在精神上，永远难以驱除掉的，是那巨大的来自精神上的空虚。我当然了解空虚的根本，了解自己昼思夜想、急切渴望的东西是什么。

……书本，在今日，没理由去想，却又难以终止时时刻刻老是在想。想家里曾有多少好书啊，它们漂亮的书脊排成一行行，顶天立地地站在书架上……当我还没有来得及重视它们、享用它们时，它们已经永远地离我而去了——这才是真正的一无所有，真正的终生遗憾！

我了解，现在有太多太多的空缺存在脑袋里，使脑袋像一个废弃的罐子。在这世上，我大概没有一件能够透彻了解、透彻知道的东西——我对世界的知识仅只限于劳动。劳动，使我的双手有了力气，可人就像风中的草叶，浮在半空中，任由风儿吹得东飘西荡。这种状态，居然像是永久的。日子有如牛步，慢慢地走着，走着，过一年就像过一个世纪，看不到一丝一毫变化的曙光。我真担心有一天，脑子还未及使用，就已经完全退化了。呵，空乏，这是我所有的焦虑中最大的焦虑，令人痛心疾首！

在探亲假里，我见到邻家来了一帮新高中生，他们有幸赶上复课闹革命后的新政策，可以上完高中，虽说也常常要去学工学农，但是总之还都算是无忧无虑的学生。我看着他们说说笑笑，心中羡慕，同时也就自怜得很。想不通，我们年纪相仿，究竟因为什么，我必须得脱离学校，远去边疆，成天到晚使唤铁锹和镐头？

他们注意到我，觉得好奇，一定叫我说说知青的生活。我说着，忽然间他们全笑起来。

原来我说，我去的地方就像在北极，别提有多冷了，假如你们日后也得上山下乡，就去南方，去找一个像南极那么暖和的地方。

——南极就暖和啊？他们一个个眨眼睛，笑着问我。

我发现自己露了大怯，一下子显出小学生似的无知与可笑。他们毫不客气的笑声连同他们的目光，令我无地自容。

后来，他们当中一个小女生小声地问我：你是不是也要在那里扎根呀？我说不知道。

是的，我不知道——我是否要在这里扎根，正像我不知道南极……

马号依然安静，马们善良湿润的大眼睛，依然向我闪着友好的光。鸡舍的小鸡们因为温度低而长不大，叫声小里小气的，零碎的脚步颤颤巍巍的。

观望天上大块的云朵投射在广阔原野上的阴影，看黑黝黝的屯子好似是铁器时代的东西。此时它们更显得低矮破烂，那副倾斜塌软的样子，像是一脚就能踢倒似的。

我总是不能真正走近屯子，觉得它遥远、陌生。是因为在心里，我对老乡们的生活格格不入吗？

我常以疑惑的眼光注视他们的孩子，那些孩子手指漆黑，捧着一个粗碗，碗里有些粥，跟我们吃过的忆苦饭颜色差不多少。他们的乐趣来得非常简单，喜欢将一只老鼠尾巴沾上脏水，用镰刀尖儿按在冰地上，埋头欣赏老鼠怎样在冰地上转圈圈，怎样难以扭脱自己冻牢的如同钉死在地的尾巴。一会儿工夫，可怜的老鼠就僵了，死了，孩子看着嘎嘎乐。孩子就这么嘎嘎乐着长大起来。像他的父辈一样，日复日，年复年，具备了像土地一般的忍耐力，掌握了种种劳动本领，习惯于那种只需多勤恳而无须多智慧的生活。

——那种日未出而作，日落尽未息的生活，如此钝重沉闷，世代轮回着，使生命多么贫乏无味啊！

是的，我不知道，我是否要在这里扎根，就像我不知道南极。

在一个晴朗的周日，我终于又见到舒迪，是在团部宣传股的里间屋。屋子面积虽小，却有桌子、椅子和木床，像一个清静的小家。分别将近半年，舒迪模样变得多了，除去又瘦又硬，人更加显得苍黯。大概因为这阵子老是扣着帽子，头发压得很死，后脑勺那里一翘一翘的，像乌鸦毛，衣裳倒比先前整齐多了，很板生地穿着一身蓝布制服，风纪严谨，很像一个女政治干部。

与我的想象不同，见面时应有的欢欣，在她脸上看不到。打破一种莫名的拘束，我先来主动说话，我说：看你也没有多少“铁姑娘”的架势啊，现在，就在这宣传股高就了？

她纠正我：不是高就，是帮忙，主要收发值班。

我告她刚享受完探亲假，带了点儿慰问品来。说着，把手里的挎包打开，给她掏出五个松花蛋来。

她的眼睛立刻紧盯着松花蛋，嘴唇毫不掩饰地一劲儿抽动着。看这情形，我便替她敲开一个，剥净蛋壳，递她手心里。她有点儿踌躇，稍微窘一会儿，那琥珀似的圆东西就被她三口两口吞到嘴里了。她的脸鼓起来，无声而快速地嚅动着嘴巴，同时又在桌面上嗒嗒嗒地敲下一个，跟着是第三个、第四个、第五个。好像她是在完成一件规定的重要任务——一直不理会我，调动了所有的精力吃蛋，所有的神经都在为紧张的咀嚼服务，没有一丁点客气、一丁点窘迫，默默地、又急急地。几分钟工夫，五个松花蛋，全部报销。

我真替她噎得慌，递她茶缸子，她不喝，撂下，自始至终保持纯粹的咀嚼和干咽。干咽终于结束，勉强喝口水，脸上始终带着一种模糊的严肃性，眼睛凝视着桌面上那堆灰色的碎蛋壳。

她说：这松花有股子樟脑味儿，你把它们存到箱子里了。

不存箱子里就得喂老鼠。

我没说樟脑味儿不好，挺好的，叫人想家。

那你怎么还不安排探亲假？

她抬头，把脸对着白墙面，说：这是团部，不比连队，个个都比赛着不回家，家这个词儿太遥远了，好像已经成了古典。

古典不古典的，总该抓紧时间回去一次啊。

我跟舒迪说：火车到天津时，正是凌晨三点，天还黑黑的，只好雇辆三轮车。车子在寂静的马场道上跑，声音沙沙沙的，好听极了，虽然是冬天，迎面吹来的风都是软丝丝的，城市的风啊。上楼敲门，妈妈湿着眼睛先叮嘱我，千万把衣裳都堆到大门外边，她要喷药水，然后还要煮。转天，睡醒长长的一大觉，妈妈带我上劝业场的烤鸭店，就是毛主席以前去过的那个“正阳春”，里面墙上挂满毛主席接见烹饪师傅的大照片，吃饭还等于参观受教育……

你就没受我的教育——我是说，我到砖瓦厂讲用时，你不在。

我探亲假没回来，真遗憾，我相信，你的事迹报告比谁都过硬！

——说点儿别的吧。她扇扇手，制止我，走过去，关上窗户，跟我说外头又阴天了，有可能得下雨。

我没有注意窗外，发现她的腿脚有些瘸，走步的姿势不太好看，似乎右脚上伤过。她倚在窗前仔细端详我，说：你倒胖了。

我说：主要是在苇场胡吃闷睡墩的，一顿发糕照着七八块吃！

就说起苇场来。说到周细珠出事儿，她皱眉头说：林沂蒙胆儿也太大了吧，这样瞎冒险，肯定是为了出风头。

就是为了出风头，她还跟指导员振振有词地赖连长，说都是他讲《七仙女》讲的，讲得人脑子乱七八糟，没一点斗志了，刮个大烟炮都顶不住……你知道冻死的人在死以前，多半都会大笑吗，因为幻觉中，见到了大火。真的，我们离着冻死也不远了。你瞧瞧我这脸，一块儿块儿冻疮老是好不利索，刚回连时，真像花猫一样，然后回到家，我妈一细看我，就捂着手巾呜呜哭起来了。

我一细看你倒想乐——她终于笑了，眼角皱纹一条条摞着那么多。

她走近我，胳膊伸过来抓我的手，使劲攥一攥。

这动作是一个提醒，提醒我们共同经历过的那些日子。一时都静下来。

——你猜猜，现在我有空干什么？练字！在旧报纸上仿着练。

——真够愚蠢的，那样也只能练练仿宋体。

仿宋体怎么不好？仿宋体特有用，团支部还让我抄黑板报呐。

嚯……你要有一技之长了。

我要有一技之长，也是最低级的一种，哪像你，都高级干部啦！

——高级点心高级糖，高级老太太上茅房！

舒迪随口说两句当年的顺口溜儿，我咯咯笑起来，她也随着我笑。空气活跃了。这时才问起她的脚，果然是有了问题。石灰窑塌过一回窑，当时她正在里头站着码窑，快码到窑口时，没想到底下炉条禁不住了，轰隆一通响，她埋在了里头。挣出来后人哪儿哪儿都没大事儿，就是右脚拖拉着，走不稳步子。上医院看，踝骨折了，再接好之后，样子就变了，怎么练都走不利落，几乎成个踮脚儿了。

我宽慰她：看着不算厉害，回来上天津反帝医院再好好治治。

治治倒不难——就是重新砸断再重新接上。

……呕，多疼哇！

疼算什么，“要奋斗就会有牺牲”。

——呵，是你讲用时的口号吧？

没错，这口号贯穿始终，我发挥得淋漓尽致，到处博得掌声。她又笑起来，嘴张得很大，浑身抖动，笑声尖锐，好像什么东西在她体内突然间爆炸。

笑罢，她沉下脸，又一言不发了。

觉得她是不快了，似乎是在厌烦什么，厌烦得厉害。我敢肯定，她精神上其实并不愉快，也许正掩饰着强烈的郁闷。我猜不透这郁闷的原因。

为了调节气氛，我告诉她，连里现在热闹得很。男女生百分之四五十正在破天荒地联谊交往，谁谁脸皮厚全不论场合，谁谁失魂落魄一夜夜地写情书。

——你不掺和吧？

当然不掺和。

林沂蒙呢？

她可不闲着，那位是卫生员郭小刚。好玩儿吧？她腰肌劳损，郭小刚给她按摩，按摩出感情来了，卫生室成了他俩的了，还一块堆儿学《哥达纲领批判》呢！我是真闹不明白，一个个的，怎么都那么大兴趣啊？

不叫兴趣，叫青春冲动。你不懂。

有什么不懂的，我也算饱经风霜了。

……唔，饱经风霜的兵团战士。

什么兵团战士，不就是农工吗，到三十岁，也还是农工，八级的！

你还差得远呢——看看我这手，像不像螃蟹爪？我怎么干的？我能一人出一座露天窑，一人装一卡车白灰，虽然脚底烧得冒泡，嗓子一口一口咯血，不一气儿干完，决不带歇着的。

所以你是标杆儿嘛。我可比不了。我这人，天生缺少自尊心。

干脆说虚荣心多好？我不在乎。

她忽然口冷。我被噎住了，和她一块儿沉默。

感觉时间不早了，即使截上卡车，回连也得天黑，就站起来说：我得走了。

她立刻肩膀一歪，踮着脚走过来，抓住我的胳膊，连同挎包的带子，喘着说：别走，别走，外面在下雨！

我说：我喜欢下雨，下雨心里才爽快呐。觉得胳膊被攥疼了，她手里使了邪劲儿，我疼得叫起来，又坐下——的确下雨了，雨声淅沥沥的，突出着周围的静。

不开灯，屋里光线昏弱，从中散发着一种潮湿而又孤寂的气息。

她坐椅子上，我倚小床边。沉默中，我知道她在盼望，这盼望也是我的。

很奇怪自己此时此刻的情绪，一临到要走要离开她，心里就又酸又软的。

可是，得走，必须走。

我俩一起站在雨中，站在团部的大道上，等着截车。雨不算大，只是稠密，带着一股苦丝丝的味儿。头上戴着舒迪给我找的草帽，她自己则干淋着。她闷着，脸色很灰暗，眼睛透过湿蒙蒙的光线，遥望车子驶来的方向。

问起马号的老蒙，她叫我回去替她问好。

我告诉她，老蒙死了，上吊死的。入殓时，男生打赌，赌谁敢给死人穿鞋子，一时闹闹嚷嚷像玩儿游戏似的。

这个老蒙头……他教了我不少本事。他一个驼背，病恹恹地，怎么非选上吊的法子呢？她长叹一口气。

我低头看着脚下，想到马上又要一个人上路，心中不免凄凉。

把身体靠近她，小声说：舒迪，我会再来的。她不看我，只和我握了握手，点下头，又抬头，把嘴张开来接雨，细雨丝丝缕缕抖着落到她嘴里。

她虚着眼睛皱着脸，朝着黯淡的天空慢慢说道：你信不信吧，咱俩，永远不可能真的分手——为什么？不知道。反正，假如说我是地窖里的土豆，你就是土豆上的芽子。

这比喻有点儿邪乎，但并不讨厌，我笑了。

一辆卡车向我们驶来，黄车灯一路笔直地扫亮，马达格外震人。舒迪转身将我挡住，张开胳膊，冲着驾驶楼大声喊道：师傅，停车，停车，她去砖瓦厂！

19

二排长忽然换了老职工。原因比较严重，一件意想不到的事情发生了，主角竟是林沂蒙。林沂蒙和郭小刚友谊得出圈儿了。一天夜里下大雨，两人在卫生室里胆大妄为地“烂干”。这事儿是瓜地老魏发现的，他跟连里说，当时他想叫门要药，可是灯一下子就关了。一会儿又去，看见手电恍恍地亮几下，里头两人正团团地抱着。于是他就不走，在雨里扒着窗缝儿看了个够。

一时间连里上上下下都议论这件事儿，好几个晚上连部灯亮着，召开排以上的干部批判会，批判会增加老职工和团支部代表。叫林沂蒙和郭小刚一次次交代，大家做批判。

据说林沂蒙态度坦然，毫不隐瞒，自我批判也极到家。不过好些人难以满足，老是叫她细说，细说，再细说！到后来，她的交代添枝加叶，有点儿像是瞎编了。指导员和连长都显得心重、沉痛。批判时，指导员甚至掉下泪来，他愤愤地指着她说：林沂蒙，你对得起谁？我是鼓励“扎根”，叫你们发展革命友谊，可不是叫你们一块儿“烂干”呀，你两个太走火了！林沂蒙，你想没想过，你今天已经成了咱砖瓦厂思想斗争的对象啦……

工地上盛传着他们的“烂干”细节，我听到的虽然是些只言片语，仍足以令我心惊肉跳。我实在不能明白，她为何和郭小刚那样做？做了之后，又为何那样赤裸地贬损自己？我很感慨，先进得像一面大红旗的林沂蒙，一旦出事，形象立刻一落千丈。

一天到晚，林沂蒙跟在二排队伍后面，尽管姿态还强撑着原来的样子，似乎依然带着傲气，可是假若细看，就会觉得她的脸上已经消退了昨日的精神。

看着她的大变化，我不免心生恻隐，时不时主动和她搭讪几句，她很勉强地应和着，眼睛漠漠看别处。可我注意到，只要她发现郭小刚也在周围干活儿（他们出事后，郭小刚的卫生员也被拿下了，被充在一排里劳动），眼睛立刻敏锐了，立刻闪烁出光来，那目光闪耀着，越过众人的头顶，像归巢的鸟似的一直落到郭小刚的肩头。

我奇怪，男女生之间一旦亲密起来，发展是挺可怕的，好像挺容易就走火入魔。

几个月前，连里曾经盛传一个反面的新闻，某师某团一个挨着乌苏里江的连队，有一个徐州的男知青投敌过江了。是因为跟一个女生关系过分，被连里批判。他心里一怄气，干脆走极端，涉过江去变成敌我矛盾。那边老毛子见他毫无价值，天一亮，就在边防站升起旗子给信号，要求会晤。他人又被送回来，马上就给逮进师部看守所，也许那个看守所很不人道，他又越狱了，挺有本事地回了趟徐州，偷偷藏在家的窗外看老母亲，整整看了一夜。然后，再扒火车回来自首服刑，给毙了。

宿舍里忽然讨论起“欲望”这个字眼。

都说：在林沂蒙的交代中，反复提到过这个词儿，具体什么意思呢?

都说：谁知道，谁知道哇?

我觉得有人在装假。那么我知道吗?

曾经几人结伴上团部去看电影，看阿尔巴尼亚的新片子《创伤》。

照例是露天大场子上放映，身前身后净是不相识的人。后来我感觉很害怕，先是从后背上，忽然一只阴凉的手钻进我的毛衣，停在腰部那里。我吓得哆嗦，身子狠狠一抖，把它抖跑了，我不敢回头，缩着脑袋挤出去，然后好几天里心有余悸。

现在琢磨“欲望”的意思，好像就等于那只阴凉的手。我不明白那只手究竟想干什么，可是觉得它肯定是代表欲望。那是羞耻的、害人的。

我奇怪宿舍里每人在对这个字眼的讨论中，都不自觉地显出一份激动，一份过于热衷的兴致，甚至她们的笑声忽然间都大得可怕，变得那么咋呼、放任。由此，又把话题引申开，说到怀孕生孩子，这就更是一个神秘问题了。

大概是看我最幼稚可笑，刘文群先来问我：孙小婴，你知道女的怎么就会生孩子吗？

我老实回答她：以前我姐告诉我，和男人结婚之后，医生要给女的打一针，于是就怀孕了。

屋里哗地一通笑，竟至于前仰后合的。

于文谨反驳我，说：不对，我认为，这事是靠传染！

真的，结婚之后，一男一女不是挤在一个床上睡觉吗？一睡觉，互相使劲儿挨传染，就有了第二代。

许吾梅点头，说：对了，有道理，咱们一个大炕上睡，不是经常一个倒霉见血，第二天，另一个挨着她睡的也要倒霉见血吗？

——可是，林沂蒙他们，干吗要那么整呢？

那是怎么整哇？唉……别问了，反正男女到一起，最后就得那样，什么打针啊，传染啊，纯粹一派胡言！

太可怕了，咱们人，还算高级动物吗？

高级动物也是动物，高级动物说归齐也得那样整，人类就是得这样繁衍后代，这叫生存法则！

哪家的生存法则？明摆着是低级趣味，是下流，跟生孩子是两码事。

怎么两码事？一码事儿，嘁，你懂什么，傻瓜！

你懂，你怎么懂的？你有过实践啦？

大家面红耳赤，要嚷破房顶了，实在是谁也没学过这门课。

林沂蒙提出来要调走，调石灰窑。连里同意了。同时还有郭小刚。这就又有人议论，连里怎么搞的，这么一来不是成全了坏人坏事吗？

我倒觉得，他们是在表演一个十九世纪的爱情故事。

收拾东西时，林沂蒙显得潦草、匆忙，面孔紧紧皱着，一句话也不说。连里没给派车，也许是她自己不让派。她把箱子留下，脸盆暖壶都不带，行李转到身后背好，腰上扎紧皮带，头戴绿军帽，一副装备格外的精神，好像她这不是去石灰窑，而是还像当年那样，步行去井冈山长征串联。

我们要送她一程，她和我们一一握手，神情平静说：不要送，我还会回来。说罢身体一震，来个向后转走。她昂首上了路，脚下呼呼生风。

我在这边目送她，心里忽然非常难过。想当初，第一天来砖瓦厂，我惶然孤索，独自站在路口上发怔，还是她，郑重并且友善，第一个接的我。

公路上闪出郭小刚的身影。他们会合了，说话声清脆地传过来。

他们并肩往前走，衬着一大片遥远的永远无法翻越的群山。

我给舒迪写信，把林沂蒙的事儿告她。很快接到了回信，她说近日极忙，先不写什么，暂且抄上一段毛主席指示供我学习：

> 大学还是要办的，我这里主要说的是，理工科大学还要办，但学制要缩短，教育要革命，要无产阶级政治挂帅，走上海机床厂从工人中培养技术人员的道路。要从有实践经验的工人农民中选拔学生，到学校学习几年以后，又回到生产实践中去。

这段最高指示不是最新的，记得是毛主席前年什么时候说的，那时走在马路上，听大喇叭里唱着这段谱了曲的新语录歌，很快就家喻户晓。现在，舒迪忽然想起什么来了，又把它抄给我？反复看毛主席的话，主要是说理工科大学还要办。想当年，爸爸就喜欢问我数学成绩，而我也就是数学成绩常能叫他高兴。他总是说：小婴，别学我，也别学你妈妈，好好地就学数学吧，宇宙之大，核子之微，无处不用数学，记住了吗？将来，你万万不要搞文科，文科范围太大，太复杂了，很多的问题你永远都不会懂的。

如今，我好像已经懂了爸爸的话，我多么愿意照他说的，好好地就学数学啊！可是，又哪里有我选择的机会呢？在什么都没有明白，什么都未及做的时候，一种强大的力量已经将一切都中断了。

我上连部去借报纸，找不到叫人特别感兴趣的新闻。平时，留心指导员的言谈话语，也没发现半点儿有关那条最高指示的内容。这天正干着活儿，忽然就听说砖瓦厂接下来两工农兵上大学的名额，连里已经决定了，让一排切泥条的贾权还有三排烧窑的范小三儿去，把他俩的名字送到团里，和各连推送的人一起分配，分到某省市某大学去！

这事儿炸弹似的传开来，当知青的听了，都在脸上挂出很复杂的神情。

贾权大家不说什么，他长年切泥条，踏实肯干，曾经被机器血糊糊地切开了虎口，现在他手上带着大伤疤，还是切泥条，他就是喜欢那个岗位，探亲假里，只享受了一个星期人就返回来了。本地的范小三儿却叫人议论，他平日赖赖乎乎一脸鼻涕牛，作风总有点儿像鲁迅写的阿 Q，烧窑时不踏实，老跟本地女孩儿打逗取乐，还偷着烧地里的向日葵盘和玉米棒子吃。此人以前小学也没上过，现在倒要抢先上大学了，岂不是浪费名额吗？连里大会解释说，范小三儿是烈属后代，他爷爷以前跟赵尚志打日本鬼子，牺牲了。这么一解释，底下人都不说什么了，标准也就固定了——上大学，非得有个实打实的好理由不可。

20

忽然一个消息令我吃惊，舒迪做了个高姿态，把上大学的名额让了出来。我听了很生气，简直难以忍受，吃完晚饭就截车奔团部。

见到我的一刻，舒迪先怔住，又很快垂下头，心事重重地盯着地上。她竟然抽烟了，大炮卷得很不利索，烟气很凶，大团大团的烟雾浓浓地朝我漫过来，像灰色的心情。

想直截了当问问她：你快把命都赔出来了，才得到那个千载难逢的机会，却拱手相让，是吃饱了撑的？

气却只能堵在心里。看她死死地在沉默中埋着脸。可怜的灰脸，深耷的眉头，掩藏的眼睛，那一卷卷大炮狠吸狠抽的劲头，叫我无话可说。我呛得直咳嗽，不住抬手揉着发辣的眼睛，不满地说一句：石灰窑时候，也没看你抽烟。她不搭话，猛地抬起胳膊来，把燃着的烟头往桌面上砍。我过去碾了，我们的身体不经意地碰撞，都不动，像是一同思味轻微碰撞的效果。无言中，她捉住我手，把我的手捂到她垂着的头上，这才发现她脑门火烫。

我说：你在发烧。她苦笑：烧有两天了，满嘴燎泡……这发烧的滋味也挺好。

我扳她的肩膀，把她的身体扳开，叫她喝水服药，在小床上撂平了，将被子盖好。然后我把头转了，看桌上打开着的报纸，一张大照片，上边好多人，敲锣打鼓喜气洋洋的，底下写："北京平谷县村民送子女上大学"；《人民日报》社论："亿万工农兵的愿望实现了”。

她忽然伸手过来，“哗”一下打掉了报纸，摔给我一句，你不是来看报的！你觉得我很浑是不是？你错了，我比诸葛亮还明白呐。

她向我解释：团里有个保密员叫小丁，也是天津的，人天生缺心眼儿，一天到晚往参谋长屋里跑，后来就和参谋长有染了，再后来又被参谋长的儿子看上。父子俩为她打架不止一回。后来参谋长就想哄她走，一直没有找到法子，这回行了，名额刚派给我，转天政委就找我谈话，拿话点我，叫我说什么好？那个小丁我们聊过，人可怜，精神挺绝望的，我能无动于衷吗？没有多考虑，心里一横，让了算了。

——参谋长算什么东西，看着就贼眉鼠眼的。那个保密员，成天就这么干保密啊？她就不会上兵团司令部去揭发他？

说得轻巧。她要敢揭发，能到今天吗？

舒迪说：有些坏人，你就得等着道义来惩罚，所谓多行不义必自毙。像二师一个团长，抗美援朝时还当过战斗英雄，今日此人却是畜生一条。一年里毁了女知青一百来个，号称一个连，就以团部招待所为根据地。结果怎么样呢？毙了。沈阳军区军事法庭判的，判以前先叫他整日里放猪劳动，据说清一色全给他放的公猪，后来执行枪毙的是兵团警卫营几个男知青，个个不手软，把那畜生打成个筛子眼儿……

——该！我们知青不是好惹的！

……你好惹吗？舒迪火烫的脑袋朝我抵了过来，我感觉她身体有些摇晃，喉咙里边发出苦吟。

我说：咱们上团部医院去看看吧。

她使劲摇头反对.：不去，死不了，别叫人家笑话我闹情绪。

闹情绪就闹了，能怎样？

我还是愿意胳膊折了藏袖筒里。

她轻轻转弄着我衣裳上的一粒纽扣，思忖着说：我在石灰窑时，一个老职工历史复杂，思想更复杂，他老爱劝我，他说：你要把心里的井扣上盖儿，你要学会不为自己掉一滴泪。

我听着眼圈儿立刻红了。

她让我给她卷支烟，看我不动弹，她忍了，说：不叫我抽烟，你就也躺下，不早了，关灯休息吧。

的确是不早了，已近深夜，因为是在团部，觉不出来静，走廊外面一直有来来去去的脚步声和开门关门声。

回连是不可能了，只有听她的——把灯关了，衣裳不脱，躺到她边上。

窗上有月光照射，月亮显得很近，水银色，大而堂皇，泛着白亮的光。我把身体侧着，眼睛直望窗外，凝视那轮月亮。

好久不见这么动人的月亮了。一种遥远的气氛，在洒满月光的屋子里弥漫。

火烫的舒迪躺在身边，保持着出奇的静。我了解这静绝对是不自然的，是一种意志叫她如此。意识到这点心里不禁战颤，竟有些百感交集的。闭上眼睛，叫自己什么也别想，快睡。

整整一夜，舒迪难得一动，就那么半趴半卧地僵着，像月亮地里执行战斗任务的邱少云。

到凌晨，发现她早已比我先醒，人倚靠着窗角，静静地坐那儿抽烟，好像已经抽了很久，烟头暗暗的红亮衬着她灰黄的脸，显出暖意。

见我睁眼，她掐了烟，缓慢地抬起一只手来，按住自己的脑门儿，憔悴的脸对着我虚弱一笑——她说：得谢谢你来这，瞧我这，退烧了。

心里突然猛烈抽搐，呼地扑过去，将她紧抱住。不打算再有任何控制，把脸贴上她微凉的额角——我们久久相拥。

相拥着，晨时的宁寂气氛被打破，一股热流迅速袭遍身体，这感觉令我欣慰。那种发自内心的无比纯粹的情感，比以往任何时候都要震动我、迷惑我。

可是，得走了。我系好外衣，背上挎包，说：光退烧不行，你还没有全好呢，你老实在屋里待着，别送我，叫我自己上路。

我最受不了的，就是叫你自己上路。她说，声音又低又哑。

时间在这一刻慢了下来，发现她在一味地注视我。

我们目光相接，她显得迟疑、忧虑，像正深思着什么。

她微跛着，挨近我，双手按住我肩膀，恳切说：再多耽误一会儿，就一会儿，有件事还想问你——你觉得……上学，真有那么重要吗？

当然了，很重要！我不假思索地回答：我敢说，这生活里，就上学才是最大最大的真实！可同时，它也是最大最大的梦想……

她放开我，摇摇脑袋，表示很不同意。她说：现实纷纭多变，有好多东西，你怎么能肯定，什么是真实，什么是虚假？

你到底在想什么？要说什么？

我想，你要真的这么看重上学，你就跟我走吧……上新建连去，最好是最最边远的新建点儿！

……我不明白。

我也不特别明白，可是我想，你没别的路可走，没有，这是唯一的机会——只有在新建点，你可以重新表现，我也可以帮你。

你是救世主啊?

我笑一声，马上又止住，看那张发灰的脸，现在格外凝重、沉郁。

我愣住，舒迪竟然没有一丝一毫开玩笑的意思。

一个至关重要的念头，一个计划，像一道耀眼的光，顷刻将一切都照亮了。

那个早上，我没能及时赶回连里。我们耗到快中午了，一直就说这件事儿。舒迪像一位鼓动员似的，一个劲儿地鼓动我。她认为，她完全不适合长期在团部机关干，近来时常犯恶心、失眠，她觉得是因为长期出惯力气了，坐办公室纯粹受罪，尤其她受不了被团里这个官儿那个官儿来回地使唤，心中窝气得要命。她打定主意，要跟团里提出，下去，下到边远连去。这个边远连她已经选好，是刚建了不久的水利连，连长她认识，原是石灰窑老排长。

她有把握这个要求被批准，并且还得叫她任个连级。

她攥着拳头使劲朝着屋顶振臂挥一下，说：我想，当个连级没问题，嗨，当个连级，我要好好施展施展!

所以，她就相信，到时能够帮我上学。

一个梦想。多好的梦想啊！就像那个叫马丁·路德·金的黑人反复说的："我有一个梦想……"

舒迪说，她看见内参消息，中共中央批转了北大、清华关于招生的请示报告，正式规定，以后招生实行群众推荐、领导批准、学校复审相结合的办法，招收"工农兵学员"，他们的任务是：上大学、管大学，用毛泽东思想改造大学。从今年各连的情况看，条件并不复杂，主要一关就是推荐关，其余迎刃而解……

可是，人家为何推荐我？我非得有特殊贡献才行啊！我努力得了吗？你忘了你说的，像我这种人，注定是要渺小，再玩儿命也不行。

——以后我再不会这么说了，我现在只说，人活着，就是活一个难题，你得解答自己的难题……舒迪这样说时，身体一瘸一歪地靠住门框，眼睛火热地看着我，她捉牢我的手，使劲，又叫我疼到心里。

——我行吗？我是否行？是否具备那种力量？去极其落后的新建点儿，打生井，点油灯，从头干起，干到所有人的前面，叫所有的人对我刮目相看，从而感动上帝，达到被推荐的目的……这计划大胆得近于疯狂。以我这人一向的素质和本领，尤其一向的耽于后进的心理，此举无异于自己打翻自己。

可是，这确是唯一的路！我不是成天忧虑，以为今日的生活令人窒息，非我所甘愿，不是强烈地感到不能上学的大痛苦吗？是的，上学，它实在是我生命中最最前列的渴望。

……就是因为渴望，便有权利选择吗？

舒迪又给我上了一个例子。一个叫毕盛的北京知青，在团部医院工作，主要作手术台上的器械护士，眼里长期见多了无可弥补的手术事故（譬如割盲肠，把人家的输卵管给割了），于是昼思夜想能够深造，当一名高明的外科医生。他为了感动医院领导，使他们能够把他送进大学，竟然做出一个惊人之举，找了一个伙伴当助手，自己给自己割盲肠。手术当然艰难无比，危险极了，却居然成功了。

然而，手术切口虽然愈合良好，事情的结局却糟得很——如此孤注一掷拿自己身体下刀子的做法，被说成是野心勃勃，走资产阶级白专道路，医院贴满批判他的大字报……

舒迪说：那小子当然是走不成了。可你仔细想，就那一刻，当他朝着自己的小肚子举起锋利的手术刀时，胸中得有多大的勇气？你看清楚了，实现梦想，非得有他那种破釜沉舟的劲头不可！

……我行吗？我是否行？每天都要被这个问题纠缠着，反复地想着舒迪的每一句话，以及说这些话时，她的样子。

21

这天正吃午饭，听到好些人在议论叶丹娆。叶丹娆，她怎么啦？

宿舍的人都说：你怎么不知道？你跟她这么好。她出事儿啦！

她的男朋友走后门参军了，上部队打篮球，她受不了，老是一个人别扭着，还掉眼泪。后来又有两个北京男生争着要跟她好，她谁也不搭理。那天晚上，他们俩在大食堂里缠她，又当着她的面掐架，一下子头破血流了，她看不过，上去劝架，这就倒霉了——他俩朝她撒野，忽然把她身上的衣裳哗啦一拽，好几层，整个拽开了……

——嗨，谁知道具体那是怎么个过程，反正这事儿马上成了加工厂一大新闻。打那以后，她人就完全垮了，除了干活照面儿，平时很少出屋，吃饭没人打来她就饿着……唉，叶丹娆真是倒了霉啦！

心里咚的一沉，撂下了饭碗。上公路，截辆卡车往加工厂奔。

到加工厂女宿舍，一眼看见叶丹娆愣着神儿坐在炕角，她的脸朝着墙，像参禅打坐似的。可能这样坐着，眼里除了墙面，别无其他，会对她好些？小心走过去，叫她好几声，她才慢慢掉过头来。很迟缓地向我抬一抬眼睛，嘴上抽动了一下，仿佛想笑，却没笑，只不过定了定神，又把脸朝向墙面。

好久不见，她的变化太大了，惨淡的脸蔫黄蔫黄的，下巴削出来个尖儿，眼窝深陷，头发胡乱散开。那呆呆地袖手望墙的样子，充分说明她心里的天空已经完全暗下去。

我不知该做什么，干干地候在一旁，心里悲哀之极——丹娆，难道我们再也不能像从前那样一起说话了吗?

有人过来小声撺掇我劝她，说:她得了精神病，老是这么坐着，跟谁都不说话，一掉泪就是一夜，丁点儿声音也没有，这么下去不得坏了呀!

可是，我又能怎么劝她呢?来回苦想一会儿，先走出去，到团部供销社给她买点儿红糖和点心。回来，把东西悄悄撂到她身后。挨着她后脑勺，低着声说:丹娆，那都算不了什么，你别太在乎了，别一下就叫自己这么垮了——以后，咱们的路还长着呐，你一定得振作起来……

她没反应，还是凝神看墙，看墙的眼神呆怔而遥远。

我注意到她枕头边上有一封家信。留心将她家的地址在心里背熟了。想一会儿快上邮局给她妈妈发电报，叫她妈妈快点儿想法来接她回北京看病——我得走了。刚走到门口，就有人拽我。我回头，发现叶丹娆动弹了。她的脸终于从墙角的阴影里移出来，手摸着下炕，人像老了似的，扶着炕沿儿，一寸一寸往前移动。她的眼睛湿漉漉地汪着泪水，好像两个积水的池塘。我赶紧向她伸出手，快步走回来。那双眼睛掠过周围一切混乱的东西，直直地朝我盯着——但她的视线飘摇不定，好像极不希望我走，又好像执意要送送我。

她的手心冰凉，身体衰弱地抖着，我得一直扶着她，她才能不倒。

我说：丹娆，你还坐下，还坐下，我先不走，我们一块儿吃点儿东西好吗?她没有反应，只是木木地倚站着，哑默地看着我，空茫之中含着无限凄凉。她看得我心寒冷，有多少悲伤的内容都在这默视中点点滴滴地倾诉出来……忽然间，她的嘴唇翕动不已，眼睛闪动，泪水纷纷地淌下来。我搂紧她，坐下，忍不住随她一起哭开了。

那是个伤心的夜晚。离开叶丹娆，我哪也没去，直接搭车回砖瓦厂。

丹娆令我悲伤、痛惜。以前一直以为，她是很强很强的，今天发现，其实她和我一样，也是一个很弱很弱的人。精神病，意味着人先从精神上垮了。怎么会这样啊？因为他对她太重要了，一种寄托和一种保护其实是一回事，他走了，意味着那些东西倾塌了，消失了，所有的孤零感、压抑感，重新变成可怕的阴影，压迫着灵魂。那场羞辱，虽说是偶然的，却足以将她最后的力量、最后的自尊摧毁。

久久地想着丹娆，心中疼痛。一种深深的联系感，使我不能不悲哀。并且又不能不深入地想自己。我感到，丹娆的悲剧，对于我，不仅是一个莫大的刺激，更是一个莫大的警醒。现在，再来掂量那个计划，忽然悟到它的严肃性和紧迫性，忽然感到一种来自灵魂的急切的渴望。

我想要改变，想重新做人，做个强者！

丹娆不仅使我产生了强烈的要重新做人、做个强者的渴望，她还使我忽然间看清楚——人生，最为苦痛的东西，并非是受苦。真的，好长的时间里我应该能够懂得，受苦、艰辛，这是人生的一部分，是人人难以逃脱的生之重担，也可以说，是义务。可是，孤单、零落，这却是人生的恶症，倘若不想办法医治它、排遣它，活着，无异于受难。

我还够不上受难，是因为，有一个人，在这世上，同我心连心。是的，对于我，舒迪意味了很多。

这是不言而喻的。那天，为说服我，舒迪苦口婆心，说了一车又一车的话，她对我的设计也许我并不敢太想，可是，最令我震动和难忘的，是她说话时，那番滔滔不绝、刻不容缓的气势，那急切的话语，连同急切的呼吸里，饱浸着多大的热诚！此刻当我回味时，仿佛又见到她那特有的亲如手足、热切有力的目光。现在，我不再是幼稚的了，我知道，在感动中，我对舒迪怀有无可替代的依恋，这如此重要，简直就像生活中的盐一样。

我向连里提出申请，要到水利连去。指导员有点惊异，看着我，忽然一脸赞许，拍着我肩膀一个劲儿摇晃，说：好，好样的，我找团书记，叫他考虑你入团！

谢刚当晚就郑重找我谈话。谢刚说：最近中央刚刚发布一个关于整团建团工作的通知，号召搞好“吐故纳新”，要把涌现出来的先进青年吸收入团。我赶快表示：我还差得远呐，以后再争取吧。他不知道我这是又犯了顾虑。我顾虑一旦涉及入团，肯定就得详细调查家庭背景，而我宁肯一生不加入光荣的共青团，也不愿意忽然被组织上调查个底儿掉。

在一个无眠的黑夜，我趴在枕头上，静听着世界深部的声音，握笔给舒迪写信。写着，觉得一股能量从脚底升上来，像汁液似的，一点一点充溢到体内。

恰如舒迪所料，她的请调报告顺利通过了，组织任命很快下来，任她为水利连指导员。下连之前，她先回一趟家。回来，打起背包开进了新连队。下连不久，团里又招她跟着去山西昔阳学大寨。此时全团各处凡能见标语的地方都刷上大红字：

“走大寨道路，做大寨式的人！”“大寨能做到的，我们也一定能做到！”

这一来，接我去水利连的事不得不耽搁数日，待她从大寨学习回来才算成行。

22

水利连派了一架小马车来接我。午饭吃过，二排的伙伴们送我远行。

她们不明白，主动提出要上新建点去吃苦的我，心里究竟怎么想的，怎么会是满面戚容默默含泪地坐上马车？

——是因为对砖瓦厂恋恋不舍吗？

车把式是个上海知青，一张脸又黑又瘦的带点儿调皮相。他很利索地当空一甩鞭子，朝我嚷一句：长途旅行开始了，你做好准备，一会儿注意看好你的家当！他自我介绍叫小崔，让我瞧他的裤子和高筒靴，都已经是湿呱呱的了。他说：道儿难走，一会儿得爬小山包，再下大草甸子，全程大约六个来小时吧，天黑之前争取赶到。

时值深秋，太阳寂寞地穿过墨绿又夹着金红的丛林，破碎的光斑洒在小路上，四处蒙蒙皆显迷茫。当车子跑出山包，眼前便横出一派凄凄荒草滩。草高而密，秋风吹来，一片波浪起伏。塔头时时隐现，马车开始颠簸不已。我紧团着身体，双手死揪住拴着行李的绳子，在车板上一跌一撞地，无比狼狈。狼狈着自然沉闷着，好久不说一句话。

忽然发现一只小马驹似的动物在前方零落地跑过去，问小崔：那是什么？他说：傻狍子呀，怎么的，你连傻狍子都没见过？棒打狍子，瓢舀鱼，野鸡飞到饭锅里——这叫老北大荒的生活！知道吗，咱们现在走的道儿，是当年慈禧太后藏金窖的必经之路呐。

我不信，小崔笑：那我告诉你，我见过熊瞎子，你信吗？

——真事儿！他说，刚到水利连，有只熊瞎子时不时老来骚扰，于是我们一行几个人，跟着佟连长，去山里找它，找到时还离着八丈远呐，我们都吓坏了，都想快溜，可老佟不含糊，梆梆梆，给那家伙一梭子！然后就扛回来，把它上交团里了，不过四只掌子我们给扣了，搁大锅里煮，煮半天也嚼不动，又捞出来，包了泥巴使劲烧，呵，那可是胶质肉啊，慢慢就给烧黏糊啦，只可惜，没有调料，怎么弄也是一点不好吃……

小崔挺能神聊的，我听着倒也觉得解闷儿。

又蹚进一个绕不开的水洼子。小马的肚皮淹进水里，车轱辘不停地打陷，只好跳下来跟着推。烂泥顿时没入脚面，鞋子咕唧咕唧浸透黑水，裤子也和小崔一样成了湿呱呱的。溅着泥的身上不由得阵阵寒战。心中慨叹，好难的路呵，没有比这再难的路了……可是，除了闯过去，还有别的选择吗？

小崔除了还留有一点儿上海口音，其余一切全都像个本地人了。得空就要狠抽烟袋锅，极粗糙的手很溜乎地往外甩鼻涕，甩完，展开手掌心往鼻孔下面一抹搓。

我问他：那里还是没水没电吗？他说：快有水了，正在组织人力打深井，电一时没有，就使劲用煤油，反正也是管够，不过使那么多油干什么用？又不能喝。白天劳动量这么大，人人都是早早就钻被窝歇着。他回头打量我一下，提醒我：就你这身子骨，估计一天也挖不了几方。他说的是修水利挖土方。告诉我，基本定额，每人每日三方，如果你超了，多一方奖励一毛钞票。我问：那你呐，这定额，你能不能完成？

他摇摇头，又摆出一副得意状，说：我一分也没挖过，我不用挖，你没听见我使唤牲口一直是用上海话？嘿嘿，我小崔就是靠这一招儿，叫牲口只能乖乖服我管。明白吗？咱们水利连整个马号，离了我小崔，那就别想转啦！我发现小崔是一个十足的刁钻鬼。

小马又不好好走了，小崔叭地一个响鞭猛抽过去，小马腾地跳了一下蹄子快跑起来。

我立刻打了个哆嗦，谴责他：喂，你抽着它眼睛啦！

——这还算回事啊？你不抽它，它就偷懒。

它顶多才一岁吧，一岁就跑这么远路，你不觉得它可怜吗？

谁不可怜？瞧我，第一个就从木材厂给开出来了，就因为指导员看不上。可我也没法叫他看上……哼，大半夜的，叫我们几个起来去团部医院输血，一验，就我最合适，一次就是400cc，他妈的，歇了好几天人也没劲儿，什么补养也不给。一生气我就跑团里，找着参谋长，扑通一声给他跪下了。我告状：他们连里叫我去输血，回来不给一点儿好吃的！结果怎么样？参谋长发了话，叫连里当天给我杀鸡发红糖。然后可就完了。唉，可是为嘴伤身啦……嗨，水利连人，大多数都有瘵儿，我算最不错的了，有人是一贯地偷鸡摸狗，正经算坏分子，尤其他们北京来的小流氓，好几个现在在团里备了案，都吃了豹子胆，聚众闹过罢工呢。连里大会批他们，佟连长一上来，先大喊一嗓子——傅卫东，你是北京人的“英雄”！

……不过嘛，你倒是个例外……小崔嘿嘿一笑，转过脸来说：我知道，你可不是开出来的，你是到水利连来当大排长的！

我脸立刻红了，赶紧埋下头——舒迪怎么回事，一上来，竟这么“帮我”，不是拿我练了吗？！可是，再一琢磨，好像这不失为一个高明的策略，也许，只有这样的开始，对我才是有利的？

小马车终于上到一条比较现成的小道，咯哒咯哒地快跑起来，我的心也跟着剧烈颤动。北方的太阳开始西落，风变得疾而硬，一派深郁的寒凉笼罩大地。广漠之中见不着村屯和人，只是纯粹的荒野，偶有一方歪斜的草垛静静趴着，像寂寥世界中经年遗留的东西。

视线有些恍惚，似乎本来明确的部分现在全数变得模糊，似乎前方莽莽苍苍横贯着一片荆棘之海。这海好大好大呵，漫无边际。

——但是，我知道，我的曙光，我的救星，我的整个新生活，就深深地隐在这大海中！

越是临近了，心理上越是有一种怯生生的严阵以待的感觉，好像自己是丑媳妇要见婆娘似的，格外害怕将被一群生人围观指点。而我庆幸，是在天即将黑透的时候到达新连队，蒙蒙昏暗正可以遮蔽我。

远远见到一圈小土房很集中地卧在一块傍山的凹地中，黯淡的草泥屋顶上，蠕蠕地冒着灰烟，一股熟悉的烧草味儿扑进鼻子，可想而知，这里充做燃料的东西仅限于柴草。

打头的一扇屋门敞开了，出来一个干部模样的人走上坡道。他一派军人风度，脸上挂着笑容，朝我们招手，叫：来啦呵，好，小孙同志！这就是佟连长了，他声音洪亮，面孔和善，上来就帮着解行李，再把我带进连部。从来也没有被当领导的这么重视过，让我有些难为情。坐在条凳上，面孔临着油灯，静听佟连长介绍情况。知道这里女青年刚够一个排，大都是团部学校刚刚分来的本地小丫头，年纪比我稍小些，另外有八九个是各连甩下来的知青，不太好调理。

佟连长说：小孙你来了担任正排长，副排长邓小结现在正在干着。小邓这丫头很能干，以前是咱团部学校里的团支部书记，你俩配合，错不了！

正说着，门外喊“报告”，邓小结进来了。她双颊圆鼓鼓，眼睛亮晶晶，孩子气地笑着，主动过来拉我的手。这个细小的动作叫我喜欢。

我们一起离开连部，提了行李上排里去。道儿已经看不清，只靠手电来照亮。快到时，看见了舒迪，她正在一片黑暗中站着，身旁傍着黑黝黝的草垛。看见我们，她走过来，脚步重而快，带着一点儿跛。虽是黑天，以我的视力，仍然看得清她的头和肩特有的轮廓，还有她的眼睛。她在黑暗中望着我，眼光跳闪着越来越近。

水利连重视干部，叫我和邓小结单住一个小屋，说这样便于商量工作。屋子比砖瓦厂的宿舍要低矮得多，油灯照出来一种类似土窑洞的感觉，泥墙没糊报纸，窗洞也简陋，窗框的粗木条上还带着发黑的树皮。然而炕洞口早塞满了柴草，浓烈的烟气中裹着温暖。

引起我加倍注意的，是一个泥坯搭的小架子上码着许多书，主要是中学课本，还有一册老新华字典。

邓小结出去打水时舒迪走进来了，她帮我揭掉围巾，低着声说：条件不好，你别伤心，以后咱们就同甘共苦。

我听了强笑，把脸埋下来盯着行李，勉强说：谁伤心了，是浓烟太呛了……

水利连其实算不上完全的新建点儿，前身曾是一个劳改营，住过百十来口子坏人，后来逐渐减员，迁空了，团里现在又在这里扎寨建连，为的是学大寨。要将一带荒草甸子开垦出来，必须先搞农田基本建设——兴修水利。待沟渠遍布，水脉疏通，化冻时拖拉机不会打陷，才算派上用场。这当然是庞大的工程——千顷荒草甸子凭靠人工挖渠，每条水渠约有几华里长，宽两米，深一米，两侧打上斜坡。假如有条件从飞机上看的话，一定像一条条黑龙。

修水利道理简单，实践则难，千年生成的荒草甸子，紧上层的草皮一锹多深，底下草根盘根错节挖不断，要用铁锹一块块切斩，锹头要磨出尖刃，切斩时，人踩在锹帮上，一下一下跳，再一锹一锹往前戳。草皮起得多了，黑油油的原土随之呈现，这时候腐殖质腥鲜的气息扑鼻而来。黑土深有半米，黑土之下是胶质土，也叫胶泥板儿，往往含着细碎的江石，能使尖锐的铁锹锛刃，而板结的胶泥板儿因长年积了冰水，往往十分黏重，甩时要又举又摔的，得花大力气。

统计员老梁大步走来，高着声问我：孙排长，您也来一块儿地吗？现在量不量？这当然是说给他人听的。

这时我身后围了一大排人，有男有女的，都扛着一把锹，刚刚在一片草甸上站住脚。

——目光，目光，不是来自几个人的，而是来自所有不相识的人——我已成为这天早上整个挖土工地的注意中心。

把心一横，铁锹插到地上，我冲老梁笑，说：好啊，来一块儿就来一块儿！

老梁弯下腰来，比着米尺仔细给我量段儿。

开挖了，铁锹是昨晚舒迪事先拿过来的，锹把滑溜，锹面轻巧，一片尖刃闪亮。深深地埋头，哈腰、蹬脚，表演——或者该叫示范开始了。我看见自己忽然间变成另一个人：身体奋勇地在铁锹上跃跳；锹刃锋利晃眼，草根的断裂声无比清脆；平着双臂，将大大的土块端起来……

耳畔逐渐响起说笑声、打逗声、怪叫以及口哨。可以辨出来所有这些声音与我之间的联系，但距离已经拉开——每人都在干自己的了，不再专门注意我——我不是孬种，也就不能“引人入胜”。

我却已经累晕了，满面通红，浑身精湿，腿上因为紧张而痉挛发抖。

我被放过了——是暂时的。是假象。我太清楚自己，平素是半斤还是八两。

命令自己：别直腰，千万别直腰，一定要坚持住！

可是，我一面想着坚持，一面却对自己本来的状况怀有恐惧，生怕突然间露馅儿，露出丑陋的狐狸尾巴。

站在半人深的土坑里，感觉是刚给自己修筑了壕坑。脚下浓重的湿气有些阴森，腐殖质深处露出长年封冻的冰碴儿，黏重的泥块儿被铁锹送到地面上，发出沉闷的坟墓的声响。我想到埋葬。

中午不回去，马车送饭来，热热的包子和菜汤。包子是大葱和的豆腐馅儿，一个有二三两的样子，我一气儿吃掉仨，吃得好香。喝汤时，没注意背风，着实被呛了一口。

邓小结过来，很熟络地一下下给我拍背。她惊疑地细看我的脸，有点儿担忧地说：排长，你连眼睛都累红啦！

我说：是煤油灯熏的，昨晚上和你说话，睡得太晚了。

她还是一个劲儿看着我，问道：排长，你咋是那么干活儿的？你那么干，是会累死的！我不说话，摆了摆手，朝小熊走过去。

小熊也是本地女孩子，还是个班长，她递给我半个咸鸭蛋，说：排长，你吃，你吃吧。

我接住，贴到嘴边，一点儿一点儿吃。黄黄的蛋心里一个小小的红眼儿，这么好的东西，好像有十年没有见过了。

小熊身边是小鹿，小鹿一手攥一头咸蒜，问我吃咸蒜吗。我摇头说：听说你们一休息就急急渴渴截车回家，就是为的从家里捎好吃的？

她俩一块儿应一声嗯呐，都把眼睛眯起来笑，笑得好实在。

问起来，才知道，排里十来个本地女孩到了傍晚，都能完成定额，有几人还超额挣到奖钱，尤其小熊，天天超额，被人叫作“推土机”。

下午再挖时，“大洋马”先跳进我的“掩体”，很亲热地缠我，说：排长你好白呦，是真正的白，洋白洋白的！

听邓小结介绍过，她名叫戚玉娟，是三个上海人中的老大，曾经在原来连队里当出纳犯了错误，现在干活儿懒得很，为了能求排里人帮她干点活儿，总是动鬼心眼儿，一会儿给张三一把糖豆，一会儿送李四两块饼干。但她对北京的老蔫儿——她的男朋友倒特别勤快，有时间就端上洗衣盆上远远的水坑边，给老蔫儿洗衣裳。我看她身材修长，穿衣打扮比一般人讲究，指甲还修得尖尖的，说话翘着细手指，一副十足爱洋爱美的劲头。

我觉得她讲究出来的，只是一种毫无内涵的空洞的美。

她来我这儿，殷殷勤勤啰唆半天，主旨是叫我过去帮帮她，她说：她的关节炎又犯了，脚腕子那里痛得嘞，实在蹬不上劲啦。

帮着大洋马挖，又认识了另外两个上海人。其中一个叫扈秋的小个子引起我注意，她苍黄头发灰面孔，神情带着凄楚。和我打招呼时，声音好似蚊子叫，样子显得畏缩。

听说这个扈秋曾怀了私孩子，上个月刚刚在一个本地人家里偷偷堕了胎。所以现在看她举锹的姿势，显得有些走形，在铲土时，她病恹恹的身体几乎是蹲着的，要蹲好半天，锹把才能撑起来——我离开大洋马，向扈秋走过去。

23

我看出一排人并非都接受我，很明显，有几人对我并不友好，其中一个叫张宏卫的，最跟我过不去。

在工地上喝水的时候，大家都规规矩矩排着队，一个喝完，就把茶缸子往后边传。我紧挨着张宏卫后面排着，她喝了好半天，有点儿故意磨磨蹭蹭甚至想要独吞似的，因为水桶里的水已经平了底儿。终于，她把茶缸子往后传了——居然毫不客气地掠过我，把茶缸子传给我后面的人。我忍着，再一个个等，从头等，总算轮到时，水桶空了。

无奈地干咽几下，回到原地，又拿起锹。想想这一下午，一直闷头挖土，没顾上喝一滴水，心里很是憋啾。这时忽然听见有人在身后使劲拿脚踢那个空水桶，一通当当当的声音，好生响亮。回头去看，正是她在那儿踢，脸上挂着挺解恨的样子，分明是故意气我。

我转过身，听见她嘴里清楚地骂出一句:操，甭想当官儿小姐!

我心里来火了，想过去质问她：为什么找碴?

邓小结在底下劝我，别在乎“猫眼儿”，她就那样。

她说张宏卫就是喜欢发狠,动不动骂骂咧咧,张口闭口总是“老娘”怎样，刚一来时，为了争地盘，她和屋里人都打遍了，最后她的铺位占得比谁的都宽几寸，所以一直很孤立，跟谁都搞不好，心眼儿越来越坏。有蚊子时候，她在夜里给看不顺眼的人阴损地撩蚊帐，让蚊子进去死咬，还偷偷把尿撒在别人脸盆里头……

猫眼儿张宏卫是北京人，以前是团里木材厂的看料员，曾跟人合伙盗窃原木，被抓住。

难怪了，现在看她外表上，总免不了一种“三只手”特有的神气儿，一双眼睛老是刁斜着盯人，眼里闪着阴火。

晚上，和邓小结上排里的大宿舍去。这里远不如我和邓小结的小宿舍有秩序。小结进来就做整理，烧炕，我则蹲下去给每人磨锹刃。

这是一天中难得的空闲，两个天津人正手把手地教一伙本地女孩儿钩窗帘织袜子，用拆的手套线，她们专心致志地钩钩织织，气氛和谐，像一群有组织的纺织娘。几个上海人仍在洗衣刷鞋，偶尔扭头跟我们搭句话。

唯独张宏卫，坐窗根底下愣着，摆出一副特别独的神气。

我琢磨，她大概是因为没有第二个北京人，才这样独罢。我应该主动跟她说说话。可是看看她，也实在是叫人堵得慌。她毫不掩饰一种极不友好的，甚至是蔑视的劲头，一直在那儿离得远远地，不用正眼瞧我。只好不理会她，装着对她毫无感觉，闷头干自己的。

想不到，当我该磨她那把锹时，她忽地从炕上跳下来，使劲儿一抽，将她的锹拽走，话也不说，用力把她的锹往屋脚的泥地上深深一扎，锹像人似的示威着立在那里了，她又回炕上去。我忍不住说一句：你不愿意磨，明天要窝工。她听了，坐着把腰一叉，满不在乎地冲我说：老娘就是要窝工。我不示弱地站起来，说：窝工可不行。

她脑袋一歪，兴奋地怪叫一声：呦，想厉害啊？操！她伸出一根手指向我勾着，很赖皮地说：老娘就喜欢厉害的主儿，你过来，过来……

她脸上挂着冷笑，眼光虱子似的阴险。我过去，身体直对着她，看她要怎样。她盯紧我，脑袋俯过来，声音放低了，说：大排长，把你那把锹换给我，行吗？我有点儿怔，觉得这人真够恶心的，她怎么就知道那把锹？凭什么要换给她？无赖！

可是出乎意料，我却做了完全违心的事——快步出门去，将那把锹取过来。

张宏卫始终在那儿坐着，诡秘地盯着我，阴险的目光一点儿不肯放松。见我取了锹进来，她显得更得意了，厚颜地叫：嚯，真换啦？那你递给我！她在炕上站起来，朝我伸手，仰脸等着。

我像在做一次敬献——她高高在上，眼皮耷拉着，傲里傲气伸出手，接走我的锹。

我像是不在乎她，神情是绝对镇静的。可是到了晚上，一躺下来，整个人便塌了——那个痛心的姿势，我难以忘记。永远记得她当时拙劣的样子，记得周围的人怎样看着我，不禁想起韩信的故事。

辗转反侧睡不着，气咻咻地洒眼泪。实在想不通，我没惹她，她为什么和我过不去？天底下，怎会有这么可恶的人，她好像生来就是坏心眼儿，就喜欢随便拿捏人。

邓小结也没睡，就着油灯聚精会神看她的课本。油灯的小火苗尖儿上一缕一缕的黑烟儿舔着她的脸。发现我在落泪，她起来了，递给我毛巾，劝我别把张宏卫放在心上，她说：你要是往心里去了，张宏卫就正好得逞——你做得对，假如不跟她换锹，就会让她降住。

可是我心疼。

就是老得做心疼的事吗。

她说这话，叫我吃惊，有点儿不好意思地说：我叫你见笑了，沾点儿事就这样。

她说：我没见笑，我觉着，你挺好接近的，没有架子，像我姐。

我不由俯近她说：看看，灯烟熏得你鼻子眼窝都黑了，还不睡。她说：你也是啊，你怎么还不睡……你有心事吧，跟我说说？

她眼神里带出一种真挚的关切。

我承认，我绝非一个很有城府的人，难能将一份连我自己都不敢确定的大计划死守在心底。舒迪总是不在连里，即使在，我们也不便多在一起说话，逢到需要她的时候，她无法像我盼望的那样，会在身边出现。因此，我常常感到，需要朋友——我需要朋友，近来老是希望着，能够把心里话掏出来，告诉别人，不是一般的别人，而是朋友。

和邓小结朝夕相处，时间虽然不长，却让我感到了难得的慰藉。

当辛苦的白天终于结束，人如遭了棒打似的躺下来，便会看到这个淳朴的女孩关切的眼神，善解人意的笑脸。在我们小小的屋子里，浸染着一种我很久以来没有体尝过的平等与放松。

舒迪先跟我说过，邓小结的父母都在团部，是不小的干部，具体哪个股不知道，只知道他们原先是从朝鲜战场下来的，他们当时十万大军转业，集体开进北大荒，风餐露宿，勇往直前，煞是了不起。作为团部的干部子弟，邓小结从来不炫耀。我想：那样的父母，肯定会给她一颗明朗纯正的心。可是，以她单纯的见识，是很难了解我的，她对我的体贴与关切，是从何而来的呢？

也许，人世间所有的温情，首先并不是发自于了解，而是发自于善心，一种至诚至真，不求代价的善心。面对这一颗善心，我想，我只有一条路可走，坦白——在那个夜晚，我对她做了彻底坦白。

邓小结钻出热被窝，咚地下地，在她的宝贝“书架”上翻，翻出一个小本子，又爬回炕上，顺手捻一下油灯，给我念一段：

只有用人类创造的全部知识财富来充实自己的头脑，才能成为共产主义者。

看见没有？列宁说的。毛主席也说过，没有文化的军队，是愚蠢的军队……

——没说的，排长你放心，我支持你，好好配合你，你大胆干吧，明年，保证你能被选送！

那你呢？我看得出来，你也特别想上学。

嗯呐。可是我要排队走，排在你后边——你走了以后，我再走。

这话实在叫我又感动又惭愧，我抓住她的手，眼内一阵热。

扈秋跟其他人不说话，跟两个上海人也不太合得来，整天里沉默寡言的，头上总戴着一顶工作帽，帽子底下埋着一张过分顺从的不声不响的脸，脸色好像越来越憔悴。我时时留心她，总是觉得，她身上有一种叫我愿意接近，又从心里感到非常怜惜的东西。

这天晚上，正赶上一块儿上厕所，我们打了招呼。我主动问她：礼拜天，来咱连的那个大个子上海人，是你朋友吧，他几连的？怎么当天自己就赶回去了？看她眼圈儿立刻就红起来。她把头垂下，小声说：不赶回去，怎么办？男生那边谁也不肯收留他。

我说：下次他再来，你把他领到我们屋，邓小结礼拜天回家，我去大宿舍给你俩让位，你俩在我们小屋待一会儿，总得让人家歇歇吧。

……谢谢你，你一来，我就觉得你心好……

她说着，后背忽然厉害地抖动起来，尽管她使劲忍，终于还是哭了。

她哭着，像要分辩似的叫起来：我们只有一次，只有一次！

扶着扈秋走出厕所，我们一起往厕所后面的大荒野溜达。天阴黑着没有月亮。踩着初冬的枯草，吹着冷风，她跟我说自己的伤心故事。

他们原都是一连的，都是上海的老高三，又从小做邻居。上兵团时，双方家长互相托付，叫他们到了兵团坚持分到一起，有个照顾。然后就真分到了一起。碍于兵团不准恋爱的规定，两人始终只是暗暗关照着，虽然感情一天天成熟，仍然严格遵守着纪律，从没有过一点儿越轨行为。探亲假时，俩人是一道走的，到该回来的最后一天，她去他家收拾提包，晚上，他有点控制不住，央求她留下，她服从了。其实这也是双方家长的意思，他们总是撺掇说：你们得成个家了，都有二十五岁了，快成个家吧。——万没想到，那一夜会有了孩子……他们在连里本来都是挺好的，他做统计，她当老师，可是肚子那里刚一明显，小学校的孩子们就有起哄的，立刻全连上下都知道了这个“新闻”。她和他在全连人面前做检讨，受批判，统计和老师都给撸下来，还把他们都调开。分手之前，他们商量做流产，不敢上团部医院做，而是找了个本地人做。本地人是个男的，手艺是家传，这两年据说找他的知青不止十几个。可他手下弄得好疼，她忍不住尖叫。她的男朋友等在屋外听着大哭，又使劲儿捶打自己。她听见他打着自己，贴着门缝高声喊：扈秋扈秋，是我害了你！

扈秋说到这里，眼泪大把大把淌，我的手都被浸湿了。无边的黑暗中，她的低低诉说，苦水般浸透我心，就陪着她一起哭。

我劝扈秋：他那么体贴你，你应当高兴，就当是一种代价吧。

扈秋不停地叹息：可是，这代价也太大了，我们已经完了，全完了。

——别这么悲观，你们都好好干，还会有希望的。

希望什么？我的身体坏了，干不上去了，他呢，也灰心丧气得很，在新连队整天把脑袋压得低低的，我们，只不过是活着吧……

我曾经是没救的，我也同情没救的别人。在那个晚上，走在大荒野中，让扈秋把心里的委屈掏个干净，一再地安慰她。

她给我一个想不通的疑问，主要集中在这一句：我们只有一次，只有一次！

我不能理解，这所谓的一次，它的实质内容究竟是什么？到底是什么，那么重要，那么急切，使两个老高三在将要乘上火车的前夜，失去了理智？究竟是什么，如此无情、强大，一举夺走他们的一切？

是爱吗？是爱迷惑了他们，共同制造了那个“一次”？

可是，有多少书本、电影，都曾一味地描述爱的美妙和浪漫啊。

我懵懵懂懂，想不明白，关于“一次”的内容为何如此可怕，只想到，将来有一天，我也会碰上这个叫“爱”的东西。

我不能测知那时我怎样，只相信，有一个原则是不会变的——我绝不是那种女孩儿，绝不愿以一生来恭候一个男子。人生，那么短暂，那么宝贵，我坚信，倘若一旦意识到叫爱的这个东西要吞没我，连及我所为之奋斗的目标时，我保证，自己一定会理智至上的。

24

没有了那把锹实在是不行。挖一会儿就累得喘不上气来，汗水从每一个毛孔里涔涔地渗出来，却见不出多少成果，我急得面红耳赤。

邓小结及时过来，一边说话一边帮我猛挖，土坑刚见出点儿形，她丢个眼色快快走了。

舒迪忽然来了，一脸的不悦，使劲儿瞪着我，往坑里扔下一把锹来，说：你拿着——记好了，猫眼儿要是再敢找你要，你决不能客气，要想个法子，狠狠治她！

我接住锹，仰着脸对她说：谢谢你雪里送炭，可是，你就不能下来待一会儿吗？她通地跳进来。

她近近挨着我，沉了一小会儿，又压着嗓子指责我：你不要对扈秋同情照顾。

她说：你要是这么干，排长没法儿当好了，告诉过你，她们都不怎么样，对谁也不要有偏向，这是当排长的大忌。我听了不说话了。

她继续说：有人议论，你不仅在排里向着她，还在周日里给他们那一对儿腾房子，这太出圈儿了——当然了，你不能再像以前，你是要争取到每个人，可是，也别因此给每个人当孙子！

她不多啰嗦，说完噌地一跃，蹿了上去。我拄锹站在土坑里，看着她操劳的背影远去。心中非常空落——她就那么走了，离去时，她甚至没有看我一下。好久好久，我们没在一起待会儿，一起说话了，好像她的脾性已经大变，再也不会像一个圣诞老人，肩背一个大红口袋，供我一次一次地掏啊掏。

环境改变人，全是环境造成的。水利连绝不仅是艰苦，在千般的艰苦中，还包含着罕见的残酷。

男生中相当一部分人确属破罐儿破摔的“坏分子”。一开始，单是听他们的笑声，我就会情不自禁地胆寒，感到一种恶，一种残忍，在他们心中穿过。甚至我想，如有必要，他们中的某个足可以杀人的。

他们看上去，和野人差不多少，喜欢赤着身体穿棉袄，敞开的领口里边什么也不穿，拦腰拴一道麻绳；有的把黄大衣剪掉半截，下摆露着破烂的棉花边儿；有的模仿老毛子，不穿鞋，脚上裹着脏兮兮的包脚布，说是学习俄国的“十二月党人”。他们一律地不理发，乱蓬蓬的头发像荒草，肩头破着大洞，脸上沾着泥巴……稍微走近，便能闻见他们身上一股难闻的味儿。

而他们却不能容忍别人讲卫生。一个上海男生老爱扫床单洗衣裳，遭到他们的忌恨。趁他不在时，一伙人将他的澡盆砸成一张大铝饼子。如此惩治仍觉不解恨，又趁他睡着时，在他枕头边上撒尿，他惊醒了，惶然下跪，又赶紧给傅卫东上一根哈瓦那雪茄，他们方才罢休。

他们以高干子弟傅卫东做领头的，干什么都有恃无恐，成帮结伙儿。平日在食堂里出现总是蜂拥而上，所谓“涌向冬宫”。汤菜一块儿打到一口大盆里，主食使筷子插着，挤凑一堆儿趴到桌上叫嚣着吃，稍不如意就梆梆地敲桌子，扔筷子，把筷子插到发现了耗子屎的发糕块儿上朝四处乱砍。这天改善生活，一盘带了肉的菜他们嫌给得少，破口大骂掌勺人。掌勺人来自哈尔滨，说话冲，没一会儿都惹急了，立刻几个北京人跟几个哈尔滨人同时解了衣裳打群架，一会儿工夫，双方都鼻青脸肿头破血流。转天便合伙借着伤痛不出工了，吃过早饭，一伙子人堆在食堂里，相互挤兑着抽大炮，赖赖地歪着脑袋，双手在脚前交叉，扯开嗓门儿胡乱唱。

舒迪上食堂去叫他们，遭起哄。他们喊她，乱叫着：喂，老舒头、大老爷们儿，你过来瞧瞧，咱们鞋底儿、鞋底儿漏了大窟窿，绳子、绳子掉进炕洞烧成了灰儿……操，还出他奶奶的屁工哇！

舒迪火了，上去一把揪住傅卫东，叫他站起来。他是个蔫坏的小白脸，蒸不熟、煮不烂的角色，明着不敢动手，底下却使狠绊子。舒迪突然被重重绊倒，又迅速爬起来，再揪住傅卫东，叫他老实站起来！

他东倒西歪勉强拔起身体，旁边两个一边架住他一边频频朝舒迪作揖。舒迪冲他们喊：你们不干可以，叫会计一天扣五块！喊完，她板着脸等。

半分钟后，他们几个没招儿使，终于蔫蔫地走出来……

舒迪的角色难做，经常不得不像一个看守，甚至于那天竟动用了佟连长的步枪。那天夜里马号后面响起一通狼嚎，连长不在，舒迪听到有情况，爬起来端上枪奔出去，对着狼嚎的地方，“啷”地放响一枪。那狼不叫了，倒改成一大通的人嚎，才知是傅卫东他们故意整的。她大步跑过去，照着那个吓哭的人脑袋上方再放响一枪，算严正警告。

很明显，倘若不是靠着冷心肠，舒迪很难度过每一天。当初她打算“好好施展”，而今不过就落实在一个冷字上——只能如此，冷，是一种铠甲，一种战术，否则工作无法奏效，谁叫这是水利连。

因此上，对于我们之间，舒迪所持的策略，首先是淡化，一种貌似关系非常一般的淡化。她既然明白，偏向是大忌，她就宁肯显得严肃有加。好多的场合，她坚持不看我，不同我说一句话，连丢个眼神那样的小动作都被完全克制住。

我不反对这淡化，因为我知道，这是表面的，是“机智”的假象，而我们之间那份牢固的情谊已经转移到心里，已经内心化了。

然而我承认，常常很想她，非常想。这个牢牢攫住了我命运的人，我对她的需要，现在超过以往任何时候。当她站在前面给全连人训话时，我会默默地陷入一系列难忘的回想，想得心中渴切。我真希望，我们能够单独在一起安生会儿。当她扛着工具，和我擦肩而过，那个瞬间里，我常抑制不住地想要伸出手去，拉住她，抓紧她的棉衣袖或者手套，焐上一会儿……

有一次，在她的小屋里开连务扩大会，散会时，我脚步拖迟了一点儿，发觉她很及时地抓住这个小空隙，趁着跟前人影纷乱，倾身向前，问我：你们那边，大炕烧得热吗？我赶紧点头，说：热，热得很！她却叹气说：我要是有分身术就好了。说罢她忽地一甩手，像是迅速抖掉了什么，掣转身子，又非常投入地过去和连长讨论事情。

——“我要是有分身术就好了。”

——“大炕烧得热吗？”

久违了，仅此而已，仅仅一句问话，一个愿望，却叫我回味良久。

那种惯常的严肃的冷，那种淡漠后面，抑制着多么大的情感，我能够体会到。我感到担忧，时间长了，此种情形将要永远固定下去，而一个人柔软的心肠连同情感便会逐渐僵硬、石化。我模糊地感到，我对舒迪的依赖正在悄悄地为一种敬畏移换——不论我是否愿意，她将离我一天比一天远了。

25

又上冻了，一夜之间大地又冻得梆梆硬，锹尖戳到地面立刻被反弹起来，在地上扎出一个个小白点，必得配了十字镐挥舞多少下，才可以撬起沉重的冻层。尖利的西北风一阵紧一阵地叫啸，打得棉衣和鞋帽都成了铁做的，脚底下难以蹬出大力气，手里锹把更难握紧，挖水利的进度日益锐减了。

佟连长去团里开会，回来后马上召集大会，宣布水利连冬季的新任务：上四方山，打基备石。

四方山山形见棱见角，海拔大约四百米。山岩的质地，一小部分是风化石，其余大都是花岗岩，用以做各种修筑工程的基备石，再好没有，但是，要将它们敲打下来，一定得拿出大寨人战天斗地的气概。所有人都散开来，两两配对儿，一个掌钎一个使锤，在山梁各处砸大石头，震耳欲聋的声音遒劲得很。不砸石头的人穿来穿去做搬扛，或者推独轮车，撑杠子合伙挑，工地上不时掀起人们哼唷哼唷出大力的号子。

舒迪过来，手里拎把大锤，脚用力蹬踹一块棱角突出的峭岩，高声招呼我：二排长，你先别搬石头，你过来给我掌钎！我心里一激灵，撂了手里，快步过去——十磅重的大锤被舒迪举过头顶，一下一下地抡起来了。

锤声呼啸，每回砸下来都仿佛霹雷灌顶，仿佛整个大山都被震动了。脚下不由得打颤，心里颠晃，眼睛紧盯手里的黑色钎头，看它一分一分地穿凿岩石。

舒迪的力气挥展到最高点，钎头上一束束火星从我的虎口穿越跳闪——咣当、咣当，世界只剩下这声响，震骇着我的神经。我耳鸣，哆嗦，觉得自己快要受不住……

突然间她走锤了，死沉的铁砣疙瘩滑到我手上，立刻脑顶发麻，五脏六腑一起纠疼起来。尽管戴着手套和护腕，仍感到挨砸的地方骨头已经给劈开了。

此时，整个采石场好像是愚公子孙在世，我俩十分扎眼，停锤是绝不可能的。低头使劲儿忍着，看见泪珠掉到岩石上，微不足道的湿点被一层岩粉遮没了。

所有的疼都必须咽下。钢钎像是长在了岩石上。我没有松手，舒迪也没有停锤，锤声一劲儿呼啸着，仿佛成为苍凉世界中一道永不停歇的风。

这是一段最最艰难的日子，在每一个白天，艰苦像瀑布般兜头泻落，我感觉意志已经达到自己所能承受的极限。

夜间醒来，浑身仿佛刚被严刑拷打过，每一条皮肉都紧紧纠连着，齐心协力咬着神经，咬得我发抖、发慌，恨不得蹦跳、喊叫。伸手摸摸枕头底下，小药瓶空了，阿司匹林一片也没有了。持久的干疼像无数的水蛭死缠身上，狠狠吸吮我。想要赶开它们不可能，满手的裂口缠着橡皮膏，我无法按摩哪怕一寸的皮肉。

前日的情景逐一来到脑中，在检省自己是否又是“先进地”闯过了一天的同时，我如此透彻地体会到生的艰辛——执意地扮演强者，像岩石般坚韧，其中的至苦，每一寸每一分，是何等的煎熬啊！

居然，我的肩膀也压上了杠子，两百来斤的大石块儿，四人挑着走，好像挑着一面大磨盘，只听得肩上骨骼吱嘎作响，眼里好像轧出了血来……她们是本地人，她们从小有锻炼，但我不行。虽然事先给肩膀上缝制了厚厚的棉垫儿，血泡还是一个个地压出来，压破了，血和棉垫儿轧成一个硬片。转天，换个肩膀挑，血泡又压出来一排。再转天，去推车，带伤的手把住车辕，脚步克制住蹒跚的姿态，下山时一路快跑，觉得是车子在拖拽我。

坚硬的石道上，身后仿佛有一只看不见的手，挥着一条无形的鞭子，不停地赶着我。你要竭尽全力，竭尽全力！负着重压，牙关紧咬，挑着，跑着，感觉自己万分可怜，像一粒碾在磨盘中的谷子……

邓小结均匀的睡声衬托着黑夜的静。在她睡着时我醒着，这是莫大的不幸。缺睡的眼睛对着静夜圆睁，竟有强烈的失明感，伸出胳膊向昏黑的空中捶捣，一阵心悸的剧痛再一次袭上来。

——我知道，疼是证明我活着，我的生命还存在，可这生命，只是用来累垮的！

——白天奔赶着的那个人，她是我吗？我为何要让自己如此改头换面，赶着鸭子上架？为何要如此残狠地处治自己？在逞强争胜的背后，我原是一个多么虚弱、多么懦弱的人，我对疼痛的感受力、惧怕力，远远大于我身上其他的能力——可能的话，永远地做个弱者，那才是我的本性啊！

精神有些混乱，感觉着现实的反面，竟从黑沉沉的夜中嗅得一种气息，这是我本来的气息，我如此熟悉它。熟悉那柔软、脆弱的内质，这内质原是多么的亲切、温馨、美好……

但是，白天那个人，她在干什么？她要从中得到什么？她对未来抱什么奢望？她知不知道她赌的是自己的命？面临的艰难其实已经是灾难？

是啊，目标，为了一个活着的目标，必须暂时不要生活——可这目标，就像一颗遥远的星星。而痛苦，却是每一分钟的事——这已经不是活着了，是惩罚！

像一个乘船的遇难者，我觉得四面八方翻滚着深黑的旋涡。我精神惶乱、错乱，切齿地恨，恨那些压迫我、残害我的难与苦。我看清自己永远也不可能战胜它们，我相信，这个正在改变着我的世界，从根本上，是要消灭我。消灭就消灭吧，反正我已经濒临崩溃，已经真切看到，死亡要比活下来好，死亡，是件多么甜蜜的事呵……

可是，又嗅到天亮的味道了。窗外一线白光扎眼，白光随着哨声掀起，即刻闪烁一片，无数的提醒像无数枚钢针，铺天盖地裹挟而来。

浑身悸颤着，迅速坐起，口中哈着白气匆匆穿衣——穿衣站起来的人，绝非是我。

真实的我，已经分离，分离成一条卑微的小人鱼，待天完全亮起来时，它便迅速遁形，化作冰凉的泡沫……

走在去四方山的路上，一队人不声不响，笨重的装束看上去像一群灰扑扑的史前动物。

一步步接近着突突震响的粗粝世界，心里极其厌嫌绝望，却维持表面的假象，佯作镇静平和。一路上人人都撒着手，只有我和邓小结毫不轻松地扛着气管子，推着车子。一路来回七八里，每天如此，每一步都别想松懈。气管子是生铁的，扛在肩上，俨然一个沉甸甸的冰柱子。

一再地问自己，是谁叫你窝窝囊囊地老扛着它？那一条曙光之路，它在哪儿？！

舒迪从身边快步走过去，一声不吭，身体带起萧萧的风，脚上的伤残很奇怪的一点儿痕迹也显不出来。我想追上去，大声告诉她：舒迪，我不行了，我的决心已经崩溃，勇气已经鼓不起来，你告诉我，我该怎么办？

我看见惊心动魄的一幕：舒迪像个杂技演员吊挂在一侧山壁上，她身上拦腰系着绳子，绳子一头从上方什么地方拴住。她失去重心，贴着山壁在高空中打飘。打了好一阵飘，身体终于找到支点。然后一手握着钢钎一手凿锤子，脚蹬住了高高的岩壁，一锤一锤地打炮眼。尽管那地方高，仍可清楚听到她蹬踹巨石的声响及凿打的哒哒声。

每一声响动都打着我的心。想要不去看她不去感觉，是不可能的。

昂首望着她，仿佛身体也像她一样升向空中悬吊着。我感到头昏，腿在发软。可眼里的舒迪像一只鹰，尽管鹰的翅膀只不过是一根面条般细软的吊绳。放炮的刹那，底下的人赶紧躲避，轰隆的炸响震得我心跳都停了……眼睛透过烟尘，寻找点炮的英雄。发现她又在另一处吊挂着——不断地拿脚狠踹松动了的危石，随即敏捷攀住，身体倚着绳索，从腰上抽家伙，凿打声再次从头顶尖锐地响起。

——人人都是疼的，区别在于你要没心没肺。你别老想着你的疼，你就不疼！舒迪老是这么说，我相信她的话，一直跟自己说，坚持下来，要尽量迟钝，要比他人少一些知觉。可是，现在我越来越觉得这么想不仅一点儿不能奏效，还非常可笑。我相信，舒迪她很难受，很疼——她的肌肉正在剧烈抽搐，胆量已经达到极限，力气就要用尽了……

捱到休息日，屋里空静下来，邓小结等人搭上热特回家了，我独自躺在炕上，躺了快半天，不知如何驱散心中的一团灰气。午饭吃过，佟连长跟我说：舒迪人一天都在四方山，她在那儿招呼团里的卡车拉石头，你要找她，顺便替伙房把午饭给她捎去。

看见我一人来到四方山，舒迪有些吃惊。找了一处背风的地方靠住，三口两口把包子吞了。我抱歉说：够凉的，也没口热水给你。她梗着脖子干噎着说：就是，现在要有口热水，能喝得五脏六腑都松开。

这时天空阴暗，一阵邪风掠过峭拔的岩角，发出猫叫的厉声。鼻子激得酸酸的，抬眼望前方，感觉寒流又在逼近，嘶鸣的风中夹着雪的腥气。

舒迪不在乎天气的变化，后脑勺倚着一块宽大的石板，拿眼睛反复打量我，说：你怎么看着气息奄奄的？这么一会儿就冻紫了，脸啊眼睛啊都好像冻小了一号。

我说：你最好掏面镜子叫我照照。

唔，哪来的镜子，就拿嘴描绘一下吧。告诉你，你现在是一张紫脸儿，两只肿眼，红鼻头，灰嘴唇，帽檐底下一撮儿黄头发，干黄干黄的，像枯草，脸皮儿粗糙得像土豆，还是那种麻土豆……嗨，我看你呀，还是别限制自己，该戴口罩还是戴口罩，凡士林还是蛤蜊油的多抹上几回。

描绘结束，她笑起来，笑声有点儿尖，还有点儿损。

我非常不快，反击说：别拿我当漫画画了，你就愿意我这么“气息奄奄”的吧。

她收住笑，把脸沉了，问：你不爱听？那你想听什么？

——我不知道我想听什么，反正，别拿我开心。

——怎么拿你开心了？不就实话实说嘛。

她又笑一声把手伸过来，隔着橡皮膏，搓摩我那轻易不能触碰的手指。

我使劲一抖抽回手，突然气咻咻地抛出一串质问：告诉我，你凭什么叫我来水利连？就是想看我受罪是不是？看着我气息奄奄，死去活来，你才高兴，是不是？！

我的口气冲得很，一时完全不管不顾了。却又忽然噎住，说不下去。我哭了，眼泪唰唰唰的止不住，把头转过去，面对空旷的四方山，大放悲声。

是憋了太久的眼泪，极度的委屈，极度的痛苦，一下子全都摇动起来。

尽管我一直是爱哭的，却还从不曾这么放肆过。

突然的痛哭使舒迪愣住。可她不劝我，在我身边踱了一会儿脚，不见了。待我哭够了，发现她人在拉石头的卡车那边，那边轰轰的马达声，人们抬石头的吆喝声，一阵比一阵响。但感觉上却有种奇怪的隔绝，觉得那些声响离我很远。我身边没有人，没有声息，只有孤寂和静。空静，死静，这世间唯一的生息，就是令人窒息的静。

雪，终于洒下来了，时洒时停，显得犹疑不决。一会儿工夫又变得非常密实，漫天皆是鸟蛋大的旋转的雪团——灰色的山岩一层厚似一层地惨白起来。

我倚着冰冷的石板，身体瑟缩裹紧，懒得再动一动。枯涩的眼睛怔怔地凝望满空落雪。从来没有这么专注地看落雪。看那雪优柔、纷扬，仿佛是有生命的群体，仿佛是大朵大朵的百合花，它们相互拥抱，迷醉地狂舞，为崭新的降落而欢呼雀跃。风、严寒，使它们聚拢得紧密，渐渐由软性变为硬性，形成厚厚的冰雪层，与地面结合一体，简直是死命地巴住了地上的一切……满眼皆是雪影雪魂，旋舞着的雪团恍惚了视线，什么都看不真切了。仿佛所有的生命都将被淹没，连同我在内。我要冻僵了。

冻僵的感觉就像被捆绑，皮肉在勒疼。却不再虚空，身体勒成一个实团儿，被一种奇怪的重力拖坠着，缓缓地，朝着一个无底的深处下沉。

……下沉的感觉接近于麻醉，很美。

舒迪走过来了，突然间在我眼前站定，猛地一把扯飞我的帽子。我一惊，裸在风雪中的脑袋轰地一下升起了怒火，拼命朝她撞去。她没头没脑地将我捂住，重重地捣我。我栽倒了，仰躺在雪中。她不仅不拽我，还把一团渣乎乎的雪使劲砸过来。

她拧眉立眼，无情地瞪着我，愤愤说：你就是宁肯冻死，也不愿过来帮一把，是吧？！

——你不愿过来帮一把，为什么？你是谁？你觉得你跟别人不一样，哈？！

——你以为你是温室的花，你来到这里是委屈啦，受罪啦，哈？！你是什么人，不就会哭吗，你还接着哭！

一个个大雪团，夹着她凶狠的怒叫，接二连三地在我头上、脸上炸开来。

我气疯了，脑袋发烧，眼里一片连一片的花白与混乱。但一时无从抵挡，只是哭。突然间我收住了自己，瞅准她一只鞋子，紧紧抱住，死不撒手，她扑通一声摔倒，我马上尖叫着爬过去，塞给她一个硬实的大雪团。我们揪到一起，不屈不挠，掐着搡着，互相乱砸，在雪里滚成一大团。

眨眼间，天已全黑，卡车都已走完了，只有雪还在沙沙落。

一种远离尘嚣的静，肃然地包围我们。

——还砸啊……砸吧，看你还多大劲儿……

全都喘吁吁地，话说得勉强。身体也软塌塌的七扭八歪，好像两只北极熊在雪地里翻腾。

终于，她主动搂住我，哑声宣布休战。

她替我捡来棉帽子，给我扣好，系紧。这时我们的棉衣全都裹上一层晶亮的冰甲，适才冻得发青的脸现在变得火烧火燎的，与此同时，绷紧的心一下子松开来，好些怨愤、好些痛楚，霎时间尽被化解了。

一切都看不真切，舒迪掏出电筒，揿亮，一圈淡黄的光稳定地烙在身前的雪石上。我们互相倚紧了，一起默默盯着这个光圈。她把脸凑过来，呼出热气嘘着我的眼睛。

我靠紧她问：为什么这样恶狠狠地对待我？

看你像废物点心，我就来气。你知道这些天，咱连石头打了多少立方？三千多！你听见没有？

我又不聋，连这些石头都张着耳朵听呐！

有一天，当我们一根黑发也没有了，或者所有头发全都掉完的时候，我们就来问问这些石头：喂，你们还记得什么呀……

她忽然声音大起来，把两手扣着在脸上做话筒。雪世界里回声震荡——还记得什么呀？

我也学她，捂着手掌朝前头喊——记得她拿雪疙瘩砍人吗？

——记得她哭。撒泼似的哭！

回声到处旋转。舒迪拉我起来。

我们离开黑乎乎的岩石堆，像一对巴格达窃贼，低低地猫着腰不吭声。手电关掉，白雪映射的莹光幽幽地罩着前前后后庞大的石影。我们在群雕般的石丛中一步步迈过，满眼尽是巨石突出的威严轮廓，呼吸格外冷冽。

——快点儿，再快点儿，叫雪封了道儿可就麻烦了！舒迪用力拽我的棉衣，我们快跑起来，互相紧紧揪扯着，脚底一个劲儿地打出溜儿。

真想慢点儿往回赶。现在我心里出奇地开朗，那久违的温暖，此时全在感觉中复活着……

26

几天来连里不安生，接二连三地出事。

先是一排长秦铭惹了祸。他在后山打柴时，掏了一窝狼崽子。狼崽子有三只，毛茸茸的黑灰色，只有巴掌大，像刚出生的小狗仔。秦铭把它们揣回来，拢在炕上暖着。宿舍里人觉得好玩儿稀奇，闹腾到半夜都不睡。霸道的傅卫东，为了能自己占住一只，竟叫起赌来，把他那只欧米伽手表狠命往火墙上摔。

没想到，闹到后半夜，宿舍外面来了一群狼！

荒野之狼的叫声实在听不得，嗷嗷嗷，嗷嗷嗷——一声比一声瘆得慌。全连人都惊醒了，可谁也不能出去轰。女宿舍那边一通咋呼，再困的人也没觉了。一个个都跳到地上，脸挤着脸，惊愕地瞪着窗外，有吓得大哭的，不亚于狼嚎，有人拿烧火板子顶紧了门口。

邓小结朝那边喊：你们别慌，越慌越麻烦！

舒迪和佟连长大嗓门吼着命令秦铭：快把狼崽子撒掉，全都放出去！一只别留！

可是傅卫东偏偏对着干，当秦铭开门要滚出草筐时，他硬是强劫了一只留下。狼却是有数的，发现还回来的崽子少一只，不干，仍是嚎叫不止。过会儿，傅卫东终于将手里那只小狼崽甩出窗户。竟然已经是尸体。狼群愤怒了，嚎声凄厉无比，经久不散。然后，猪舍那边传来尖利的叫声。我们扒窗细看，见一只小猪仔被一只狼咬着耳朵拖了出来，一群恶狼冲撞着，汇集上去撕咬……

佟连长端枪奔了出来，连着鸣放三枪，狼群惊散开，却不肯走远。移动的黑影子在那里来回徘徊着，猪舍那头依旧乱叫。最后还是舒迪想了办法。拿硝胺雷管在附近点着，朝着猪舍前边猛扔过去——轰隆一声巨响，再一声巨响，狼群终于全数逃匿了。

狼祸的余音绕梁三日而不绝。秦铭、傅卫东的检查刚刚在连务会上通过，马号小崔又做了更可恨的坏事：竟然把附近养鹿场一只小鹿的肚膛给剖开了。

不久前，团里在水利连附近刚建了一个养鹿场，鹿不多，仅五十来只，但价值金贵，据说成年的公鹿一只就要值人民币六千多元，母鹿一只五千元。饲养员从各连精选出来后，先派到长白山学过短期班。养鹿场四周插着好多小红旗，场内自有一套严格管理的措施，平日里规定，非养鹿人员一律不准随便靠近。

水利连出的恶性事件值得重视，转天团里就派人来，专门成立了专案组。专案组负责人是团政治部鲁主任，为了把案子迅速铺开，当即召集全连听他做报告。

他声音洪亮，非常能讲，从亚非拉国际形势一直讲到了国内和兵团。说当前形势是亚非拉第三世界人民紧密团结，一致对外，无产阶级阵营日益壮大……国内形势一片大好，不是小好……忽然他话锋一转，发出一串串质问：可你们这里，搞得好吗？不好！啊，大家都擦亮眼睛看一看，阶级斗争，就在你们面前！一只刚刚出生的小鹿哇，竟然连膛都给剖开啦，不是丧心病狂吗？谁干的？给我查！一定要查个水落石出！

连里几个有前科的坏分子被圈了起来，包括前日闹罢工的傅卫东，整日里专人负责训话，让他们做交代，这时候就揪出了小崔。

小崔说了实话，他和二连的车老板儿老棒子（是本地贫下中农）早就有交情。前天上山拉树头时忽然碰见了。老棒子告诉他，自己老婆患心脏病快要不行了，赤脚医生告诉，要是还想挣挣，除非弄颗鹿心来，得是小鹿的，得把小鹿的心跟红糖熬了，熬得烂烂的，一气儿服了，或许能有救。小崔回来就想辙了，一咬牙，他真把这事儿做了，而且连夜骑马出连队，将热乎乎的鹿心给老棒子送了过去……小崔以为坦白能从宽，交代极为彻底。但专案组人认为，事情绝不会这么简单——他背后，肯定还有坏人。

小崔咬定没有，事情自始至终就他一人所干。

专案组决定要专门教育小崔，要好好灭一灭他和他背后坏人的气焰。召集全连开批判大会，一开就是两个晚上，还把二连的老棒子也揪来了，两个人一起在前头低着脑袋站着，各班代表上去念批判稿。然后，他们两人一道被带走，说要押到团里去认真细究。

带走的阵势比较吓人，竟将他们两人棉衣剥去，单着一件薄薄的衣裳给捆成个五花大绑，在连里着实转了两圈儿，算是郑重地游街以警告他人，随后，才给他们弄到热特上拉走——专案组就此撤离了水利连。

我跟舒迪说：大家都觉得这事搞得有点儿过头了，好多人认为，从一个方面看，小崔也是助人为乐。

舒迪正烦，灰着脸说我一句：你别跟他们议论，咱连够乱的了！

这些天，气温在转暖，中午前后，地上的冰雪开始融化，烂泥像脚镣似的巴在鞋子上。屋里边，厚厚的冰凌在窗框上塌酥了，水滴答下来，墙上地上，一片湿迹。走在上工的路上，见到满坡的秃树上挂出一星星的淡绿，虽然显得微小，却叫我从心里兴奋。

劲风吹来，看满坡的细树枝掀腾翻动，哗哗啦啦水浪似的，一丛连着一丛推移过去，似乎一种顽强而崭新的活力在树林之中奔跑着，那些滋润的树液在树干内奔流，恰如温热的血在身体内奔流一样。

过春节时舒迪给我们屋写来了新的条幅，我觉得特别好：

沉舟侧畔千帆过，病树前头万木春。

一种纯粹属于春天的心情，对我来说比什么都宝贵。

四月里的阳光明媚得很，热度尽管有限，逢到休息日，已经没人在炕上待着，又都勤快地忙着拆洗。洗得井沿儿周围又是水叽叽的，辘轳从早到晚吱扭扭响，胶皮篓子像一个歪皮球，使得快要烂了。

我没有跟大家一道拆被子、拆棉衣，觉得已经用不着。只是拎出箱子里一些衣物来晒一晒。干刷子嗖嗖地刷着毛衣毛裤，鼻子嗅到浓烈的樟脑味儿，觉得那么熟悉好闻，仿佛手指捉到了远方的家的气息。

心里边，那个密藏着的指南针似的东西，又在勃勃地跳动着。我为自己能在众人中提早地拥有觉悟而激动，又难免有些紧张。

我意识到，我用整个生命以及所有的机能，长时间渴盼着的目标，就快要来到了——冬天走了，铁石般的寒冷再也不会威胁我，我要跟冰雪绝缘了，终于送走了最后一个冬天——现在迎接的，应该是我在北大荒的最后一个春天。

我固执地认为，这“最后”的字眼是确实的，是因为我发现，我已经拥有力量，我度过了水利连最艰难的冬天，从而生命变成了另外一种，它是够得上坚强的。用不着再做很多的察省，来证明我的坚强是否属实，总之我已经可以肯定自己。我盼望着，到了夏天，这份肯定将会按部就班地见出结果。

然而我却不是自大狂，我很清楚，如此情形并不等于，在内心深处，我就获得了充分的自信。是因为，畏惧艰苦，畏惧劳动，这仍是属于我这个人的永远的真实，是本性，或者说，“烙印”。我既然认定，现在是我在北大荒度过的最后一个春天，实际已经说明，我的畏惧比我的进步威力要大得多。我太清楚，我只有借时间的短，来维持我所能达到的坚强，主观上我相信，只要时间是短的，我就能够坚持住，就能够不出或少出差错。而那货真价实的坚强，对于我，大概很难完全认识，大概倾尽一生都不会具备的。

连里又接到新命令，我们要派出去一些人，上一个叫蘑菇沟的地方去盖房子——为地方林业局盖。蘑菇沟离边境线极近，快要到八团了，要住帐篷。连里开会做动员，人们议论纷纷，大都不乐意，说咱连到底得罪谁啦，怎么这么受整治？石头不是刚砸完吗，团里哪个连队是这么往外撒人呐。

我没发牢骚，端坐在那儿听舒迪给讲，团里现在如何亏损，供应上如何成问题，快连黑面都吃不上了。这次去蘑菇沟建房，虽然是给团里卸包袱，也并非坏事，哪里需要就到哪里去，这是咱们革命战士的宗旨，可以好好受锻炼。我们也并不是人人都去，全连只去少数人，组成临时的营建排，男女扎两个帐篷，秋后任务完成全部返连……

我听着心里就发沉，很焦虑，有一种突如其来的扰乱感，觉得自己是肯定得去的，那么，上学的事会不会受影响呢？

名单下来果然有我（邓小结带着一班人留下）。营建排排长由我和秦铭两人担任，一般情况下，连长指导员不常过去。

捆着行李，舒迪进来，邓小结正前后帮我忙着，舒迪拍了拍我的后背，说：名单还行吧，都是在连里比较认干的人。你准备得足实一点儿，到了那儿，稳扎稳打，自己万事注意点儿！

她递我一个纸包，打开来看，是一个写满字的笔记本和一本《马克思传》，笔记本的皮子上写着“抄书集锦”四个狂草字。我纳闷：集的什么锦啊？有没有“毒草”？

舒迪叮嘱我，这本子你不要乱传，回来时，亲手还我。我转身要跟她说话，她摆摆手压住我，说：等着，过几天我会去你们那儿。

说完她开门匆匆走了。

27

蘑菇沟居然是个好地方，是紧挨黑龙江的一处十分幽静的丛林峡谷。我们的两顶绿帐篷扎在山腰上，被密密的丛林掩着。丛林中大部分是高壮的红松、云杉，还有挺秀的白桦，透过这些大树可见山下的黑龙江，浩瀚的江水清清冽冽像宽而长的青练，江上行驶着船只，一种浓烈鲜腥的水味儿扑鼻而来，肺腑里顿时敞亮极了。

遥望江对面，除了深深的丛林，还有高高的瞭望塔，后面堆着整齐的白房子。林业局人说，那是苏修的哨所和小镇，苏修一个空军飞行小队驻扎在那儿，有时直升飞机会在空中嗡嗡地做侦察。

初次来到这里，那稀罕劲儿仿佛是到了天国，大家撂下行李就往江边跑。恰逢林业工人放木排，景象壮阔无比。七八棵长原木齐展展地钉成大木排，一个工人豪迈地站于其上，手中划着一根带钩的长竿子顺流而下。江面刚刚解冻，时时还会漂浮过来大大小小的冰块，玻璃似的冰块被木排撞着，发出喳喳啦啦的声响，有的被撞得碎裂，晶亮地散开来，极是好看。林业工人望见我们初见世面的呆傻样子，笑着打起呼哨，立刻有几个男生接上去嚯嚯嚯地跟着叫。

一会儿更稀奇的景象又出现：一艘苏修的白轮船像电影一般，吐着虚虚的淡烟突突突地驶过来，汽轮机的轰啸伴着优美的音乐清晰可闻，在四百多米宽的江面上，那艘白轮船严格地把着主航道的半边。船头昂扬，切出大朵的浪花，可漂亮炫眼了。

一伙白兮兮的苏联人站在甲板上，纷纷向我们扬臂挥手，还大声发出呼喊。我们一下子辨出来那是友好致意的表示，不禁也都争先恐后掀掉帽子朝他们呼叫：你好啊——你好！

与此同时，一声汽笛长鸣，清澈而嘹亮，犹如春雷震天响……

壮阔的放排，漂亮的客轮，令我们的情绪万分活跃，好像我们不是来干活儿而是来蘑菇沟旅游的客人。帐篷里面欢声笑语，好不热闹。帐篷还是如我在苇场时的样子，苏式的，七米宽，二十米长，像个小车厢，两边列开大通铺。由于地上极潮湿，铺面搭得比苇场时稍微高起一些，用的是刚刚砍下的细木杆，褥子铺上去不免硌得慌，大家便都出来进去地抱草垫铺。

铺刚刚垫好，外面大师傅喊了：开饭喽。食堂是临时搭就的小木屋，要把饭打回帐篷里边吃。沟里人家的狗老熟人一般进来溜达，摇着尾巴讨剩饭，还把身体趴着钻到通铺底下，搜索我们的存货，使得软乎乎的大通铺一会儿鼓凸起来一个大包，像在海上坐船似的。

相隔了一段时间，现在又汇入集体的大环境，觉得哪儿哪儿都是非常挤的，哪儿哪儿都受到限制。那种群居的混乱与嘈杂又包围了我。

可是心里很明白，绝不能再把这包围当坏事。我已经感觉到，就从此刻开始，一些人灼亮的眼睛，正于近处频频地给我打分。

我一直在忙着。打水，扫地，擦煤油灯，拴绳子，将每一扇帐篷窗卷好了。

我想我知道该怎样抵挡这些眼睛。蘑菇沟，将是我通过的最后一站，我要尽最大努力，给自己挣到满分！

我们的任务是给林业局盖大礼堂。从图纸上看，这礼堂规模很不小，好像要跟北京十大建筑媲美似的。地方建筑师给我们详细讲了一番之后，本地的架子工便开始搭架子起跳板，我们齐着基础线打地基，一时镐锨齐舞，车轮飞转。因为是男女混合排，干活儿气氛好不高涨。

最惬意的时候还是在傍晚。收工了，谁都想要好好洗一洗，守着现成的大江，当然就在江边洗。江水给阳光晒了一天了，洗起来，煞是舒服。一时江边到处是洗洗涮涮的声响，女的把工作服扣子解开，一把一把掏着擦，脸盘红嘟嘟的，鲜如一朵朵淋水的大花。男的全都光膀子，一面洗一面互相打水玩儿，黄亮的脊背映在水中，颠碎一江的倒影。

我常拣一块大石头独自坐在江边，将裤管卷起，鞋袜褪掉，裸出一双没颜色的脚浸到江里。小腿以下整个没入江水，微凉之中不乏暖意，脚掌踩到的江泥出奇地细腻。把手洗净了，一捧一捧向脸上撩水，见到一苗一苗的小青鱼轻轻地游过来，它们一点儿不怕人，噘起小小的尖嘴来啄我的脚趾，大概以为那是一种新植物了。

日落之际，深红色、浅红色的云霭，把西面天空染成蔷薇色，碧汪汪的灌木后面，散踱着安闲吃草的牛羊，微隆的山峦尽在眼前，乌青的江水在脚下奔泻，两三只船在不远处缓缓行驶——它们上方，白色的江鸥横空掠过，柔美的小翅展成三角形，口里啾啾叫着，那种毫无疆界感的样子，多像一个超世的精灵。

我呆望着一生极为鲜见的一切。从来没有如此近切地领略过大自然如此酣畅、古老的景致，一种仿佛来自中世纪的宁谧的美，给我的精神以极大的镇定感。

在人群中间，总是累的，因为在人群中被忽略的时候太少。每一天，每一分钟，难得寻到安宁。而抓得空闲独自坐在江边清静一会儿，实在是难得的享受。纯然的静寂里，仿佛整个人都浸泡在宇宙中，无数的生命在挨近我，向我发播神秘的声音和幽幽香气——又摸到时光了，飞奔的时光。

我发觉，时光的个人意味，现在充分显现出来，而我好像不是一个已经顽韧地干过十几个小时活儿的人，又在还原着那个柔弱善感的我。

相比之下，最让我喜欢的是看船。我喜欢久久地看船，那船让我想到远行，无比自由、乘风而去的远行，不管彼岸在何方，远行令我神往、心动。静寂之中，听得一声汽笛在高空中鸣响，会觉得整个灵魂在震颤。

——我喜欢那船，是因为我在幻想吗？是吧。我觉得，有时好的心境，正是从幻想中得到的。在热切的幻想中，伸展精神，投注情感，这实在是一个很有益的习惯。而坚决地相信着一件高不可攀的事情，把它作为生命的支撑，挣扎奋斗，使之逐渐地表现出可信与确实来，这实在要归功于幻想。

我想，现在我深深懂得，世上一种力量的强大，它叫作幻想！

每天，秦铭带着男农工都干砌墙的活儿，我则带着女的全部打小工。要不停地上砖、搭跳板、拉沙子、搅灰和挑灰。我既打算时时干在别人前头，就得不吝惜肩膀，挑着两桶灰泥上跳板，这活儿必须多干。灰桶不可想象的死沉，走在跳板上，一心想掩饰自己的笨拙，尽量提着劲儿，尽量显得熟练，几挑子顶下来，人像一只气喘吁吁跑了长路的狗。

发觉有一双眼睛，总是在来回地盯着我。假如我同他对视了，他不仅不躲闪，还不容察觉地一笑。肯定我动作中的过分紧张，全身心对付重压的挣命劲儿，都被那家伙看在眼里。我感到难为情，又有些不快，心说：你看什么看呀，你看得我更费劲了！

有一回，正在折桶时，听见秦铭小声问我：你有点儿够呛是吧？

我很尴尬，装作没听见，钩住两个空桶扭头下跳板。又被他追一句：不是有绳子吗，咱俩试试，你在下头拴上绳子，我往上面拽。这时身边没别人，只他站在我跟前，面孔非常明确地冲着我，他的眼睛里，隐藏不住一种笑意，是我在男生中所见到的最和善的眼睛。

试着拿绳子拽了两桶，觉得拽是能拽，但明显是要耽误大工的活儿。

我解了绳子，跟他说：想偷懒哪行，最好的法子还是挑。

说完我下去了。到上砖时，他又不由分说通通地走下来，说：我来扔吧，你上去接着——我听从他了，竟配合不错。他扔砖又轻又准，声音飕飕的好听。然而，更加感到他处处注意我，那目光蛛丝一般闪着亮，细密地交织着，挂满了我全身。

我努力将它们摆脱掉。

一再地想：该死的目光，它们算什么啊？它们轻薄薄的，就像空气，像风，无所谓来去，也无所谓感觉，我在意它们干什么呢？

可越这样想，越觉得它们黏得牢了。

由于我们的砖常常供得过量，又由于架子工的技术有些拙劣，几乎每天都会出现局部塌架的事故。

这一天，我恰好正站在塌架的一角，当时觉得脚上一斜，再一空，咔嚓一下身体马上要倒下去了，猛地猝不及防，一条胳膊被有力地揪住，脚底有了着落——秦铭救了我。

在地方工长叫人重新拴好塌坏的架子时，他又跑下来，帮我筛沙子，一面筛一面偏着头细看我，他问：你没事吧？刚才可真悬啊！

此时我惊魂未定，还大红着脸，却仍然只关心一件事，就是不叫任何人看出来心里惶惶的畏缩。我掩饰自己，朝他感激地点头，嘴里说不出话。

他拄了锹看我——无可逃避的眼睛，一如既往地带着笑，还带着一种分析性，似乎是非要把我看穿不可。一会儿他褪下手套，从裤兜里摸出一块手绢递给我，说：瞧你那么多汗，砖沫都进眼里了……

雪白的手绢，像是魔术师变出来的，男用的那种大型号，叠成方片，接到手里又柔又软，哪里舍得？迟疑一下，还是把它轻轻按到眼睛上。

我努力做出一种平静的又多少有些迟钝的样子，可是知道，这个来不及多想的细节已经进到了心里。

他问我：你怎么把袖子挽得这么高哇？怎么不像有些女的，把自己捂得严严实实的？你好像特别不禁晒，还特别不禁咬，是不是？

他认真地看我胳膊上好多的小粉疙瘩，随口哼起来本地一支小调：

六月里啦真苦恼，
苍蝇叮来个蚊子咬嗷呕，
咬哩咬哩金疙瘩！

我不禁笑起来。他也笑，又说:瞧瞧你，这么多汗，是吓的吧？我看你这人，其实胆量是小小的，哪里像个排长啊？看你带的一伙子女生，谁都比你个子大，倒都得听你的。

这番话就叫我不太高兴了。可是他说话时的口气，含笑的眼睛，却起了一种另外的作用。

我说：我是不像排长，还得跟你学习。

他马上像模像样地教导起我来，说：我觉得你光注意以身作则而不注意发挥每个人的主动性，这不行，你得想法叫她们都干起来，给她们分配好了，两个小工供一个大工，活儿全套都做，可不要包办啊。

我摇头：有些人不是很自觉，总说不是太贫了吗？

当排长的还怕贫吗？怕贫就是面皮薄，不好，你得学面皮厚，面皮厚不要紧，只要骨头够硬就好啦……

上海男生，好多人说普通话总是要有齿音字，总是去不掉一些软兮兮的词儿，比如面皮，比如好啦。秦铭不仅有典型的上海味儿，而且他说话时每句尾音都过于的温润，像傍晚波光粼粼的江水，听着很舒服。把手绢还给他时，一种勇气升起来，大胆地打量他。

他的脸不像他的声音那么“温良恭俭让”，每一处线条都是分明的，棱角有些硬，皮肤已晒成发亮的琥珀色，阳光下面，看得清一道伤疤很沧桑地勒着，从宽实的额面一直勒向一侧眼角，当眼睛眨动时那伤疤就一抽一抽的，不过这并未破坏整张脸的英气周正。

一刻间他也瞧着我，眼光富有内容，一种少见的感觉在他的眼里藏着。心里微跳，眼睛挪开，听他说：手绢对我没用，你用吧，你用好啦。

我急忙说：不行不行，还你。

可是眼见他飞快地戴上泥巴手套，我没法还给他了。雪白的男用大手绢这就总在我裤兜里搁着，我从来没用过。似乎它本身的作用，就在于托着一份轻轻的重量，轻轻蹭着腿。

一种陌生的美，含着微微的刺激，悄悄拨动我的心。我天性中对于“温良恭俭让”的敏感，如此又被牵动起来。

那天之后，注意到秦铭开始戴一顶草帽。草帽很破，像是捡的，歪扣到头上，眼睛也就躲进阴影里。

我开始看不清他。看不清造成的结果，是投给我更加繁密更多意味的注视，令我心里受到扰乱。思味扰乱的原因，我承认他身上有一种新鲜的男性魅力，叫我很难不被吸引。

回避吸引，不去看他。却有更多的时候会想。一种从未体尝过的滋味将我牵住，觉得那狡猾地隐在草帽底下的注视和微笑，越来越显出力量来，是那样迫近，逼人。

我告诫自己：你要理智，要理智，要保持清醒头脑。

很显然，这蘑菇沟，绝对不是可以开始一桩爱情的地方！

但是难以自持地，和秦铭在一起的时候反倒增多起来。

每天收工之后，我和他不约而同地延长了检查砌墙质量的时间。我们隔着刚刚砌起来的砖墙，互相脸对着脸，一句一句说话。逢到吃饭时，听见他在帐外煞有介事地敲着饭盆喊，开饭喽！我会及时地跑出去，迎着他机灵的眼睛，一起端着饭盆，到江边的林子里去吃。郁郁葱葱的林子里，有些矮树桩，两人一同坐下来，饭盆撂在膝盖上，就着江风，边吃边聊，好不惬意。当他们男生进到我们的帐子里来开会，他会像猎犬似的闻出哪里是我的铺位，趁人不注意，偷偷往我的褥垫底下掖塞几块上海糖。他说过，他总是拿这糖跟林业局人换烟抽，所以转天，我会一块不少地再还给他。这时，他像孩子似的噘起嘴，一定要看着我吃掉一块，再吃一块。那糖，水晶球似的在我口中咯棱棱转，甜到心里。

秦铭的性格基本属于快乐型，一份快乐大约在他很小时候就形成了。他喜欢讲小时候逃学的故事，说他经常为了玩儿而逃学，深夜回家，在家门口脱下鞋子，拎着上楼梯，生怕地板发出声音。“文化大革命”开始时，他虽然是工人出身，却没有积极加入红卫兵，等到学校里好几派拉开战场打架时，他又跟几个小伙伴热衷于玩热带鱼看“毒草”电影，过了好长一段无忧无虑的日子。

我问他，你想家吗？他摆摆脑袋，说：告诉你老实话，我是很少想，我有继母，这位继母恨不得我能不想家。探亲假那几天，老觉得上海处处都是挤挤插插、小里小气的——已经老不习惯家里的生活了。

——那你，“老”习惯北大荒了吗？我问。他居然不假思索地点头，眼睛里边忽然带出一份征询的意味，仔细来看我。

我还保留着独自坐在江边的习惯。现在为了求得高质量的静，我会远远离开人影贯出的驻地，走到两里以外的地方，这里挨近的草丛更高更厚，选定一个暗处，深深裹匿住自己，久久地默对空阔的大江。江风凉爽，白日的热灼完全减退，精神逐渐复原。

然而，我暗自惊异心情的改变。感觉心里总是很湿很满，安静难以纯粹。

很恼火自己，怎么总是想到他呢？想他瘦高的身架，长而直的腿。长期的干重活儿，使他两只肩膀压得走形，看着有些高低不平。他通常爱穿一件深蓝的跨栏背心，一旦将它剥去，裸着的脊背上亮出来太阳烙下的“从”字，两道皮肉白兮兮的，看着像另一个人的。

想起在冬天打石头时，曾经有一次看见他受伤。

那天一伙儿男生（又是以傅卫东为首）围着一块特大的石头叫阵。秦铭一边快步过去，一边不断地挥胳膊喊张三王五，他说：嘿，咱们一块儿，咱们一块儿，有什么了不起的！跟着就见四个人围好了，一起哈腰拽绳，肩头横了粗粗的抬杠。可是起杠的瞬间出事了。随着一声口哨，都看见傅卫东在边上站得高高的，朝抬杠的三个人一使眼色——三个人便都猫住腰不起，唯独秦铭起——秦铭倒霉了，刚一鼓劲儿立刻哧溜一下仰着脸歪倒下去。石头纹丝未动，他却一声声叫着，痛苦万状的，身体怎么也挣不起来了。傅卫东见状，满脸怪笑抬手指着他说：嗨，秦大排长，你着什么急呐，你怎么敢先起杠呢？瞧瞧，来个老头钻被窝吧！

我们看傅卫东这人太坏了，弄不好秦铭就得成残废。

幸亏几个本地老乡跑来，看了看，发现秦铭一只脚由于使劲儿过折，踝骨整个拧崴了，快成外八字了。他们问：秦铭你治是不治？不治可麻烦啦。秦铭哼哼着说：治、治，帮帮忙，快点给我治吧。他们便拿好架势，一个上去抱腰，一个上去拽脚——嘎巴一声，那脚响了一下，他嗷地惨叫起来。就这样，硬是给他的脚正了位，一瘸好长时间……

他算得上是“骨头够硬”的一个人。

想着这个秦铭，想着他给我的好印象，禁不住时时向周围寻望倾听，奇怪地觉得，他会在近处出现。这感觉使我不安，难道，是我心里在盼望吗？

我发现，不管我如何地自我告诫，不管我是否乐意，我已经被他拿走了许多——这是很可怕的，最大的可怕在于，当我意识到这是个陷阱时，却对它发生了浓厚的兴趣，一步一步地朝它走过去

有一天，这感觉奇迹一般成为事实——秦铭真的在我身边出现。

那时正有月光皎洁地照着，他的身影长长地铺在江水和草丛之间。他穿一件白衬衣，没戴草帽，月光使他的脸上所有线条都显得生动，领口那里一小片胸膛在发亮。

他直直地凝视我，向我走近——随着脚步越来越近，我感到战栗。没有退路，只是无可救药地看着他。

几秒钟后，我初尝了被他冲动地拥紧、乱吻，这就像一阵大风，足以轰毁一切。

……我哭了。

28

舒迪来到蘑菇沟，当晚召集开会，表扬营建排这一段干得好——孙小婴以身作则，工作细致……秦铭砌墙砌得好，林业局人都称赞他快赶上八级瓦工的水平了——估计一切进展顺利的话，到上冻之前，我们将胜利完成任务，班师回连……

舒迪给营建排捎来一袋子面粉、几筐土豆、一小桶豆油，叫伙房给炸一回油条。大家吃得兴致勃勃的。开着会，有人还在嘴上甩皮带似的大咬着油条。然后一大早，舒迪又跟当地人借了渔网、滚钩，带人上江边去，跟渔民学习下鱼挂子打鱼。到中午时，食堂大灶里真的弥漫出香喷喷的熬鱼味儿。一种叫“奥花”的鱼，吃起来肥美得很。

大伙儿肚里的馋虫刚被奥花鱼钩起来，这天就赶上了江面涨大水。不知怎么搞的，江对岸老毛子的一个储木场和一个养猪场叫大水给泡了。一时高高的江面上，有几头淹得半死的猪和一根根圆木漂移过来。林业工人瞧见了，纷纷喊叫着，抄家伙打捞。舒迪见状不可等闲，抢先扑通跳下水去，挥着胳膊猛劲儿往前游，一会儿死死拽住了一头最大个的白猪。可是真够悬的，眼看着舒迪一个劲儿地呛水，鼓啾半天上不来了。两个伙房师傅赶紧扒了衣裳扑通跳下去。

我们在江边看见，一起使劲儿喊，加油哇加油哇。我们热烈欢呼：毛主席万岁——咱们有肉吃啦！

舒迪拽我到江边去谈心，一开始她神情挺开朗。我得知她的预备党员批下来了。水利连里，最近这些日子又成立了战士委员会，安了一个篮球架……

听着舒迪一劲儿说着，我在想，从她带来的报纸和邓小结的信上，一点儿也没见到有关今年选拔工农兵学员上大学的消息，这是为何呢？

憋着不问她，只把眼睛注视着江面。由于薄暮时分光线朦胧，江面一派迷茫，大约我的脸色也是迷茫的。

舒迪在端详我，那份开朗不见了，忽然以干巴巴的口吻问我：你在想什么？你好像变化又很大，要说现在你更像土豆了，你不会再生气吧？我勉强笑笑，不做回答。

她又说：盖房子这活儿最晒人，瞧你晒得皮都暴了，可以撕了。说着她伸手，在我胳膊上撕下一小块儿晒暴的皮膜，按在手心里看着。

她问我：你说，这该叫蚕蜕呢，还是叫蛇蜕？

我想让我们之间的话题有点儿内容，便问她：《马克思传》里说，燕妮从小娇生惯养，马克思竟然愿意他的妻子在全城人的记忆中，是个迷人的公主。这些你怎么看？

她冲我摇头，说：我倒更记得后面的燕妮，她像一个饱经风霜的劳动妇女那样，不屈不挠地对付生活上的种种困难。

我又问：那什么叫“真正的女性的气息”？

——这是《马克思传》里的话吗？我不记得有这话，你看得够细致的，你熟记的地方也够新鲜的。

——我还熟记了你本子上抄的《野草》，鲁迅写得多深刻：

> 过去的生命已经死亡。我对于这死亡有大欢喜，因为我借此知道它曾经存活。死亡的生命已经朽腐。我对于这朽腐有大欢喜，因为我借此知道它还非空虚……

我忽然昂奋，一口气往下面背，完全不容打断：

> ……我希望这野草的死亡与朽腐，火速到来。要不然，我先就未曾生存，这实在比死亡与朽腐更其不幸。去吧，野草，连着我的题辞！

我的声音在发抖，情绪显得混乱，我知道这混乱现在暴露得不是时候，可是又实在控制不住。舒迪严肃地看着我，那带着洞察力的眼睛令我怵得慌。

沉闷好一会儿，她又说我：你是变得厉害，不光书背得好，其他好多地方也都能耐大见长了，昨天上来先看见你第一眼，在跳板上，你挑着两桶灰走得稳当，实在是能耐大多了，像个标准的农工。

都挑了快一个月了，还不稳当？可是也别太过奖了，也许这辈子我也够不上一个标准的农工。

怎么这么谦虚？知道吗，团里来了长春电影制片厂的人，来挑像杨子荣、柯湘（革命样板戏里的人物）那样的工农兵AB角。一窝蜂跑去不少的毛遂自荐者，可惜一个也没要，不是身架子太瘦，就是脸太白。我心想，其实他们长影人真要有慧眼，你孙小婴现在应该算是最合适了……你怎么不说话？是有心事吧？我发现，营建排近来男女交往又方兴未艾了，你怎么样呢？

——什么怎么样？你看我怎么样！

我看你有点儿刺儿，好像心里很躁，好像连喘气都躁得厉害。是浮躁？急躁？怎么啦？发生什么事儿啦？别瞒着我。

她的眼睛现在又深又亮，逼得很近，显然急于等我回答，却又好像已经对我身上最细敏的变化了如指掌。

我感到窘迫，有一种做了贼的感觉。说实话，昨天一照面我就感觉她已经什么都知道了，但她佯装不知，是希望我自觉来说。而现在，我真想跟她倾心谈一谈，从来没有任何时候像现在这么强烈地想要谈。可是，一种本能的隐匿之心又告诉我，千万要保持沉默。

我听见她长叹一口气，好像是打算劝慰我，说：你最好沉着点儿，种瓜得瓜，现在可是一刻千金，眼看着，就快要摘桃子了。

也许是太盼望了，听着她这话，我忽然眼圈儿红起来，泪水盈盈地望着浩渺的江水。迷蒙的视线里，一株野百合带着完整的根茎流过来，鲜艳的小花盘在水面浮仰着。

舒迪欠身把它捞起来，拿手捋着水。

——人和人走的路都不一样，很快你就会发现，你是所有人当中最幸运的一个了。听她这样说，我默不吱声，心想：这话说得太早了点儿。

舒迪又慢慢说：最近，独立一团一个哈尔滨知青出了大事儿……

他是天天听莫斯科电台听坏的——他给那边写了一封信，说自己最大的心愿是想上学，问是否能给他以帮助。他把这信裹到蜡纸里，叠成一个小纸船，夜深人静的时候，悄悄放到黑龙江里，看江水能不能把它送到对岸去。居然就能了。没过几天，一个潜伏本地的特务偷偷找到他，说你愿意过去吗？你的信那边收到了，那边说可以让你上学，你要真想上就别犹疑……他没犹疑，假装成偷跑回家的样子，跟着特务走了。通过很隐蔽的地下交通站，他被特务送到了江对岸，在苏修的特种学校严格受训三个月，全是学特务本领，期间他还练习做报告，宣讲中国的上山下乡如何成问题，自己如何如何压抑，等等。这一天，对方下命令要他回到原来的地方搞秘密工作，苏修给他一小捆新人民币，还有一模一样的哈尔滨糖果，一卷子近期的《黑龙江报》。他忽然回连了，精神大变，主动跟指导员检讨自己开小差的错误，大讲哈尔滨形势好，还给大家发糖果，干活儿态度也开始积极。于是他成了一个好战士，不断受到表扬。不久，他们师里连续发现有假钞流通，师里团里层层开紧急会，要求迅速破案。他们指导员忽然就想到这个哈尔滨知青不太对劲儿，就上宿舍去找他，说想借点儿钱。他竟然非常大方，马上借给指导员一百元新票——指导员事不宜迟，连夜上缴团里，果然，那是假钞！

……他被枪毙了？

那当然，这就叫上贼船，上贼船容易下贼船难。现在什么贼船没有啊？

我沉默，把脸抬起来看远方。

眨眼已是漫漫黑夜，月亮金贝壳似的照耀着夜空和江水，照耀着我们。

眼睛掠过舒迪的头顶，看前方岸边一艘停泊着的大船，大船上微明的灯火一闪一闪的，显得很遥远又很切近。

那个晚上，秦铭提议，到那艘抛锚的大船上去下象棋，我同意了。

船上感觉很妙，好像到了一处飘飘摇摇的新地方。船上一个大副和秦铭很合得来，在我们一起下象棋时，他凑过来帮着出主意，口里不时地起哄：嘿，你们俩真对上眼啦，脑袋瓜比赛着好使啊……

身上感觉凉飕飕的，我跟舒迪说：江风起来了，咱们回帐篷去吧。

她不言语，脖子硬硬地扭着，使劲盯住我们身后那道黑屏障似的林子。忽然她口气生冷地说：是得回去，别叫那位鬼鬼祟祟的，藏着受罪！

这天一下工，人们就传消息说：沟里晚上要放露天电影，《我们的友谊遍天下》，要么叫《小小银球连四海》，还不去看哇！

几月前的广播里，报道了中国乒乓球队在第31届世界乒乓球锦标赛上获了四项冠军，这个大新闻被拍成彩色纪录片，现在沟里驻扎的边防部队搞爱民活动，要特意给我们放映一回，机不可失。收工时，我和秦铭一块儿收拾灰槽灰桶，他跟我说：就在边防军营地的小篮球场子里放电影，咱俩可要一起坐啊？说定了，咱俩一起，坐银幕背面去，那里人少。

果然，银幕正面人头攒动，好似庙堂集会般，绕出去，坐到银幕背面，的确是挺好看的。可是，如此公开地和秦铭坐一起，令我不安，没一会儿，就想赶紧和他分开。当《新闻简报》刚一演完，日本名古屋辉煌的景致就出来了，人们大为惊诧，啧啧赞叹，秦铭也叫：嘿，老漂亮呦！趁他不注意，我悄悄溜掉，到篮球架子的脚上独坐。

一会儿，看见秦铭猫着腰在憧憧人影中四下找，眼睛好像探照灯一样搜索不停。我逃也似的再跑开。

一气儿逃离放映场，我想到该上沟里的小医院去看一看扈秋。三天前，扈秋在一回塌架时把胳膊摔折了，现在正在沟里小医院做接骨。

结果在扈秋的病房里，话说得多了，时间耗得飞快。返回时，看电影已演完，篮球场上一个人影也没有。便独自寻了来路，匆匆往回赶。

约莫六七里的小路，亮着时走算不上什么，可现在天黑黑的，就觉得很难了。塔头一时显得那么多，还有坑坑洼洼的小沟掩在茅草之中发出暗光，不免深一脚浅一脚地，前后左右又有点点的萤虫儿红闪闪地飞着，像是一伙子坏人在那里聚着抽烟。不禁怕得很，脚下又忙又乱，心中后悔，真不该看着看着电影半截儿跑开。

忽然听得身后一阵脚步声，回头看，避之不及被来人兜头抱住了。

——嗽，可逮着你啦！秦铭兴奋地嚷着：看你还往哪里跑？嗽，现在可没人啦……

我拗不过他，胳膊被紧紧箍着。

就越走越慢，越走越慢了。是北国夏夜幽深的静寂令我们如此，是草野间凝集的香气令我们如此。当共同走进蘑菇沟最大的松林中时，一种深深的倦怠，终于使我们止步不前了。

江水在树隙后面梦幻似的闪现，斑驳之间，本质的清澈中呈出一种幽灰色。脚步一旦停下，四面便静得不行，甚至连夜露滴落到叶片上的细响都能听到。我们默然面对，互相看着身上罩下的疏阔的树影，觉得脚下那厚厚的积叶、草窠、苔藓全都那么柔软，那么富于弹性……双脚悬空了，脑袋抵住他的下巴，被他轻易扳倒。

一种想要全部放弃的无限虚空和昏茫，将我制住，看什么都是晕转倾斜的了。

他吻疼了我，好像要给我的脸打上印痕似的。

一直以为，我所领悟的爱情，绝对的与身体没有关联，只是纯粹的出于精神上的需要。可是，我解释不了，为何一到真正挨近时，所有的感官立刻就会敏锐起来，发生无可替代的快乐？

快乐之中，我软弱地想，哦，所谓爱情，其实就是一个非常具体的头和背——秦铭和我，我们是否拥有明天，这并不重要，重要的是，这一刻不可抗拒的美丽——人生，什么样的力量能够抵挡这美丽呢？

这一刻，我看不清他是否脸红，他是否看得清我的迷乱？

突然间，嗖的一声传来犀利的哨响，像一支发光的冷箭穿过昏朦的林子。

立刻都惊住，噌噌站起来，侧耳细听。

一阵嚓嚓啦啦的脚步声从身后重响过去。响得轰然可怕，仿佛就踏在心上。

一夜没有睡实，早上睁开眼，感到心律不齐，手脚发抖。到江边去洗脸，隔着绵厚的大雾，听见舒迪在近旁胡噜胡噜漱口。我们相距至多五六米，谁也没理谁。洗漱完毕，见她把头转过来，直截地盯视我。对着那张阴郁的脸，我不做辩解，把身体漠然掉过去。

近日江雾非常厉害，从夜间开始，直到上午十点前后才逐渐退散，帐篷里边潮湿得很，因此干活儿到休息时，大家都抽空跑回来，将湿乎乎的被褥搭到外面绳子上晒太阳。于是这天工地上发生的事情开始我没看到。刚刚晒完被褥，随着人往工地上走，忽然被一串暴怒的喊叫吓了一跳：不合格，就是不合格！你以为耍滑头我看不出来吗？

——是舒迪在喊，已经不是喊，简直是咆哮。快步赶过去，一幕情景令我不忍目睹。舒迪怒发冲冠，铁青着脸，手里灰铲子直指秦铭刚砌起来的那面墙，责令他马上返工重砌。

我不敢相信。怎么啦？那面墙，明明砌得很好呀。

秦铭皱着脸，拿手里的瓦刀一下一下划拉墙面上黏着的碎泥，他抵触着，说：瞧瞧这些灰泥，已经都石化了，你看不出来吗？

——我什么看不出来？！

哐、哐、哐，舒迪拔起脚来，一通猛踹，那面墙整体摇撼两下，轰地倒塌了，险些砸到秦铭身上。秦铭一个飞跳闪开，再站住，一双眼睛惊异地看舒迪。

他没有寻到答案，弯下腰，憋屈着一块一块拾捡地上的乱砖头。

舒迪转身，发现几个观看者中有我，立刻睁圆眼睛高声叫：孙小婴你发什么愣，快给这里重新供灰儿！

一刻间，因为气恼，手脚都在发抖，真想跑开，跑得远远的，却不行。硬着头皮听从她，担起沉重的灰泥桶，快速将秦铭的灰槽兑满。脑海里仿佛也成混沌一片。

中午打饭时，见舒迪在食堂前面牵马驾辕，知道她就要下山去。我撂下饭盒，走到树丛那边，把自己藏到一片一片的被褥中，在死静的空间里闻着太阳的热气，紧紧闭上眼睛。难过地回想刚才秦铭的样子，那么无辜、难堪，那么倒霉，都是因为我。

我想不通，舒迪和我，我们之间，长期以来，相互怀有着的究竟是些什么？一个人，想要永远地左右另一个人，向她走近，施恩，同时又永远监管着她，这是否太霸道，太可怕了？那一刻，那一张脸，冷得冒寒气，那双眼睛则高烧着怒火。是怎样一种不共戴天的仇恨使她成这样子？

闷闷想着，突觉身边的被子被掀动了，一阵猛烈的呼扇，她站在我面前紧紧盯着我，眼光仍是不善，干干地问：你怎么啦？

我把脸一转，朝着白色的被里硬声回答：没怎么。

——你说没怎么，就是怎么了，你就不怕别人说你？你太蠢了——他算什么？不过是草帽下边一张脸。

你管得太宽了……你走吧，走吧！我使劲推她，推不动。

好好想想，你为什么来这里？还叫我提醒你吗？

我来是为我自己，你想要控制我，不可能……

你这人，不仅得控制，还得教育。

你是嫉妒他。

呵，怎么不说我嫉妒你？嫉妒你这位天之骄子，只想着把什么都不放过……可是我告诉你，你就别想啦！

——就别想什么？你说个明白！我追问。

她却不再说话，用力搡开我，啪地将一块棉被角打到我脸上，身体跟着一钻，人不见了。

29

扈秋回来了，她从沟里医院转到团部医院，然后总算好利索了。她逮个机会告诉我，现在团里正在接待招生团，各连队指导员都到齐了，准备开招生会议——眼看着，招生指标就要下来了！

我的脑子轰地一热，每根神经都紧张起来。她看我神情有变，好心叮咛说：这几天侬一定要小心，一定要小心！

下雨天不出工，一帐子人全都在铺位上待着。地上一片稀泥，踩上去啪叽啪叽响，雨柱答答地敲着帐篷顶，几处犄角上已经泛出大面积的湿迹。没人在乎雨会下得久，更没人抬眼看一看那些湿迹。她们缝手套，写信，嚼着炒豆说悄悄话。昏暗之中，神情看不清楚，只觉得她们都好像忘却了晴天时的辛苦，话语是松快的。

我躺在昏暗中，心中冷静，望着低矮的帐篷顶，看一团团影子重重贴着，游移着。感觉上方像有一层黑色的水雾覆盖下来。然而，一个灿如星辰的东西，正在暗中耀着抖颤的光——我看得见它，它离我越来越近、越来越近！

想到自己一直在苦苦地寻求它，从犹疑到坚定，不知花了多少血汗，流了多少眼泪。时时感到，它神秘地驻扎在身体内部，作为一种驱赶我、鞭打我的力量，现实中的一切都是由它带动着，不论多么苦多么难，只要和它代表的意念联系起来，便觉得什么都不在话下。是的，什么都不在话下，只因为它是你唯一的、唯一的目标。

“可是我告诉你，你就别想啦”——这当然是警告，无比尖刻的、严正的警告!

但是舒迪是对的，谁又能做“天之骄子”呢？对我来说，那诗一般美的东西，也许只应该是一片遥远的云。我昏了头，居然忘了，在那风流云散的快乐后面，有着怎样不可逾越的障碍。我真蠢，我根本没有权利，却和自己开了一个近于危险的玩笑。

心里焦虑不安，感觉舒迪就要回来了，万分盼望她。刚刚吵过的一场架，现在全数化为乌有。

白天，站在高高的架子上，配合大工（不再是秦铭了）砌顶子上的女儿墙，眼睛不由自主地朝前方出沟的小路上巴望。到傍晚，独自在小路附近徘徊，希望第一个迎到她。

心里仍然坚信，无论怎样，舒迪都会及时告诉我最重要的消息，一如既往地为我筹划。

山坡上，青草是过于浓绿了，叫人疑为毒草。很多说不上名字的野花，在晚风中轻盈摇晃，各种昆虫的鸣叫如脉搏似的打着节拍，好像是嫌这草野世界太静了。

好像今天才注意到草野的静。我发现，花草的生命，虽然也旺盛、繁密，长势上，竟至显得迅猛，却永远像在默默等待——这是一无指望、没有目的、一味的等待本身。像这样的等待，何等漫长，何等虚妄呵！一种虚妄的美，绝对的被动，绝对的无知无觉，因而，不是太无谓，太可悲了吗？

而人生，怎能如一寸草茎，一朵小花，一粒随风而逝、无可选择的种子，或一株沉默无言的树苗呢？

目之所及，时常会见到不相识的路人。一个本地大娘，挎着草篮子在一蹲一起地捡拾牛粪，一个男孩跟在她后面双手捧着一块发黄的东西吃。看清那东西是南瓜，他们喜欢吃那种蒸熟的南瓜，据说像蛋黄一样好吃。不远处，一个女孩在打草，小而薄的肩膀将巨大的草捆驮起来，一步一步往丛林深处走。背草这活儿我干过多次，知道腰要深弯到底，最好是八九十度，捆子才不掉。

眼睛越过女孩的头和背，去望西面一片银亮的大水，仿佛能够望见属于我自己的彼岸……

这天快要全黑的时候，终于见到前方草路上出现了舒迪的身影。

她没有赶马车来，背着挎包徒步疾走，面孔紧皱着，不时抬起袖筒擦抹脸上的汗。

突然间我感到万分紧张，迅速将身体遮隐起来，等候她从我身边匆匆赶过去。

一直到召集开会时，始终没机会跟舒迪说上一句话，原因不仅在我——很明显，她也在回避我。面向全排传达上面的招生精神时，她人显得平静，好像预先做过练习似的。

她说：我们要选送最优秀者两名，拿到水利连去平衡，大家要自下而上认真选三次，都先在各班报名表态，从报名的人中圈出候选人做参评对象。

选举委员会除舒迪之外还有两位，是林业局的工人代表。

舒迪布置人们在帐篷里分开班，进行表态报名的第一项。女生班由我组织。上来先有三个知青报名，说的内容都差不多。说咱们的动机不用问，就是为的武装头脑、建设祖国。我给每个人做记录，手指一个劲儿地乱打抖。

轮到我了，声音有些放不开。我说：我来兵团时，初一刚刚学了几个月，我觉得自己没有文化，非常想上学，但是名额有限，我虽然报名参加评选，还是做好了两手准备……

转过天来，每人手里一张小白纸，根据舒迪念的候选人名单写上自己同意的人——名单里有我。

到唱票时，我的心已经跳得不行了，努力把脸压得低低的，把身体站到唱票人后面去。

唱票结束，我的票数占了第一位。

我红着脸，勉强跟大家说一句：谢谢大家选我，现在散会。

男生班和女生班所选的人头不很集中。到最后一轮，评委会叫几个被选人暂时回避，都去帐篷外面等候。帐篷里面，男女混在一起，再决定性地选一次。

我和另外三个人——加我两个知青，两个本地青年，一块儿在帐外蔫蔫地等候。感觉他们也都像我一样按捺不住内心的紧张。

听得见帐篷里面开锅似的乱哄哄。舒迪的大声音突出得很。她先在前面重新讲一个“三要原则”：要不投人情票，要公正对待，要考虑候选人的一贯表现！

然后里面终于静下来。帐外的空气凝结不动，时间每分每秒极其难熬。

忽然听见舒迪宣布，散会。第一个从帐门钻出来的人竟是秦铭。

我们眼睛相撞。他对我咧嘴一笑。从未见他这样笑过，分明带出几丝苦味儿，随即便掉头，默默离开了。

秦铭没有报名，这是为什么，我猜不透，也没有问他。

从上学的事刚一铺开，尤其在我报名之后，我们之间立刻就变得疏远了。

晚上，舒迪板着一张生分的脸，把结果告诉我：经过反复评选，营建排定下来两个人，一个我，一个本地的马安顺。舒迪说：你注意，这不是最后结果，不能够板上钉钉，要等连里整个平衡完了，一切才能落实。我说：知道了。

她问我：你知道什么了？你知道在等待的关键时刻，言行上要怎么注意吗？迎着那双锋利的眼睛，我用力点点头，再清晰回答一遍：知道了。一扭头，看她已经走了。

下山前，舒迪再次一本正经地“指示”我：这次她下山去先不会再返回，假如我的名字定死了，三五天后连里会派文书上来接我。假如文书没来呢？——那就说明，我在群众中还没有基础，谁也无力回天，我只能正确对待，明年再争取……

不知为何，在最关键的日子里，我一点儿也不肯往失败上想，一点儿不想所谓“明年再争取”的话。也许是孤注一掷的我太没勇气了吧。

三五天的时间，对于我，像是一个漫长的世纪。心里很受罪，怀着一种强烈的负疚感，感到自己一下子对不起所有的人，因此深埋着脸，不敢正眼看人，只要稍有了一点儿空闲，就抓紧为集体做事。

由于来这里的人员都是经过了筛选的，这时身边并没有张宏卫那样的刺儿头，大家基本上都跟我处得不错。然而心里就是觉得气氛不对，觉得成了众矢之的。曾几何时一再伴随我的孤立感，现在又回来了——孤立和独立，是这样的不同，这样的令人羞惭。

难熬的日子里，比以往任何时候都更加看清了自己。我与同伴难以交流，精神上，始终是一个孤魂，是因为，在灵魂深处，我有着一份固执的自私。我以为自己是集体之外多么多么聪明的一个，很知道如何驱使自己、使用自己，所以，那些个自我苦斗、自我控制、自我超越，从一开始便如此地有的放矢。

我太想上学了，就是为了上学，我才这样的。我只能这样，别无选择……你们大家能不能原谅我？

晚间的沉静使江水清冽的声响显得突出，独自蹲在江边，给食堂里漂洗笼屉布。望见前方大船甲板上，不断闪出秦铭的身影，跟他在一起的还有本地的四丫头。

四丫头模样生得俊，人也泼辣大方，这些天里格外起劲儿地摽着秦铭。

我不相信秦铭跟四丫头是真好。

评选结束的当晚，秦铭跑到江边借了一条小木船，到江里独自划了一个多钟头。天正黑，江心水流湍急，他一下子没把好，小船越过了主航道，便把苏修边防哨警戒江面的“江兔子”也就是巡逻艇给惊动了，“江兔子”立刻做出行动，贴着水面喂儿喂儿叫着，快速兜着大圈儿蹿过来，眼看就要把秦铭连着小船圈走了。秦铭赶紧仓皇跳江，游到了一艘渔船上，让渔船上的人把小船给钩回来……

秦铭上岸时，我夹在人群中间，看他落汤鸡似的只剩条短裤，瑟瑟地抖着一身水，费力地往前走，样子不仅显得狼狈还显得弱，一种从根本上遭受了打击的弱。

然后白天在工地上，我们更像互相商量好了似的回避着。眼睛一旦碰上马上都跳开。我发现,他情绪非常低沉,他的脸黯淡、抑郁,出乎我的预想,显然那抑郁里包藏着对我的强烈不满。我为此不快,但不想同他谈开。现在虽然我已经将自己及时勒住,可以很客观地对待他了,可是仍没把握,一旦到了他跟前,理智是否能占上风。

渺渺的江水在眼前流动,水天空蒙之间,仿佛有一阵高叫声在萦回荡漾,大约又是秦铭下棋下到了险处罢。

——谁叫你总看远处,不看棋,更不看我?一旦输棋时,他常爱这样抱怨。在下工时,他又要问我:刚才你在哪儿呢?你心里老在想着我吗?

我老实回答他:在非常累时,会想的,我想,还有人比我更累。

——秦铭,我相信,以后,我还会老想你的。想你蹲在墙根儿底下,一次次拿橡皮筋给我修理手表钮(舒迪借我的一块老式苏联表),你管这叫"收拾表耳朵";想你在江边洗漱完后,等在回帐篷去的湿湿的草路上,给我看你刚用水碗捞到的小花鱼——将它倒进我的脸盆里;想你在阳光里怎样笑着看我;在月光下,怎样发疯地惊扰我;还有白手绢、上海糖……但是,所有这些,都抵不上我看见你逃离"江兔子"之后,那副颓唐无助的样子给我的刺激来得刻骨铭心。

——我深知,我是大大伤了你、欠了你,你是我自私自利的一个沉重代价!

凝望江水,回想地理老师讲过的,任何的江河都是大自然在史前时期一次巨大的撕裂,撕裂的结果,是新的江河、新的疆界形成。

我看到,撕裂如此真实地发生在我的人生道路上——倘若命运真的垂顾于我,我将和今天的环境和身边的人,突然断裂开来,未来的生活，将和现在的一切不再连接，现在的一切，只有在想念中回味了——这些对于我，尽管是好事，却令我在情感上，如此震颤不已。

夜幕中，拎着水桶，肩搭笼屉布，滞重着脚步缓缓离开寂静的江边，觉得脸上一片湿漉漉的凉，难以相信自己竟然哭了。

文书小卢如期来到蘑菇沟，接我一人回连待命，等候团里下通知书（马安顺被连里平衡下去了）。

小卢来到的这天，始终见不到秦铭的人影儿。

到晚上，知道秦铭和四丫头出了事：两人在一米来深的沙坑里脱了衣裳乱滚，被林业局的工地保管员拿手电筒照见轰了回来。

出过丑的四丫头在帐篷里一会儿哭一会儿笑，并非很在乎，她叨叨说：有啥嘞，俺俩好，犯了你们谁啦？赶明换个地界行不？俺们乐意！嗨，秦铭说了，保证出不了事，要是出了事，就送到上海去，叫他娘给养着……

听着四丫头叨叨，我心想：可以不用跟他辞行了，谁叫他做了这么不齿的事。

——这是一个太牵强的理由，但总归，算个理由。

早上，小卢去帮老板套车，帐篷里空荡荡的，人都在工地上。

我最后一回做完帐篷里各处的卫生，把自己不准备带走的衣物一份一份分发在每个人的铺位上。分发着，心里边有种难以言说的凄惶，觉得自己整个身体也正被一点点地分离、打散。

背着挎包钻出帐篷，忽然发现秦铭正站在帐口。

他穿一身沾着汗碱的脏工作服，草帽没有戴，手上头发上尽是泥巴，脸是一张没有丝毫快乐的委顿的脸，整个人看着显得劳累、抑郁。

我低下头，极力保持镇定，勉强说：谢谢你，还来送我。

他不说话，干站在那，脚下像是生了根似的，似乎在拼命压制着一股强烈的情绪。

我静静等他，眼睛注视他身后在阳光中涌动着的树和风。

忽然发现他咬着嘴唇迟疑地盯着我，低声问：告诉我，你早就这么计划着了，是吗？

我心里一抖，满面羞愧，整个脸红涨起来。

生怕他再要问什么，飞快掉转身离开他。仿佛看到他在我后面一张鄙夷的脸。

和小卢坐上马车，那句问话还在耳边紧紧追着，如寒风似的吹响。

——他是以疑问来鄙夷我？还是他真的抱有疑问？

道旁，树黑压压的，草丛纷乱地跳着。

——秦铭，你该蔑视我，鄙夷我，把我往最坏处想吧……然后，忘记我！

但也许，那样的疑问构成我们之间最后的一线联系，打在记忆里，将会比什么都要牢固的。

想到联系，我扭过头去，向幽深的山谷最后望一眼。

一大团朦胧的雾气正从山谷里升起，升到蓝莹莹的天幕里，形成一片高远缥缈的云。

30

邓小结看见我眼里满是笑意。正想好好说会儿话，大洋马进来了，上来就尖着嗓子叫：呦，大排长呦，侬怎么晒成这个样子了呀？

我说：你别大惊小怪的，江边太阳毒，你要是去了，再怎么防护，也免不了要蜕层皮。

张宏卫还是老样子，白着眼珠走过来，嘴一歪一歪地说：这回你是飞鸽牌儿的了，快要走了，临走，是不是给咱们这些永久牌儿的积点儿德？你跟指导员递个话，立马把司务长给撤了，大伙儿强烈要求——酸菜缸里又发现老鼠，尾巴耳朵都给泡烂了，捞上来，怪物一个，哪天这连里要是出个鼠疫，可就全团闻名啦……

晚上去连部，舒迪没在，我先翻报纸。一眼看见一条振奋人心的好消息：中国成功地进行了一次核试验！一张很醒目的照片上，巨大的蘑菇云直冲云霄。

心里非常振奋，多么尖端的科技难关终于叫那些科学家给攻克了。他们真伟大啊。

舒迪回来了，见我埋头看报，说：又看得过瘾啦，是不是有点儿“洞中才数日，世上已千年”的感觉？我说：不是洞中，是山里。

心里很是高兴，她已经跟我和解了。

她端详我的脸，说：你看着像个印第安人，还瘦得厉害，过来叫我量量，还剩多少斤？她伸着胳膊两手把住门框绷住劲儿，让我抓紧她，肩膀往上使劲一抬，跟着就摇了摇头。

我说：好了，快告诉我，通知还得几天下来？

你就这么急？不想想老战友还有几天相处？

她长吸一口气，说：祝贺你，总算成功了。她很豪气地把手握过来。

依然如故，那只手，那只宽大的、火热的、带着奇特力量的大手，它们握得我好疼。可就是希望她再叫我疼一点儿。

忽然发现她的脸色什么时候又阴下来了。

她在屋里慢慢兜圈子。我问：怎么了？

知道了很不好的消息：叶丹娆喝了敌敌畏，勉强被抢救过来，人已够呛，肠子烧穿了。她家里人火速赶来，把她接北京去了，估计即使进了老协和，人也得终身落残。林沂蒙情况也很糟，石灰窑又塌方了，赶上她正在窑内码着灰石，一下子砸个正着，她忍着伤疼抓紧救出另一个同伴，自己就惨了，肩胛骨连着脖颈那里砸得很重，天气热，周围没有正式医院，伤口恶化，造成败血症，人现在已送到师部医院急救……

我听得痛心，眼泪顿时迸出来——怎么回事啊？我还想去看她们，跟她们辞行……

行了，眼下怎么也没用了。还是那句话，要奋斗就会有牺牲，死人的事是经常发生的！

……可是，我就奇怪，你怎么就能完璧归赵呢？

她扭头看我：看你以前哆哆嗦嗦一步三晃的，现在倒都顶下来了，筋骨没断腿脚灵便，所有零件还都那么全乎。

我想说：但我心里有伤，你看不到——话到嘴边又收住。

舒迪埋头思忖着，说：其实，牺牲也有各种各样的。

……记得在大寨时，看见道上一个老农民窝鞧着身子晒太阳，嘴上叼着片菜帮子，是发了黄的蔫菜帮子。我上去问他：大爷，您怎么啦？怎么不吃绿的菜帮子呐？大爷有气无力说：绿的哪有哇？绿的都给你们吃啦！我才知道，来大寨参观学习的车子太多了，来人走哪吃哪，七沟八梁一面坡上，到处是人是车，都吃什么呢？就吃人家老农民的菜和粮，本来也是极有限的，为了宣传，彻底贡献，哪怕人都饿昏了，饿死了——这算牺牲吧？

那你呢？你这个老标杆儿，算不算牺牲呢？

当然算了。我正经算牺牲品，这没什么可说的！

……舒迪，你怎么办？你对自己今后，怎么想的？

什么怎么想的？你成功了，你就好好地去学，不要替古人担忧。

她不说话了，眼神暗淡，看着一跳一跳的灯芯子。黄黄的光亮中，她脸上的皱纹刀刻似的，两腮上的凹陷更深了。

我把眼挪开，凝看她身后的土墙，心里默叨着：对不起，舒迪，我不能留下来和你共度岁月。我要走了，要走了，这就和逃跑差不多……

她站起身来，冲着门口说：走吧，上外头去遛遛。

水利连整个罩在夜幕中。北国的夏夜极其温静，迎面吹来的风里有一股沉香气息，闻起来很舒服。

我们肩膀相摩，一步一步绕着连队的地界慢慢走，我忍不住频频回首四望。一时觉得，所有过去的日子都从黑黝黝的地平线那里升起来。

渐渐的，舒迪与我拉开距离，自己执意待在后面，一声不吭地驻足肃立。

我们之间，相隔浓重的夜色，她的表情看不清楚，但她远远站立在那儿的样子，给我的感觉，像一个极其固定的背景。

我想：无论未来将会怎样，这背景，永远属于我。

此时，我的神经变得格外细敏，身边的夜像深不见底的海，我在海中漫游行走。渐渐觉得浑身发抖，脚下像在跑着。

我看见自己像风一样，在生活面前奔跑……

忽然发现，进入了瓜地，听见舒迪说：你看清楚了吗？那些瓜，快要全熟了，你要不走，可以大吃一阵子，是真正的朝鲜亚瓜。

转身朝背后看，舒迪不在，早就不在了。我喊她，回应我的，只是一派茫茫黑海。一种孤单无所依的感觉突然令我慌无所措。

转天团部招生办的人把我找去，让对口学校前来招生的老师面试。

这才知道，我的具体去向，不是大学是中专，天津一家师范学校。

面试我的人，不是想象中的老师模样，看着像工人师傅，他有一对大黑眼珠，脸也是黑黑的。人看上去实在、和善。他说：你就叫我董师傅。董师傅说，他原来是工宣队的，后来留在学校里干政工工作。

他一再地打量我，眼睛里流露着莫大的惊奇。

他叫我孩子，问我：孩子，你们干什么活呀？怎么弄成这副模样儿？

我说：我没有病。他点点头，忽然转悠着大黑眼珠好像一个很可怜我的长辈似的，俯近我，褭悄说：孩子，你想家吧？我告诉你，你能回家啦！

我一笑，控制着猛烈的心跳，把眼光盯住他制服口袋上一支金光闪闪的钢笔。

他问我：你说说，你想学哪一门儿？咱们学校有文科、理科，还有音乐、美术……

我不假思索地回答他：我想学数学！

一切忽然间来得极快。通知发下来的第二天便叫上鹤岗火车站集合。团里给我们这批光荣上学的人包了半节车厢，全部享受半价待遇。

早上六点半，佟连长的哨声响了，小结跑过来，使劲搂了我一下，说：排长，咱两个告别，你马车走时我过不来，你争取叫马车经过我们那边的菜地，一定啊！说罢她一扭头，又带人上工去。我蔫蔫地跟在大家后面，说着送别的话，随后站住了，独自愣在半路上。

走回来，跟舒迪把箱子捆实，抬到小马车上拴好。舒迪说：你走一个，留下的就是一打，所以别再张扬了，我们打小路走。

舒迪选的那条路，使我不会再看见任何人，视线里只看得到那些小土房渐渐地远了。

小马车上到公路不久，舒迪截住一辆去鹤岗运煤的卡车，叫老板儿先赶马车回连，她跟我搬着箱子换卡车。

卡车空着斗的缘故，颠晃十分猛烈，一路风驰电掣，斗内的煤沫子不断向脸上扑灌，耳朵里轰轰隆隆嘈乱地叫。

我们把住驾驶楼后边的杠子，努力站稳，绷着脸不说一句话。

到了鹤岗车站，她叫我看着行李别动，她去给我办手续。这时见到各连陆陆续续也都到了人。

守着行李，感到有点儿头晕，是刚才车子开得太快，还是精神上有些魂不守舍？眼睛盯着脚下发黑的土地，心里想：确切无疑，是要永远走了。

最后一趟抬箱子时，我这边老是倾斜，几次打滑出溜，撞到了舒迪的膝盖。她很不耐烦，猝然说我：你怎么老抬不好？你说你哪样行？自己手续，自己不管！她声音很大，简直是斥责，火气不打一处来——这是发什么邪火啊？

我心里很虚，本能地小心翼翼，努力逃避她的眼睛。

暗暗猜测，也许，她今天才忽然明白，长期以来一直在极力敦促、帮助我，做了件什么事。也许她今天才忽然看清楚，我这个人，本质上最难以救药的东西是什么……她为此恼怒、愤怒了？她所具有的涵养已经不够再继续宽让我了？

总算忙完了，她依旧严严肃肃绷着脸。此时，我们跟着别人一起站在简陋的站台上等着招呼。望见前方两道划着弧线的铁轨在阳光下亮得扎眼。铁轨上面，天空迷离深远。

此时，应该说些什么，却极难开口，舒迪似乎越发心绪不宁，似乎还在闷闷地生我的气。我便想：算了，好多的话，还是不要说为好。

约莫等候了几分钟，忽然听得身后一个干部朝这边喊起来：送人的先都离开这儿，先都回去啦，去上那辆大客，快点儿快点儿，大客要回团啦！

心里立刻揪紧，看一眼舒迪，奇怪她的神色比刚才更显得生硬。

她不看我，脸压得低低的。忽然，呼的一下，她把手上拎着的棉大衣朝我的脸照直砍过来，几乎是粗鲁地说一声：拿着吧！说完，她撤转身子便往后走。

我愣怔着，接住棉大衣，看她急步走远，眨眼间就跨上那辆回团的大客。

怎么回事？舒迪，难道你忘了，我再也用不着棉大衣了，而一会儿到了傍晚，你在长途车上，会很冷很冷的。紧跑几步追上去，挤进那辆车，发现她在最后一排，就把棉大衣举起来使劲再砍过去。

……这时，就是在这时，我看到舒迪一张脸已经完全走样——那张脸挂满眼泪，急骤的眼泪，使五官变了形，使整个身体剧烈颤索。惊异中，心被狠狠一刺，不能再看她，快速抽身下车。

大客车笨重地拖着厚厚的泥垢，闷声吼叫着开走了，一团浓厚的烟尘遮蔽了视线，曾多少次紧紧相握的手，还没有来得及再碰一下……

我看不清四面八方了，四面八方忽然变做浑浑一片，只觉得身体陷入深渊。孤寂的深渊，没有声音，没有内容，巨大的空洞包裹我。

舒迪她在哪儿？会在哪儿？

像风一样，她隐而不见，一去不返，永远不再是伸手可及……

汽笛鸣叫，火车启动，分离的沟壑倏忽间越来越大。

这巨轮飞转气势磅礴的钢铁之龙，是世上最最热忱的东西，还是最最冷酷的东西？为何一登上它，心会如此悸痛，只剩下洒泪的冲动？

车厢里，人很满，欢声笑语与我隔膜着。侧了脸紧挨着一面车窗，尽情地让泪水涔涔涌流。

一只手轻轻拍我肩膀，是身边的女生，她刚刚收住一通大唱，一劲儿地喝汽水，汽水盛在一口茶缸子里，上头写着“敢教日月换新天”。

她叫我也喝点儿，说：你快喝，山海关汽水，八百年没喝过这汽水了！

看我无动于衷，她纳闷地俯近了，问：你是怎么啦？怎么有那么多的眼泪啊？你应该笑——笑笑吧，快睁开眼睛好好看看，咱们这都到哪儿啦？

我不言语，不接她的汽水，心想：不用提醒，我知道现在到哪儿了。

迷梦般的窗外，景物迅速更换，绿色大块覆盖。有一道白山黑水的屏障，在我的视界内固定着，始终不曾移开。

最遥远的也是最切近的，最虚幻的正是最着实的，情形恰如阵阵扑脸的热风中，挟着许多麦芒似的微粒。

我知道，对于我，这些微粒远比麦芒要坚实、顽硬，它们每一粒、每一点，已经深深地烙进脑海，成为今后一生的伴随。

列车呼啸不歇。意识间，清晰出一段文字，原是舒迪抄在她那个集锦本子上的。

令我奇怪的是，唯独这段文字没有注明来处，好像，它就是特意备我现在来回味的：

两扇五米高的大门在我的身后关上了。我哭了。我自己也不相信，我怎么会在走出外界的一刹那哭起来。我哭什么？……有一种感觉，好像是我把自己的心从最宝贵的、最亲爱的东西上，从难友们的身上扯开了似的。大门关上了。我好像是在走入来世似的……释放，就是死亡的另一种形式。

补遗

今日的孙小婴，总是吃惊于窗外时光的奔驰，这奔驰如风一样常常吹得她发抖。每得空暇，她喜欢独守一隅，紧护着自己，花费大量的时间精力，将以往逝去的“爱情的博大”，与现实感受的“绝对的冷漠”相对照，从而守护住一份自由，充分回视并且感受自己的存在。

她翻检老照片，看着少时的自己——那双眼睛，那张脸，是陌生的另一个人。她想起一句诗，是这样说：“你所认定的事物，注定了你。”她想，假如说，生命中确有某种隶属于本质的东西，那么即使是岁月的流逝，也无从改变它。

——她一步、一步，徜徉在过去之中。

这徜徉，无所谓过去、现在。大量的内容，包括疑问，值得她用尽毕生去想。

1997 年 4 月 20 日删修于天津

1997 年 10 月 26 日校正于北京

《沉雪》发人沉思

朱西宁

一群来自津、沪的知识青年插队北大荒转业官兵垦边基本建设，作者借个人或团队辗转调配，分别参与砖瓦窑、石灰窑、水利渠道、石材开采等苦工，天寒地冻，不可想象的困厄艰险以呈现无异开天辟地的各方位战情战果。

北大荒垦边，经由简约传讯报道，久已广为人知，然而得其详者，慢说远寓海隅的我辈游子，似这等精致深邃复又表现得生动感人的佳构，即在大陆文坛亦应罕见罢。

《沉雪》所突出的精旨，诚如评委之一的映真点破的，其所展示此一知青垦边的前瞻理念，乃在“透过劳动施行教育，非比报复性的劳改刑罚”。尽管也有为数不少的分子试图借之漂黑为红，毕竟不算优先考量，又毕竟这群男女知青更多还是血性浪漫的志愿参与，断非不得不尔的被迫受刑。这在曾是知青的我辈读来，一则深有切身的同感，一则不胜讶异。同感的是，我辈一代当年即沉迷、憧憬、热衷于开发边疆，无论大东北、大西北，亦或大西南（独缺东南——不够大还是毋须开发？殊无道理。却感命运矫情促狭，我辈竟然大半生局限于斯）。即使我辈从戎远戍，一伙死党至少前一二十年仍尚念兹在兹，初志不渝；也所以故土省亲翌年即与也是大西北迷，台地上土生土长的内子，迫不及待跑上一趟陕甘新疆。然而此志无名目，也不自量力如孙小婴，动念纯属血性浪漫的内发而非任何外力号召或驱迫。又因那是众多而数代有志知青悉同此心，或可说是身不由己的时代脉动所使然。而所以讶异者，这一脉动居然渊源流长，绵衍至孙小婴一代，且以行动实践之；是替我辈一代一偿夙愿，其于我心怎不圆满而又戚戚焉！

惟是垦边的日子在那种物资极度匮乏的冰封蛮荒之地，岂止是劳其筋骨、空乏其身的无尽折磨、痛楚、苦难？除孙小婴复学他去，所有知青几已注定此生势将终老于斯、终卒于斯，真是无可奔头的绝望。然而奇在也妙在这部上品通体的调子皆予人以阳刚、开阔、飞扬的光烈之感；犹之作者一无歌颂、咒诅、批判、宣扬，尽都礼让欣赏者任意去歌颂、咒诅、批判、宣扬，只此即是高手。

（第十九届联合报文学奖决审意见）

获奖感言

人，无论怎样地拥有生活，仍没办法征服生命中的孤独感，从一种意义上说，人的这一弱项也可以叫作诗感。当我们步入文学，这诗感会耀出奇特的光亮。光亮之下，那个辛苦备至的写作过程呈现出美，呈现出人生无尽的悬念与万千况味。处在甚嚣尘上、日趋斑斓的世纪之末，这样来提及文学，提及写作，只能是出于痴愚。可是，这使我们深爱，以致痴愚的东西，确是能够回报快乐的。

在遥远的宝岛，沉雪之河静静流淌，通过了一次考试，从而得到一个陌生的“写处”，接踵而来的，将是充分地释怀，去见更大的世面，去吸收更多的声音。

我们待在天津卫和北京城，期待着恭听这些声音，无论是叹赏的，或是讨嫌的，皆以为贵；诚心希望它们能够无所遗漏地传应过来。

衷心感谢联合报副刊的编辑以及评审委员会的诸位专家学者。

——向你们遥致深深的敬意！

李晶、李盈 1997 年 8 月 28 日写于北京马神庙

遗忘的一种形式

——关于《沉雪》

李 晶

城市每天都在建设中，走在街上或者站在窗前，会见到那些民工。民工身边，有沙堆、混凝土，还有砖瓦。砖瓦是浅红色的，棱角齐整，和我记忆中的没有什么两样。而那些民工，他们干活儿时的大响动，打逗的闹声，常令我分神。我常想，我曾经和他们是一样的，一样的。曾经，我也像他们那样子，搬砖弄瓦，抢锹使镐，整整干过七年。

后来写过一篇散文，叫《不羁的声魂》，表达自己心怀中一股浓郁情绪，是很怅惘，很伤感的。那时我好像才突然间发觉，青春了无痕迹。不论当初有过怎样的喧嚷，怎样的挣扎，今日全都倾入一派汪洋的大水之中，全都剩成了一片无言的寂寞。而记忆里，似乎只存留着一条漆黑漆黑的地平线。偶尔，当意识稍事停歇时，那条地平线就要晃荡。在它之上，空旷的天里，跑满声音，声音像大面积的飞瀑，淋洒我的全身——在好多的静夜里，我听着这些烦声响，这些声魂，又看见冲腾不息的荒火，数不清的泥脚板儿，当然还有那夹风打旋儿的大雪，它们像海浪一样，在静夜中层层飞过……

我做了梦。梦见十七岁的我，独自在黑龙江边上狂跑着，也是在夜晚；而现在的我，竟在她后面苦苦地追，追不上，因为她跨起长长的两条腿，忽然高到我的上面去，翻越了一座横过来的山峰……醒来后诧异得很，难忘梦境里那个年少的我，那样矫捷、勇敢、飘逸，完全是一个陌生的别人。

我慨叹，确是物质不灭呵！说来锈迹斑斑、飘零无痕的东西，其实永远是尘泥在世，又在心的。

所以，尼采就说，事物的价值有时不在于一个人获得了什么，而在于一个人为它付出了多少代价——它要走了我们多少……七年，要算生命史中一个比较短暂的过程，但是因其劳动的强度，而带来意志的强度、情感的强度、由此而铸成人生命史中最大的高潮期，由此，那记忆也成为最强烈的一页——最强烈的记忆，像一种创伤。在文学里，最迷惑人的东西，莫过于这种创伤吧。

我觉得，是有一种命定的力量，促使我，把什么都停下来，要好好地投入一件事，必须得完成它，不管多难，不管成功与否，我都得做。可怎样做呢？却不知道。开始是有点儿撞头。人与事，汩汩而来，欲写已忘言。我不想简单地复原过去，不想要那些择不清的细节。可情绪挡在那里，非常碍事。一种莫名的伤感，长痛不已，彻骨透髓——我受不了。李盈时常过来帮我。她的叙述全面，准确，并且凝练。她修正了我好多的“伪记忆”，尤其从心理方向上，她给我以有力的把握，那是形而上的，必不可少的。

但是，那种真正创作状态的冷静与孤寂，我好久都没有找到。我知道，必得把随身的那个沉重的行囊摘掉。必得从心绪上，从血肉里，剥离自己。

闷闷地看了很多书，尝试形式上、技术上的努力，发现不行。我没有那种本领，或者，那种本领不适合《沉雪》。是不自然，不自由，充满华丽的操作性——都撕掉，开始学电脑。同时开始改视角，就让“我”来直接表达。直接表达，容易犯唠叨，容易矫情。重看勃朗蒂，普鲁斯特，还有安妮·弗兰克，等等。觉得一种朴素的诚恳，实在是艺术的大乘。

又看帕斯捷尔纳克，很入迷，久久地默视他的肖像。一双多么人性、多么深湛的大眼睛，一定是铁灰色的。他在终于写完《日瓦戈医生》之后，在一封信里说：“听从命运的盲目摆布，我有幸充分表现了自己，既表现了我们已经习惯于牺牲的东西，也表现了我们所具有的最好的东西，作为一个艺术家，我没有被扼杀掉，也没有被践踏死。”随后，在一首诗里，他又写道：“创作的目的，是将自己献给大家”——这是一句多好、多坦诚的诗呵！

我感动，大悟。我发现，相比形式上的百般考虑，意志的顽韧，精神的纯粹，才是创作至为重要的。而假若我，一定要以“我”来写，那么无非是尽心。

以前一些东西，大概仅是用脑子写下的。《沉雪》的完成，却是实实在在的靠了尽心。一个人，门窗紧闭，疏于见人见世，坐在电脑前，感到一种奇特的亮度。

记忆变成舞台，语言在上面跳舞……

这时的尽心却显得难了。因为我一直企图制住倾吐，而进入思味——思味存在，思味历史。想尽可能地“在过去的时间中认识现实”（昆德拉语）——我为自己设下的一个莫大的难度正在于：如何能够达到真实。

我反复想，在人类经验中，究竟什么才是无可置疑的真实呢？唯有个人的知觉。这才是属于想象之母的，是来自生命本身的，真相的东西。

从作者言，我和李盈是融成一个人，可是在生活里，其实相差很大。那时候，她姿态上是超越的、冒险的，我则看着她，看着自己，心中难过，“成天价哭哭啼啼”，觉得天塌了，暗无天日。她的镇静，我的惊惶，她的忍耐，我的衰弱，完全是像两个家庭中的孩子。虽然我们间常常存在着奇怪的“通感”，以及各样不可言传的共同信号。我常觉得，我们的同种，其实只是在生物学上的。我们的知觉，绝对是属于各自的，单数的。具体在创作中，既是要忠于它，又要想象它、化合它。这当然很不易。

经过了很多的想，很多的不易，现在，孙小婴总算是从书里面“跑”了出来。她的稚拙、惧怕，她的忧愁，以及她的无可救药的耽于落后的心理，佯装强者的情态，小说是尽可能真实地“复原”。我们觉得，这是“真实”。

她的逃脱别无选择，她并不是真的凭借力量，而是凭借了她的脆弱来支配着生命的。那么，这支配能是怎样的？而舒迪，她的性格限定也只能如此那般着，也是一种“真实”。

处在无理性的年代，整整一代人，大规模地被改造，大家盲目地在雾中行走，可怕的无意义，可怕的损耗，其中，该有很多东西，是值得揭示和思味的。但愿《沉雪》有所努力。

一直觉得，卡夫卡那一对硕大的招风耳是艺术家最杰出的器官。这器官，不少大师都有，比如昆德拉。而昆德拉的高处，尤在于他对时间的刻意的计较，以及对于人自身奥秘的刻意的探究。像很多的好作家一样，昆德拉也是情愿花费大量的精力，来“寻找失去的现在”。而他，又如此轻淡地告诉我们：“回忆，不是对遗忘的否定。回忆是遗忘的一种形式。”

我想到,《沉雪》虽然耗费了我们很多，最终它也不过是如此。

三十年，弹指一挥间，“知青”这个字眼，举世掂量。作为一桩个案——时间的、文学的个案,《沉雪》无论如何是要被刻入公众的记忆中了。这事现在想想，实在是有些可怕。

1998年6月26日写于北京马神庙

崇拜记忆

李　晶

《沉雪》成书，距联经版（参赛短本）至今相去十八载，其间作家出版社和中国工人出版社先后出过全本，现在后浪又回归当初，不禁令人感到久远时光的再度勾连，再度肯定着记忆的价值。

——《沉雪》是关于记忆的书，是用了小说的手艺对记忆的一次言说。而为什么，要如此地“崇拜”记忆呢？

现在，李盈仍在北京教书，我则远在波士顿的剑桥城。几年来无论怎样在异国他乡生活，总能体会到记忆那如影随形的好处。比如此刻，坐在 MIT 的科学图书馆里，打头碰面尽是凝神专注的学者、科学家（其中不乏特异功能者）。他们敲字、看书，电脑挟着人脑，一个更比一个入定，有人上衣口袋插着牙刷，那是准备一气待到凌晨的，有人在玻璃房里激烈争论，身后的黑板写满天书般的公式图形。他们大都没什么饭点，桌上的纸杯纸包即代表了给养。偶尔有人离座去饮水机前喝水，或是使用卫生间，轻悄来去脚底生风，特别带出一种时间正在嗖嗖往前跑的气氛。这气氛跟图书馆门外的一块字牌很吻合：“伟大的创意改变世界”……

因为住在附近，有时我常坐在这样的地方，心里当然知道自己是很“边缘”、很“非主流”的，甚至可以算是绝对的落伍者，往往我的时间会漫漫地往后跑，那些过去的时间。

那些过去的时间，即使已经进入了影像的，它们和真正忽闪于风雪沧桑之中的仍是迥然不同，后者离开文字的捕捉便不可能鲜活。这样的捕捉何其难，记忆的功能由此显现。当你沉陷其中，冥思静想，看见岁月突然间亮起来，脑海里皆是“以前”——以前的我们，不管曾经有多执迷、多无谓，种种的音容形色总不乏动人风景。而“一旦发现真正爱做的事，你就是一个自由的人了”，记得这话，是印度佛教的一位导师说的。

所以有理由给记忆用上“崇拜”这样的词，为它所熔铸的强大定力，你不会因为身居异国他乡而恍然空虚,不会因为周遭的差异(尤其是青春的强烈比照)而大惊小怪、失去“核心价值观”。恰恰相反,有时离故土越远,倒越可能气定神闲,正是记忆提供了精神资源,教你从容地占住自我,沉浸于过往,宁静致远。

前日李盈发来兵团战友新一轮的聚会照片,说大家好像什么都忘了,没有谁再提及过去——“谁愿意再琢磨那些事啊?”好几小时的饭局,吃吃乐乐,各路新闻。我看着照片,仔细辨认,所谓“如丧”的感觉潮水般涌来。我想我们忘得太多了,有太多的故意、执意和不自觉。我们这些曾经迷路的孩子,为什么,当我们花了那么多时间、那么大代价,而今终于长大长老了,却只愿意忘却?可是“发生过的事情是已经发生过的,我终归不能命令自己的记忆把它们给忘了的”(凯尔泰斯·伊姆雷《无命运的人生》)……

我想我们的言说不代表大家,有如阔大的海面上飞起几朵珠沫,那是我们自己。自己的记忆,代表了一份个人真实,要是大家都能交出自己的那一份就好了。

我望着阅览室里成行的书廊,浩繁精良的藏书,这些过去时间的文字财富,给了我们这个六神无主的世界以不可或缺的永远的支撑。而今天的出版者,那些仍在为优雅的纸质书反击汹涌的电子书而孜孜奋斗的人们,他们值得我们尊敬。

衷心感谢后浪出版公司!

2016年7月18日写于麻省理工学院科学图书馆

图书在版编目（CIP）数据

沉雪 / 李晶，李盈著 .-- 杭州：浙江人民出版社，2017.2

ISBN 978-7-213-07553-7

Ⅰ. ①沉… Ⅱ. ①李… ②李… Ⅲ. ①长篇小说—中国—当代 Ⅳ. ①I247.5

中国版本图书馆CIP数据核字(2016)第259268号

沉　雪

李晶　李盈　著

出版发行：浙江人民出版社（杭州市体育场路347号　邮编　310006）
责任编辑：潘海林
责任校对：俞建英
特约编辑：黄杏莹
封面设计：墨白空间 · 陈威伸
印　　刷：北京京都六环印刷厂
开　　本：889毫米 × 1194毫米　1/32　　印　　张：9
字　　数：191千
版　　次：2017年2月第1版　　印　　次：2017年2月第1次印刷
书　　号：ISBN 978-7-213-07553-7
定　　价：36.00元

后浪出版咨询(北京)有限责任公司 常年法律顾问：北京大成律师事务所
周天晖 copyright@hinabook.com

本书若有质量问题，请与本公司图书销售中心联系调换。电话：010-64010019